늦었지만 서울대 다녀오겠습니다

늦었지만 서울대 다녀오겠습니다

초판 1쇄 발행 2021. 8. 20.

지은이 서정원
펴낸이 김병호
편집진행 김수현 | **디자인** 정지영
마케팅 민 호 | **경영지원** 송세영

펴낸곳 가넷북스
등록 2019년 7월 17일 제 2019-000086 호
주소 서울시 성동구 연무장5길 9-16, 301호 (성수동2가, 블루스톤타워)
대표전화 070-7857-9719 **경영지원** 02-3409-9719 **팩스** 070-7610-9820
이메일 garnetoffice@naver.com **원고투고** garnetbooks@naver.com
공식 블로그 blog.naver.com/garnetbooks
공식 포스트 post.naver.com/garnetbooks **인스타그램** @_garnetbooks

가넷북스는 여러분의 다양한 아이디어와 원고 투고를 설레는 마음으로 기다리고 있습니다.
책 출간에 대한 기획이나 원고가 있으신 분은 이메일 garnetbooks@naver.com으로 보내주세요.

"당신의 꿈은 아직 나이 들지 않았습니다"

늦었지만
서울대 다녀오겠습니다

서정원
지음

빨리 가면 행복할 줄 알았습니다.
늦게 가면 불행할 줄 알았습니다.
그런데 둘 다 아닐 때가
더 많았습니다.

가넷북스
Garnet Books

서울대 입학 후 동생들에게 가장 많이 받았던 질문은 "늦게라도 서울대에 들어온 이유가 뭐예요?"였다. 나도 궁금했다. 취업 준비 도중 모 대학원과 서울대 경영대학에 합격했는데 그냥 서울대를 선택했다. 동생들에게도 똑같이 말해줬다. 답변을 내놓은 직후 몇 초 동안은 정적이 흘렀다. 스물여덟 살이 어떻게 저런 답변을 내놓을 수 있는지 의아스러운 듯했다. 동생들은 꽤나 놀란 모양이었다. 덜컥 서울대에 와버린 나도 많이 놀란 상태였으므로 부연 설명을 덧붙이고 싶어도 그럴 여력이 없었다. 하지만 논리적으로 납득할 수 있을 때까지 집요하게 파고드는 몇몇 동생들 때문에 '그냥'의 의미를 설명하느라 진땀 빼곤 했다. 구술 면접을 수십 번 치르는 느낌이었다. 간혹

'그냥'이라고 답했을 때 아무 말 없이 고개를 끄덕여주는 동생을 만나면 어찌나 고마웠는지 모른다. 책 한 권으로 답할 수밖에 없는 이야기를 '그냥'이라는 두 글자에 담아 전할 수도 있다는 걸 알아줘서 고마웠다. 한편, 명쾌한 답변을 듣고 싶어 하던 동생들의 마음을 개운하게 하지 못해 미안했다. 서울대에 입학할 때는 불명확했던 이유가 서울대를 졸업한 후에야 명확해졌으므로 늦었지만 이제 그 질문에 답하려 한다.

첫째, 나는 인생 앞에서 겸손해지기 위해 서울대에 갔다. 친구들 대비 여러모로 어려웠던 상황 속에서 20대를 보내면서 깨달은 게 좀 있었다. 시련은 나를 겸손하게 만들었지만, 시련을 대가로 얻은 깨달음은 나에게 은근한 자만심을 심어주었다. 20대 중반 즈음에는 인생 박사가 된 기분이었다. 돌멩이 위의 개미 한 마리가 히말라야 정상에 도달한 시늉을 하며 살았다. 세상을 꿰뚫어 보는 안목을 지니게 됐다고 스스로를 치켜세우며 잠시 동안 인생 수업을 중단했다. 서울대에 입학하면 한참 어린 동생들에게 훌륭한 인생 컨설턴트가 되어주고 싶었다. 8년 가까이 쌓아온 삶의 노하우를 내 삶에만 적용하기에는 아까운 마음이 들었기 때문이다. 너그러운 마음을 지닌 인생 선배로서 알려줄 것이 한두 가지가 아니었다. 하지만 나는 첫 학기부터 세상 다 끝난 표정으로 동생들에게 고민거리를 털어놓곤 했다. 나이 많은 선배도 답해주기 어려운 것들을 인생 후배인 동생들이 답해준 적도 많았다. 수능 만점자 동생부터 대학교 재학 중 벤처 기업을 설립한 동생까지… 살아가는 모습 그 자체로 나를 겸손하게 만들었다. 인생 앞에서 함부로 거만하게 굴지 않고 끊임없이 삶을 갈고닦는 동생들을 보며 인생 컨설턴트의 꿈은 내려놓았다. 동생들에게 배울 부분이 남아 있다는 사실이 마음 아프게 다가올 때도 있었지만 서울대 생활을 통해 인생의 풍미가 한층 더 깊어졌음은 부정할 수 없었다.

둘째, 나는 변화하기 위해 서울대에 갔다. 20대 후반에 갑자기 찾아온 인생 정체기를 어떻게 극복해야 하는지 좀처럼 알 수 없었다. 더 나은 사람으로 거듭나고 싶었지만 발전의 동력을 상실한 상태였다. 제자리에서 걷는 속도조차 점점 느려졌다. 주문을 외듯 '달라지고 싶다.'는 말만 반복했다. 그러던 중 서울대를 만나게 됐다. 딱딱하게 굳어 있던 내 인생이 조금씩 부드러워지기 시작했다. 최선을 다해 작성한 리포트에 날카로운 비판을 아끼지 않으셨던 교수님께서는 한계를 뛰어넘는 방법을 알려주셨고, 시대의 변화를 이끌고 계신 선배님께서는 세상을 바라보는 안목을 넓혀주셨다. 나는 단지 서울대에 왔을 뿐인데 내가 제자라는 이유로, 내가 후배라는 이유로, 많은 분들께서 인생의 지혜를 흔쾌히 나눠주셨다. 줄곧 메마른 땅에 씨앗을 심던 나는 앞서간 분들의 가르침으로 옥토가 된 땅에 씨앗을 심을 수 있었다. 그 씨앗이 싹을 틔우고 꽃을 피우게 하는 건 나의 몫이겠지만 척박한 땅에 영양분이 공급되지 않았다면 새로운 미래를 그려보기 어려웠을 것이다. 삐걱대는 쳇바퀴가 나에게 주어진 유일한 세상처럼 느껴졌던 과거에서 벗어나 변화를 추구할 수 있었던 건 뒤늦게

학생으로 돌아간 덕분이었다.

　셋째, 나는 마음이 안내하는 길을 따라가도 괜찮다는 사실을 깨닫기 위해 서울대에 갔다. 현실과 실리를 좇아가야 할 나이에 마음을 따라간 나를 보고 어떤 인생 선배는 세상 물정 모른다고 했다. 맞는 말이었다. 또래 친구들처럼 일찌감치 회사에 취직해 적금 통장을 만들고, 예쁜 나이에 영혼의 단짝을 만나 단란한 가정을 꾸리는 게 더 나은 결정일 수도 있었다. 그 선배의 말을 듣고 보니 이성적으로 판단하지 못한 내가 큰 실수를 저지른 것 같았다. 서울대 입학의 기회비용을 충분히 고려했어야 했다. 하지만 나의 선택을 되돌리기에는 갈림길 시작점으로부터 상당히 멀어진 상태였다. 나는 길 잃은 어린아이처럼 겁이 났고, 앞으로는 마음의 소리를 따라가지 않으리라 다짐하며 서울대 생활을 해나갔다. 정형화된 삶에서 벗어난 대가를 치르느라 한동안 불안감에 시달리기도 했다. 그러나 다행스럽게도 마음은 생각보다 계산적인 존재였다. 서울대 경영대학에 다니면서 세상을 심도 있게 이해할 수 있었고, 아름다운 청춘의 시기에 알콩달콩 사랑도 해보았다. 뿐만 아니라 어린 시절부터 마음속에 지녀왔던 작가의 꿈을 이룰 수 있었으며, 나답게 살아갈 용기도 갖게 됐다. 그 선배도, 나도 기회비용에만 집중하고 있을 때 내 마음은 일시적 비용 대비 후회 없는 생애의 가치를 계산하고 있었다. 평범한 삶에서 벗어나 본연의 나로 살아가는 기쁨을 알게 해준 내 마음과 내 선택에게 고맙다는 말을 전하고 싶다.

질문을 받은 지 몇 년이 지난 후에야 명확한 답변을 내놓게 된 점에 대해 양해를 구하는 바다. '그냥'이라고 말할 수밖에 없는 나도 답답했다. 서울대에 간 이유는 서울대를 졸업하고 나서야 알게 됐으므로 때늦은 답변이 불가피했다. 이제는 누군가 나에게 "늦게라도 서울대에 들어온 이유가 뭐예요?"라고 물으면 '그냥'이라는 말 대신 이 책을 건넬 수 있어서 기쁘다.

(※참고로 서울대 동생들의 개인 정보 문제가 우려되어 글에 등장하는 모든 이름은 실명이 아닌 가명이다.)

목차

3장

동생들에게
한 수 배우다

4장

서울대 너머의
세상으로

1장

뒤늦은 시작은
때 이른 포기보다
가치롭다

걱정 말아요, 합격한 그대

    지원 자격 요건을 심사하는 1차 서류 전형을 통과하고, 2차 전공 필기시험에도 합격했다. 서울대 경영대학으로 가는 마지막 관문인 3차 구술 면접만을 남겨두고 있었다. 서울대 정문을 지나 새하얀 눈으로 덮여 있는 한겨울의 관악캠퍼스 안으로 들어갔다. 정장 옷깃 위로 스쳐 지나가는 차가운 바람 외에는 나를 반겨주는 이가 없었다. 괜스레 소매 부근을 한번 잡아당긴 뒤 경영대 건물 방향으로 걷기 시작했다. 구두 속으로 스며드는 한기가 뒤늦은 시작에 대한 부담감을 한층 더 또렷하게 만들었다. 만감을 담고 있는 나의 마음이 더욱 무거워지기 전에 발걸음을 재촉했다.

    58동 경영대 건물 로비에 들어서자 학사편입학 전형 응시자 대기실 안내 표지판이 정면에 놓여 있었다. 큼지막한 화살표가 가리키는 방향을 따라 대기실에 도착했다. 문 앞에 붙어 있는 최종 면접 대상자 명단에는 단 여섯 명만이 그 이름을 올리고 있었다. 예상했던 것보다 적은 인원이었다. 하지만 경쟁자 수가 적다고 해서 마음이 놓이는 건 아니었다. 최종 단계까지 올라온 응시자가 단 한 명뿐이라도 교수님께서 정해두신 절대적 기준을 넘지 못하면 합격할 수 없었기 때문이다. 구술 면접 대상자 전원이 불합격했던 사례도 적지 않았으므로 끝까지 긴장감을 유지해야 했다. 조심스럽게 문을 열고 대기실 안쪽으로 들어갔다. 남학생 다섯 명이 자리에 앉아 면접 자료를 훑어보고 있었다. 여학생은 나 혼자뿐이었다. 합격 가능성이 오리무중에 빠져드는 느낌이었다. 나는 조용히 뒤쪽 자리에 앉아 대기실 전경을 찬찬히 둘러보았다. 마지막 남은 한 단계를 통과하기 위해 각자의 방식으로 최선을 다하고 있는 응시자들의 모습에서 간절함이 느껴졌다. 그들의 마음이 곧 나의 마음이었고, 우리의 마음이었다. 나는 한 달여 동안 베개 옆에 두고 잤던 면접 자료를 꺼내 앞뒤로 넘겨보았다. 머리에 들어오는 내용은 없었다. 한쪽 머리로 보고 다른 쪽 머리로 흘러나가는 것 같았다. 나는 한글의 생김새를 보고 있었을 뿐 경영학 지식을 받아들이고 있진 않았다. 30여 분 후 교직원분께서 면접 진행 과정을 안내해주셨고, 첫 번째 순서였던 학생부터 면접장으로 향했다. 내 순서는 두 번째였기에 그 학생이 면접을 치르는 동안 면접장 앞에서 대기했다. 복도에 놓여 있는 의자에 앉아 마음속으로 면접 시뮬레이션을 하며 시간을 보냈다. 꽤 오랜 시간이 흐른 후 바로 앞 순서였던 남학생이 면접장 문을 열고 나왔다. 자연스럽게 그 학생의 얼굴로 시선이 갔다. 표정이 굉장히 어두웠다. 연신 한숨을 내쉬며 계단을 내려가는 그의 뒷모습에서 면접장 분위기를 짐작할 수 있었다. 서울대 경영대학 교수님들 앞에서 나의 부족함이 여실히 드러날 거라는 생각에 지금이라도 집에 가고 싶었다. 하지만 이미 늦어버렸다.

"서정원 씨, 이쪽으로 들어가시면 됩니다."

교직원분께서 친절하게 안내해주셨다. 그리고 면접장 안쪽에서 담당 교수님의 목소리가 들렸다.

"서정원 씨, 들어오세요."

순간의 긴장감에 매몰되어 '안 들어갑니다.'라고 할 수도 없는 노릇이었다. 내 발걸음은 이미 면접장 안쪽을 향해 가고 있었다.

"이쪽으로 앉으세요."

책상 앞에 두 분의 경영대 교수님께서 앉아계셨고, 생각보다 가까운 곳에 면접자용 의자가 놓여 있었다. 나의 당혹스러운 표정을 숨길 수 없는 거리였다.

"전공 필기시험까지 통과하느라 수고 많았어요. 구술 면접은 가볍게 진행될 예정이니까 긴장하지 마세요."

"네."

고개를 숙이고 면접장을 빠져나가던 그 남학생의 표정이 떠올랐다. 구술 면접이 가볍게 진행될 것 같진 않았지만 일단 교수님의 말씀을 믿어보기로 했다.

"먼저 경영대에 지원하게 된 동기를 묻고 싶군요."

면접 예상 질문 제1호가 나왔다. 나의 예상 질문이 아닌 모두의 예상 질문이었겠지만.

"저는 전적대에서 컴퓨터와 영어를 전공했습니다. 두 학문 분야 모두 현대 사회에서 경쟁력을 갖추기 위해 필수적이고 유용하다는 것은 널리 알려진 사실입니다. 하지만 아무리 쓸모 있는 지식이라도 사회가 원하는 형태로 가공되어 공급되지 않으면 무용지물에 불과합니다. 저는 경영학이라는 학문이 제가 보유하고 있는 지식과 기술을 시장의 수요에 부합하는 형태로 전환하고, 효과적으로 시장에 공급할 수 있는 방안을 알려줄 수 있다고 생각했습니다."

스무 번도 넘게 읊어봤던 답변이었다. 자동응답기처럼 교수님들께 지원 동기를 말씀드렸다.

"경영학과에는 영어로 진행되는 수업이 많아요. 제출한 자료를 보니 해외 거주 경험이 없던데 수업을 따라갈 수 있겠어요?"

"학점만으로 영어 실력을 증명할 수는 없을 것입니다. 하지만 전적대에서 영어교육을 전공할 당시, 상당수의 학생들이 조기 유학파였음에도 거의 모든 과목에서 A 학점 이상을 받았습니다. 영어권 국가에서 공부했던 학생들이 대다수였던 수업에서 영어 논술 시험 1등을 차지한 적도 있습니다. 영어교육학과는 거의 모든 수업을 영어로 진행합니다. 그럼에도 좋은 성적을 거둬왔던 저의 가능성을 봐주시면 감사하겠습니다."

답변이 끝나기가 무섭게 교수님께서 나의 전적대 성적표를 꺼내보셨다. 그리고는 펜으로 한 과목씩 짚으시면서 1학년 1학기 성적부터 4학년 2학기 성적까지 빠짐없이 살펴보셨다. 교수님의 펜촉이 종이에 닿을 때마다 내 입술이 바짝바짝 말랐다.

"2차 필기시험은 경영학 이론 시험이었죠? 구술 면접에서는 기본적인 경영 지식에 대해서 간단하게 물어볼게요. 오너 경영과 전문 경영이 무엇인지와 각각의 장단점을 설명해줄래요?"

"오너 경영은 소유 경영이라고도 불리는데요. 기업 소유주가 기업 경영에 직간접적으로 참여하는 것을 말합니다. 오너는 강한 주인의식을 갖고 있기 때문에 근시안적 이익만을 추구하지 않습니다. 강력한 리더십을 바탕으로 장기적인 안목에서 의사결정을 내립니다. 또한, 계열사 간의 협력을 이끌어내기 쉽기 때문에 신속하고 과감한 투자가 가능합니다. 전사적인 차원에서 일관성 있는 경영전략을 수립 추진할 수 있어 미래 산업에 대한 대비를 효과적으로 할 수 있습니다. 하지만 이사회가 기업 경영에 대한 감시 및 견제 역할을 제대로 수행할 수 없기에 경영권 오남용이 발생할 수 있습니다. 불투명하고 독단적인 의사결정에 의한 기업 경영은 결국 큰 손실로 이어지기도 합니다. 이에 반해, 전문 경영은…."

미세하게 떨리는 목소리로 답변을 이어나갔다. 이외에도 법인세

감면이 기업의 투자 확대로 이어지지 않는 이유, 선도자 이익이 존재하는 산업군, 기업의 사회적 책임에 대한 개인적 견해 등을 물어보셨다. 면접이 끝난 후 생각해보면 기본적인 내용들인데 면접을 준비할 때는 꼭 빠뜨리게 되는 내용들 위주로 질문을 던지셨다. 거울을 보진 않았지만 내 표정도 그 남학생의 표정을 닮아가고 있는 듯했다. 뉴스와 신문에서 봤던 내용들을 기억의 저편에서 겨우 찾아내 어렵사리 답변을 내놓았다. 면접장 밖에서는 머리가 하얘지더니 면접장 안에서는 세상이 온통 어둠으로 가득한 것 같았다. 그리고 듣는 순간 눈물이 핑 돌았던 마지막 질문이 나에게 날아들었다.

"불합격하면 어떻게 할 거예요?"

찰나 동안 두뇌가 정지됐다. 뉴스와 신문에도 나오지 않았던 내용이었다. 뭐라고 답해야 할지 눈앞이 깜깜했다. 그러던 중 내 입술이 움직이고 있는 게 느껴졌다.

"교수님께서 불합격시키셨을 때는 합당한 이유가 있었을 것이라 생각합니다. 저의 부족한 점을 보완하여 사회에 기여할 수 있는 인재로 성장해나가도록 하겠습니다. 현재는 유학이나 IT 업계 취직을 고려 중입니다."

"서정원 씨, 수고 많았어요. 면접은 여기까지 하죠."

"감사합니다."

교수님들께 정중히 인사드리고는 면접장을 빠져나왔다. 다음 순서였던 학생이 내 표정을 살펴보면서 면접장 분위기를 유추해보려는 듯했다. 나는 그 학생에게 '마음의 준비를 단단히 하셔야 할 거예요!' 라고 말하고 싶었지만 응시자 간 대화는 금지돼 있었다. 하는 수 없이 머리를 푹 숙인 채 힘없이 걸어가는 뒷모습으로 그 학생의 궁금증을 풀어주었다.

로비로 연결되는 계단을 따라 걸어 내려오는데 긴장이 풀렸는지 온몸에서 힘이 빠져나가는 게 느껴졌다. 직감적으로 서울대 경영학과와의 인연은 여기까지인 것 같았다. 로비 한편에 놓여 있는 소파에 앉아 낙담한 마음을 추슬러보았다. 58동 건물에서 시간을 보내는 것도 오늘이 마지막인 것 같아 한동안 말없이 앉아 있었다. 건물 여기저기로 시선을 옮기며 작별 인사를 고했다. 감기 몸살로 고열에 시달리면서도 텝스 시험을 보러 갔던 날, 설레는 마음으로 원서 접수했던 날, 눈보라를 뚫고 경영학 이론 필기시험을 보러 갔던 날… 최종 면접 단계에 오기까지 거쳐왔던 모든 과정이 주마등처럼 지나갔다. 후회는 없었다. 어차피 합격해도 걱정이었다. 불합격해도 또 다른 걱정이 시작되겠지만 현시점에서 내 마음을 위로할 수 있는 방법은 그것뿐이었다. 합격할 경우 생겨날 걱정거리들을 떠올리면서 58동 건물 밖으로 나왔다. 정면으로 관악산이 보였다. 올봄에 등산객으로 다시 와야겠다고 다짐하며 왔던 길을 따라 걸어 내려갔다. 구두를 신고 눈밭을 밟으니 발이 더 시렸다. 올 때는 몰랐는데 갈 때는 유난히 발이 시렸다. 착잡한 와중에도 미끄러지지 않으려고 조심스럽게 걸으며 서울대 정문 밖으로 나왔다.

'서울대야, 잘 있어. 그래도 시험 준비하면서 행복했어. 내 걱정은 하지마. 나는 유학이나 IT 업계 취직 고려 중이거든.'

서울대를 향해 마음속의 작별 인사를 건네고는 집으로 돌아왔다. 그날 이후 나는 빠른 속도로 현실 감각을 되찾았다. 합격해도 걱정이라는 말을 마음속으로 되풀이하며 앞으로의 계획을 세웠다. 유학도 알아보고, 취업 사이트에서 정보도 수집했다. 내 삶이 다시 활기를 띠기 시작했다. 날이 갈수록 불합격해도 나쁠 건 없을 것 같았다. 역시 세상만사 좋기만 한 일도 없고, 나쁘기만 한 일도 없었다. 때때로 최종 합격자 발표날까지 남은 기간을 확인하게 됐지만 말이다. 1월 달력이 2월 달력에 자리를 내어준 지 얼마 되지 않아 합격자 발표날이 되었다. 그날 아침부터 마음이 뒤숭숭했다. 구술 면접날에 최종 결과를 예견해둔 상태였기에 마음은 부지런히 비워놨다. 그래도 성인으로 7년간 살아오면서 실망감을 최소화시키는 방법은 체득해둔 상태였다. 오후 6시경에 발표가 된다고 공지된 상태라 오후 5시까지 할 일들을 미리 계획해두었다. 우두커니 기다리고 있는 게 더 힘들 것 같아서 다양한 일들을 하며 시간을 보냈다. 헬스장도 가고, 미용실도 가고, 영화도 한 편 봤다. 그날따라 시간이 더디게 갔다. 합격하고 싶은 마음을 비웠어야 하는데 합격해도 걱정인 마음을 비웠나 보다. 발표 시간이 다가올수록 떨리기 시작했다. 입맛이 없어 저녁은 간단히 먹고, 내 방 컴퓨터 책상 앞에 앉아 6시가 되길 기다렸다. 현실적으로 생각해보면 고3 때처럼 대학교에 합격해야 하는 상황도 아니었는데 자꾸만 절실해지는 이유를 알 수 없었다. 명확한 이유도 없이 합격해야만 할 것 같았다. 그런데 인생은 참 오묘한 것이다. 돌이켜 생각해보니 그때 내 무의식은 알고 있었던 것 같다. 서울대 경영대학이 나의 삶을 어떻게 변화시킬지.

컴퓨터 바탕화면의 시계가 오후 6시를 가리켰다. 결과는 나왔을 터였다. 하지만 곧바로 결과를 확인해볼 용기가 나지 않았다. 물 한 잔 마시며 10분 정도 더 기다렸다가 합격자 확인 웹사이트에 접속했다. 확인 시점을 최대한 미루고 싶어서 내 행동이 계속해서 느려졌다. 로그인도 천천히 하고, 클릭도 천천히 했다. 깊은숨을 몇 번 들이마셨다가 내쉬고는 [결과 확인] 버튼을 눌렀다.

"축하드립니다. 서울대학교 경영대학에 합격하셨습니다."

컴퓨터 모니터 화면에 대고 "저요? 저 확실해요?"라고 되묻고 싶었다. 이전 화면으로 돌아가 다시 [결과 확인] 버튼을 눌러봤다. 여전히 결과는 '합격'이었다. 두 손을 모아 입 앞에 갖다 댔다. 첫 번째 대학 합격 때와는 다른 종류의 기쁨이 몰려왔다. '무거운 기쁨'이라고 해야 할 것 같다. 기쁨은 기쁨인데, 스무 살 이후의 삶이 배어 있는 묵직한 기쁨이었다. 그렇게 나는 서울대생이 되었다.

개강을 앞두고 학과 사무실을 찾았다. 학교생활에 대해 문의할 것도 많았고, 제출해야 할 서류도 있었다. 그리고 무엇보다 편입 동기생들의 연락처를 알고 싶었다. 미리 친분을 쌓아두면 외롭지 않게 학교생활을 할 수 있을 것 같았기 때문이다. 적은 인원으로라도 모임을 만들고 싶어서 편입 관련 웹사이트에 글도 올려봤는데 깜깜무소식이었다. 하는 수 없이 학과 사무실 교직원분께 여쭤봤다.

"안녕하세요. 올해 학사편입학 전형에 합격한 서정원이라고 합니다. 혹시 다른 합격생들 연락처 좀 알 수 있을까요?"

"없는데요?"

"연락처 모르시나요? 원서 접수할 때 연락처 등록하지 않나요?"

"그게 아니라, 서정원 씨 말고 합격자가 없는데요?"

"저 혼자 합격했다고요?"

"네. 올해는 교수님들께서 한 명만 합격시키셨다고 하더라고요."

그랬다. 그토록 연락하고 싶었던 동기들 자체가 없었다. 단 한 명의 합격자, 그녀가 바로 나였다. 그래서 내가 반복해서 말하지 않았는가. 합격해도 걱정이라고. 앞으로의 험난한 여정을 홀로 헤쳐 나가야 한다고 생각하니 눈앞이 캄캄해졌다. 하지만 사회학과 92학번 어떤 분께서 말씀하셨지.

"걱정 말아요, 그대."

뉴욕에서 만난 선배님

어찌 된 일인지 여행지 후보를 정할 때마다 미국은 빠져 있었다. 미국이라고 하면 유학이나 출장부터 떠올랐다. 주변 분들의 영향이 컸던 것 같다. 하지만 서울대 합격이 확정되고 나서는 최우선순위 여행지가 미국이었다. 경영학의 본고장이라고 할 수 있는 미국을 짧게나마 경험해봐야 할 것 같았다. 대략 2주에 걸쳐 미국 서부와 동부를 여행할 계획을 세웠다. 지금 생각해보면 무모한 도전이었지만 서부만 가기에는 동부가 눈에 아른거리고, 동부만 가기에는 서부가 눈에 아른거렸다. 결국 하루에 서너 시간만 자며 여행하는 강행군 끝에 계획대로 움직일 수 있었지만 여행을 다녀온 게 아니라 여행을 '해냈다.'는 기분이 들었다. 편안했던 여행보다 고생스러웠던 여행이 기억에 더 남는다는 말이 실감 났다. 그래서인지 미국에서의 하루하루는 아직까지도 내 머릿속에 생생하게 남아 있다.

모처럼 대학교에 합격했기 때문일까. 여행을 준비할 때부터 새내기 기분이 났다. 스무 살 때도 느껴보지 못했던 감정이었다. 스무 살만의 설렘이 뒤늦게 느껴졌다. 스무 살 때는 스물여덟 살의 감정이 느껴지더니 스물여덟 살에는 스무 살의 감정이 올라왔다. 그 나이에 맞는 감정이란 건 없는 것 같았다. 상황이 감정을 만들 뿐이었다. 새내기 기분으로 여행을 준비하니까 치약과 칫솔을 챙겨 넣는 것조차 재미있었다. 2월 달에 떠나는 여행이라 두툼한 겨울옷들을 캐리어 가방에 눌러 담았다. 지퍼를 힘겹게 잠그고 나자 직육면체 형태였던 가방이 앞뒤로 불룩하게 튀어나와 굴리면 굴러갈 것 같았다. 가방의 그런 모습조차 귀여워 보일 만큼 내 기분은 최고조였다. 한껏 무거워진 캐리어 가방을 리무진 버스에 싣고 인천공항으로 향했다. 설렘의 소중함을 아는 나이에 설렘이 찾아오니 더 깊고 진하게 느껴졌다. 리무진 버스가 도로 위를 달리는 게 아니라 하늘을 날고 있는 듯했다. 영원한 줄 알았던 설렘이 예고도 없이 나를 떠나갔다가 예고도 없이 나에게 되돌아왔다. 이별의 가능성을 알고 설렘과 재회했을 때는 그 감정을 예전보다 조심스럽게 다루게 되었다. 여행하는 동안 설렘이 고갈되지 않도록 조금씩 아껴 쓰며 인천공항에 도착했다. 캐리어 가방을 끌고 인천공항 내부로 들어갔다. 출국장 주변은 여행객들로 발 디딜 틈이 없었다. 여행객들이 자아내는 활기찬 분위기가 인천

공항 내부를 가득 채웠다. 친구와 만나기로 한 약속 장소에 도착하자 커피숍 앞 벤치에 앉아 있던 도연이가 나를 향해 손을 흔들었다. 우리 둘은 만나자마자 웃기만 했다. 형식적인 인사도 나누고 싶지 않았다. 얼굴을 마주 보고 웃는 것보다 우리의 감정을 정확하게 표현할 수 있는 단어는 없었다. 굳이 대화를 하지 않아도 하고 싶은 말은 다한 것 같았다. 한참을 웃다가 내가 한마디 꺼냈다.

"도연아, 출발하자."

모든 말은 짧고 간략하게 했다. 말하는 시간도 아까웠다. 우리는 탑승권을 발권하고 짐을 부친 뒤 출국장으로 발걸음을 재촉했다. 출국 게이트를 지나 좌석 번호를 확인하고 자리에 앉았다. 다리 뻗을 공간이 충분하지 않아도, 14시간 내내 앞쪽 좌석에 앉은 아기들 세 명이 돌아가면서 울어도, 목에 담이 걸릴 정도로 쪼그린 채 잠을 청해도 여행객의 마음으로 이해되지 않는 것은 없었다. 구름 위에서 바라보는 석양의 아름다움은 이 세상 모든 것을 포용하는 마음을 갖게 했다. 도연이와 책을 바꿔 읽기도 하고, 영화도 한 편 보고, 창밖 풍경을 구경하다 보니 어느덧 샌프란시스코 하늘 위를 날고 있었다. 영화에서 보던 그 샌프란시스코의 상공에 있다는 게 믿어지지 않았다. 몇 분 뒤 샌프란시스코 속으로 빨려 들어가듯 비행기가 공항 활주로에 착륙했다. 나의 생애 첫 미국 여행은 그렇게 시작됐다.

샌프란시스코에 도착하자마자 도연이와 나는 호텔에 짐을 풀고 여행사에서 마련해준 버스를 타고 금문교로 향했다. 비행기 안에서 숙면을 취하지 못한 데다가 시차 적응도 안 된 상태였지만 목표 했던 관광지를 모두 둘러보려면 휴식 시간도 아껴야 했다. 전형적인 한국식 스피드 여행이었다. 유유자적하며 여행지의 매력을 음미하는 것은 다음 기회로 미루기로 했다. 도연이와 나는 몽롱한 상태로 금문교 뷰포인트 앞에 섰다. 피로감 때문인지 아니면 저녁 7시경 금문교의 낭만적인 분위기 때문인지 꿈속에서 여행을 하고 있는 것 같았다. 금문교의 실물을 보고 있다는 느낌을 받고 싶었는데 영화 속 한 장면을 스크린을 통해 바라보고 있는 것 같았다. 금문교 위를 걸어보고, 발걸음이 자연스럽게 멈춰지는 곳에서 사진도 찍고, 손으로 철재 구조물을 만져보면서 1시간 넘게 금문교에 머물다 보니 조금씩 현실 감각을 되찾을 수 있었다. 금문교에 와 있다는 사실이 실감 날 때쯤 허기가 찾아왔다. 우리는 해산물 요리로 유명한 샌프란시스코에 온 만큼 메뉴에 대한 이견 없이 간판에 참치가 그려져 있는 레스토랑 안으로 들어갔다. 밤 9시경이었음에도 레스토랑 안은 관광객들로 붐볐다. 종업원의 안내를 받아 앉게 된 테이블 옆 벽면에는 이 레스토랑을 방문했던 할리우드 배우들의 사진이 걸려 있었다. 다른 시각이지만 그들과 같은 공간에 있다는 것이 여행의 무드를 더해주었다. 우리는 치오피노와 리소토를 주문한 뒤 말없이 주변 분위기를 느껴보았다. 맥주를 마시기 전인데도 그 분위기에 취할 것 같았다. 비몽사몽인 상태로 하는 여행의 묘미가 빛을 발하는 순간이었다. 피곤함은 우리의 감성을 자극하는 모든 것에 빠져들게 만들었다. 심신이 충분히 이완된 상태에서 감각기관을 통해 들어오는 순간순간의 정취가 장기 기억으로 저장되었다. 금문교로 가는 버스 안에서 도연이와 나는 이렇게 피곤한 상태로 여행했다가는 기억나는 게 하나도 없을 것 같다는 얘기를 나눴었다. 하지만 피곤하지 않았으면 느끼지 못했을 진한 감성이 마음속 깊숙한 곳에 오롯이 새겨졌다. 미국 여행 기간 중 가장 피곤했던 첫째 날의 기억이 지금까지도 생생하게 남아 있는 이유인 듯싶다. 우리는 식사를 마치고 호텔로 향했다. 호텔방에 들어서자 배불러 보이는 캐리어 가방들이 우리를 반겨주었다. 약 22시간 만에 마음껏 다리를 뻗고 잠을 청할 수 있다는 생각에 서둘러 꿈나라로 여행을 떠나고 싶었다. 속전속결로 짐을 정리하고 샤워를 마친 뒤 침대에 누웠다. 여행 첫날 밤에 와인을 마시자던 도연이는 물도 안 마시고 잠이 들어버렸다. 나도 내 머리가 베개에 닿는 순간 잠에 빠져들었다.

다음 날 아침이 밝았다. 복도에서 들려오는 대화 소리에 잠이 깼다. 이불을 걷어내고 침대에서 나와 냉장고에 있는 물병을 꺼내 목부터 축였다. 도연이를 깨울 목적으로 커튼을 살짝 젖히니 햇빛이 카펫 위로 활주로처럼 펼쳐졌다. 나는 발코니로 발걸음을 옮겼다. 부스스한 머리를 정돈하지도 않고 발코니에서 바깥 풍경을 감상했다.

"정원아, 일어났어?"

도연이가 반쯤 감긴 눈으로 발코니 쪽으로 걸어 나와 말을 건넸다.

"응. 잘 잤어?"

"이렇게 깊게 자본 적도 없는 것 같아. 너무 개운해."

"나도 그런 것 같아. 몸이 한결 가벼워졌어."

"그럼 상쾌한 컨디션으로 여행의 꽃인 호텔 조식을 먹으러 가볼까?"

우리는 꾸민 듯 안 꾸민 듯하게 옷을 차려입고 식당으로 향했다. 이른 시간이었음에도 빈 테이블을 찾기 어려웠다. 호텔 조식은 전 세계 관광객들의 공통 관심사인 듯했다. 후각을 자극하는 음식 냄새가 코끝에 도달할 때마다 기분이 좋아졌다. 도연이와 나는 각자의 취향에 따라 음식을 접시에 담아 왔다.

"맛있는 음식을 맛있게 요리해주니까 너무 맛있다."

우리는 식사 중에 "맛있다."는 말을 열 번도 넘게 하며 호텔 조식을 즐겼다. 샌프란시스코만으로도 좋고, 호텔 조식만으로도 좋은데 샌프란시스코에서 호텔 조식을 먹으니 기쁨이 배가 됐다. 식사를 마친 우리는 아메리카노 한 잔을 테이크아웃 컵에 담아 들고 호텔 로비로 나왔다. 분수대 옆에 있는 소파에 앉아 여유롭게 커피를 마셨다.

"호텔 인테리어 정말 예쁘다."

"그러게. 실물이 카메라에 담기질 않아."

아름다운 장식품들로 꾸며진 분수대에서 뿜어져 나오는 물줄기가 마음을 청량하게 만들었다. 수면 위로 떨어지는 물방울 소리 하나하나가 나의 감성을 자극했다. 내가 예술가였다면 떠오르는 영감을 주체하지 못했을 것 같았다.

"아, 맞다! 정원아, 어제 네가 샤워하는 동안에 내가 잠이 들어버려서 미처 말을 못 했는데, 아는 오빠한테 다음 주에 뉴욕 간다고 연락했더니 밥 사준다고 하더라고."

"우리 둘 다?"

"응. 그 오빠가 서울대 경영대 출신이거든. 그래서 내가 네 얘기 했더니 후배라고 반가워하더라고."

"그래? 밥 사주시면 나야 감사하지."

"그럼 너랑 같이 간다고 연락해놓을게."

미국에서 갑작스럽게 스스로를 나의 선배라고 칭하는 분과 식사 약속을 하게 됐다.

"그분은 미국에서 일하고 계신 거야?"

"응. 서울대 경영대 졸업 후 외국계 회사 다니시다가 와튼 스쿨에서 MBA 과정을 마치셨대. 지금은 월스트리트에 있는 금융회사에서 일하고 계셔. 그 오빠를 롤모델로 삼고 있는 사람들이 한둘이 아니야."

"내가 아는 그 월스트리트 맞지? 성공 다큐멘터리에서 봤던 스토리 같다. 그런데 시간 내기 어려우실 텐데?"

"나도 그럴 줄 알고 휴대폰 메시지로 인사만 나눌 생각이었거든? 그런데 흔쾌히 식사 자리를 마련해주신다고 해서 뜻밖이었어. 네가 학교 후배라는 사실도 한몫한 것 같아."

서울대 합격 후 나를 후배라고 부른 첫 번째 선배님이 월스트리트에서 일하고 계신 분이라는 게 꿈만 같았다. 여행이 계획대로 진행

되길 바랐지만 그와 같은 예상 밖의 저녁 식사는 여행 분위기를 한결 부드럽게 만들어줬다. 하지만 뉴욕에 도착하기 전까지 우리에게는 방문 임무를 완수해야 하는 여행지들이 있었다. 도연이와 나는 머리를 맞대고 작은 글씨들로 빼곡한 여행 스케줄표를 보면서 교통편과 예상 소요 시간을 따져봤다. 한 치의 오차도 허용할 수 없었다. 겁이 많은 우리가 미국에서 비행기를 놓치면 무서우니까. 군사 작전 짜는 사람들처럼 Plan B와 C까지 마련해놓고 도연이와 나는 샌프란시스코 호텔을 나섰다. 요세미티 국립공원을 시작으로 라스베이거스의 벨라지오 호텔 분수쇼를 거쳐 그랜드 캐니언까지 8일에 걸쳐 미국 서부 여행을 무사히 마쳤다. 우리는 로스앤젤레스 공항에서 국내선을 타고 뉴욕으로 이동했다. 그랜드 캐니언에서 느꼈던 감동이 채 가시기도 전에 비행기 창밖으로 뉴욕의 야경이 펼쳐졌다. 빛으로 물들어 있는 한밤의 뉴욕에서는 고요한 불꽃놀이가 땅 위에서 벌어지고 있는 듯했다. 비행기 창문틀이 액자 틀처럼 보일 정도로 어떤 순간의 어떤 장면이든 내 방 벽면에 걸어두고 싶은 예술 작품이었다. 뉴욕에 거주하고 있는 친구들의 푸념 섞인 뒷이야기가 잊혀질 정도로 뉴욕의 야경은 내 마음을 단번에 사로잡았다. 영어 듣기 평가 단골 주제였던 JFK 공항이 저 멀리 보였다. 여행객으로 뉴욕을 방문하니 활주로를 표시해둔 조명조차 나를 반겨주는 것 같았다. 도연이와 나는 새벽 1시경 JFK 공항에 내린 뒤 예약해둔 호텔로 가서 짐을 풀었다. 샌프란시스코에서 실패한 와인 마시기는 뉴욕에서도 실패했다. 샤워를 하고 나서 다음 날 일정을 확인하다 보니 어느새 새벽 3시를 넘기게 됐다. 와인을 유리잔에 담을 힘도 없었다. 우리는 호텔 창문 밖으로 보이는 자유의 여신상을 바라보며 잠시 이야기를 나누다가 잠이 들었다.

휴식 시간도 없이 전력 질주했던 서부 여행과 달리 동부 여행은 여유를 즐기면서 천천히 하고 싶었다. 우리는 당초 계획을 수정하여 7일 동안 뉴욕에만 머물기로 했다. 도연이와 나는 복잡한 동선을 고려하여 운동화를 신고 뉴욕 시내를 걸어 다녔다. 우리는 5일 동안 타임스퀘어, 첼시마켓, 브라이언트 공원, 엠파이어 스테이트 빌딩, MoMA 뉴욕현대미술관, 소호 거리 등등을 둘러보았다. 5일째 되던 날 밤에는 탑뷰버스 나이트투어도 했다. 동부에서는 여행의 속도를 줄이려고 했는데 날이 갈수록 가보고 싶은 곳들이 늘어나서 서부 못지않은 속도로 뉴욕 시내 곳곳을 돌아다녔다. 이틀 뒤면 미국 여행도 끝이라고 생각하니 지친 와중에도 쉬지 않고 발걸음을 옮기게 됐다. 긍정적인 성격의 도연이와 함께한 덕분에 뉴욕에서의 하루하루도 행복과 감동의 연속이었다. 탑뷰버스 나이트투어를 마치고 호텔로 돌아온 우리는 미국 여행 14일 만에 드디어 와인병을 열었다. 창가 앞에 놓여 있는 테이블에 앉아 와인을 따라 마셨다. 여행 준비하던 때부터 오늘에 이르기까지 좋았던 기억들을 몽땅 끄집어내어 대화로 풀어냈다. 두런두런 이야기를 나누던 와중에 도연이의 휴대폰 전화벨이 울렸다.

"여보세요? 준우 오빠?"

도연이가 말했던 그 선배님이었다.

"여행 잘하고 있어요. 오빠가 추천해준 여행지도 다 가보고요. 내일 저녁 6시에 데리러 오신다고요? 저희 호텔 주소는 문자로 보내드릴게요. 그럼 내일 봬요."

도연이가 전화를 끊고 휴대폰을 테이블 위에 올려놓았다.

"여기로 오신대?"

"응. 우리가 길 헤맬 것 같다고."

"바쁘실 텐데 감사하네."

자정이 넘은 시간까지 와인을 마시며 도연이로부터 준우 오빠라는 분의 일대기를 전해 들었다. 본의 아니게 얼굴도 모르는 분의 과거를 상세히 알게 됐다. 도연이 말에 따르면 그분이 걸어오신 인생길은 장밋빛으로 물들어 있었다. 우리는 잠들기 전까지 앞으로 어떻게 살아야 할지에 대한 얘기를 나누다가 내일을 위해 눈을 붙였다.

뉴욕에서의 6일째 날이 밝았다. 우리는 그동안 쌓인 피로를 해소하느라 오전 11시까지 늦잠을 잤다. 물론 호텔 조식은 비몽사몽간에 먹고 왔다. 아침 식사를 하자마자 곧바로 다시 누워서 그런지 얼굴이 퉁퉁 부어 있었다. 우리는 얼굴 부기도 빼고 바람도 쐴 겸 호텔에서 가까운 타임스퀘어로 산책을 나가기로 했다. 겨우 두 번째 가보는 타임스퀘어인데도 벌써 구면인 느낌이 들었다. 점심시간이 다가오자 회사원들이 여기저기서 쏟아져 나왔다. 미국이나 한국이나 직장인들의 삶은 비슷해 보였다. 우리는 커피숍에서 아메리카노를 테이크아웃하여 조금씩 마시면서 거리를 걸어 다녔다. 컵에 남아 있는 온기 덕분에 유난히 추웠던 겨울날에도 넉넉한 마음이 들었다. 첫 번째 방문했을 때는 높고 화려한 건물에 시선을 뺏겼었는데 두 번째 방문했을 때는 사람들이 보였다. 피곤해 보이는 레스토랑 종업원, 덩치가 산만 한 뉴욕 경찰 아저씨, 길거리에서 싸우는 연인, 대형견과 함께 산책하는 중년 남성 등 뉴욕의 또 다른 풍경이 눈에 들어왔다.

우리는 두 시간 남짓 걸어 다니다가 오후 3시경 호텔방으로 돌아왔다. 거울에 얼굴을 비춰보니 다행히도 부기가 빠져 있었다. 도연이와 나는 본격적으로 약속 준비에 돌입했다. 5시 반에 모든 준비를 마치는 것을 목표로 우리는 신속하게 움직였다. 방 안에는 메이크업 도구를 꺼내거나 내려놓는 소리만 계속해서 들렸다. 서로 약속이라도 한 듯이 불필요한 대화는 일절 삼갔다. 시험 하루 전날의 집중력이 발휘됐다. 가끔가다 도연이와 눈이 마주치면 웃음이 새어 나오긴 했지만 집중력이 흐트러지진 않았다. 전신거울과 옷장을 몇 번이나 왕래한 끝에 입고 나갈 옷을 정하고 컬링 아이론으로 헤어스타일까지 완성하니 오후 5시가 약간 넘었다. 도연이도 마무리 단계에 접어든 것 같았다. 설렘을 나눠 쓰기 위해서 느린 템포의 뉴에이지 음악을 틀어놓고 숄더백에 소지품을 챙겨 넣었다. 우리 둘 다 준비를 마치자 거의 정확하게 5시 반이 되었다. 여행하면서 예상 소요 시간 계산 능력이 향상된 것 같았다. 우리는 침대에 걸터앉아 뉴욕 여행 마무리 잘하자며 다시 한번 의지를 다지고는 도연이 휴대폰만 바라보고 있었다. 한 10분 정도 지났을 때 휴대폰 전화벨이 울렸다.

"도착하셨어요? 저희도 준비 다 마쳤어요. 5분 뒤에 호텔 정문 앞에서 봬요."

도연이와 나는 전신거울 앞에서 마지막 점검을 하고 호텔 밖으로 나갔다. 검은색 승용차 옆에 서계시던 분이 도연이에게 손인사를 건네며 입구 쪽으로 걸어오셨다.

"오빠, 안녕하세요. 정말 오랜만이에요."

"그동안 잘 지냈어?"

"그럼요. 바쁘실 텐데 시간 내주셔서 감사해요."

"당연한 걸 갖고 고맙긴. 뉴욕에서 만날 수 있는 기회가 흔치 않은데 전화로만 인사 나누려니까 미안한 마음이 들더라고. 회사 업무에 지장 없도록 스케줄 조정해놨으니까 걱정 마."

"준우 오빠, 이쪽은 제가 말했던 그 친구예요."

"안녕하세요."

나는 어색한 분위기 속에서 수줍게 인사를 드렸다.

"안녕하세요. 반가워요. 도연이한테 얘기 많이 들었어요. 경영대 후배라면서요?"

"아, 네."

"도연이가 학교 후배 데려온다고 해서 원래 예약했던 데 취소하고 더 좋은 데로 옮겼어요."

"아, 네. 감사합니다."

나는 인공지능 발음으로 대답했다. 도연이는 어쩔 줄 몰라 하는 내 모습에 웃음을 터뜨렸다.

"하하, 정원아! 편하게 대하겠다며? 그 당당함은 어디로 간 거야?"

그분께서는 미소를 지으시면서 도연이에게 말씀하셨다.

"도연아, 그러면 더 어색해질 수 있어. 자연스럽게 편해질 때까지 기다려주자. 그럼 우리 이동해볼까? 내가 회사 동료들이랑 자주 가던 레스토랑이 있는데 그곳으로 가자."

우리는 맨해튼 중심가에 있는 레스토랑에 도착했다. 입구부터 분위기가 심상치 않았다. 월스트리트를 배경으로 한 영화 속으로 들어온 것 같았다. 감미롭게 화려한 인테리어가 인상적이었다. 입구에 서 있던 종업원은 예약자 이름을 확인하고 자리로 안내했다.

"오빠, 이 레스토랑 정말 최고예요."

"그래? 마음에 들어서 다행이다."

나는 둘이 대화하는 동안 눈만 깜박거리고 있었다.

"이름이 정원이라고 했죠? 제가 선배고 오빠니까 말 놔도 돼요?"

"그럼요. 말씀 편하게 하세요."

"그래, 정원아. 뉴욕에서 학교 후배 만나니까 너무 반갑다."

"저도요. 제가 처음으로 뵌 선배님이세요."

"그렇구나. 영광이라고 해야 하나?"

"아니요, 제가 영광이죠. 도연이한테 전해 들은 이야기가 많아서…."

준우 선배는 도연이를 쳐다보며 말했다.

"도연아, 무슨 말을 전했는지 심히 걱정되는데?"

"걱정 안 하셔도 돼요. 오빠 삶의 궤적을 말해줬을 뿐이에요. 단한 번의 실패도 없이 승승장구했던 오빠의 일대기를 말해줬어요."

"나도 실패 경험 많아."

"오빠가요?"

준우 선배는 음식을 주문한 뒤 와튼 스쿨 졸업 후 월스트리트 취직에 성공하기까지 있었던 일들을 들려주셨다. 뉴욕을 여행지가 아닌 생활터전으로 삼았을 때 그 화려함을 벗고 냉정함을 드러내더라는 말씀을 마치셨을 때쯤 주문한 음식이 나왔다.

"오빠, 잘 먹을게요."

"선배님, 저도 잘 먹을게요."

"그래. 맛있어야 할 텐데. 다들 잘 먹어."

외관상 맛있을 수밖에 없어 보이더니 예상대로 주문한 음식은 모두 일품이었다. 레스토랑 분위기가 음식에 녹여져 있는 것 같았다. 음식도 감미롭게 화려한 맛이었다. 옆 테이블의 일상적인 대화 소리마저 로맨틱하게 들릴 만큼 레스토랑 분위기와 음식 맛에 흠뻑 빠져들었다.

"오빠, 여기는 음식도 맛있네요. 음식 맛이 분위기를 따라가지 못하는 레스토랑들도 많은데 이곳만큼은 예외인 것 같아요."

"그래서 자주 오게 되더라고. 저녁 다 먹었으면 칵테일 한 잔씩 할래?"

"여기서요?"

"아니. 이 주변에 유명한 루프탑 바가 있는데 워낙 창밖 경치가 예뻐서 너희들이 좋아할 것 같아. 거기 한번 가볼래?"

"오빠, why not?"

"하하, 그럼 일어나자."

우리는 레스토랑에서 나와 준우 선배의 차를 타고 루프탑 바로 이동했다. 25층에 위치한 그곳은 어느 자리에 앉아도 뉴욕의 야경이 한눈에 들어왔다. 화려한 조명에 둘러싸여 칵테일을 마시니 은하수 속에 들어와 있는 것 같았다. 밤늦은 시각임에도 미국의 젊은 남녀들로 칵테일바는 활기가 넘쳤다. 이런 분위기가 연출될 수 있다는 게 신기할 따름이었다. 시선을 돌리는 곳마다 마음을 울렁이게 하는 진한 매력이 풍겨 나왔다. 뉴욕의 야경을 배경으로 한 모든 사람과 장소는 그 자체가 명장면이었다.

"오빠, 저희 둘은 겁이 많아서 칵테일바에 들어올 엄두도 못 냈을 거예요. 오빠 덕분에 뉴욕에서의 마지막 밤을 이렇게 멋지게 보내게 되네요."

"뉴욕에서 직장 생활하느라 힘들다가도 이 칵테일바에서 뉴욕 야경을 보고 있으면 알 수 없는 힘이 생기더라."

"그럴 만한 것 같아요. 삶에 대한 의욕이 솟아나네요."

"정원아, 너는 어때?"

"어떻게 표현해야 될지 모르겠어요. 너무 예뻐서."

"둘 다 마음에 들어 하니까 내가 다 기쁘다."

우리는 두어 시간가량 있다가 황홀했던 칵테일바를 뒤로하고 건물에서 나왔다. 준우 선배는 우리를 호텔까지 데려다주셨다.

"이렇게 헤어지려니까 아쉽다. 시간적 여유가 있었으면 더 멋진 곳들도 많이 구경시켜줬을 텐데…."

"아니에요, 오빠. 이것만으로도 너무 감사해요. 오히려 저희가 신세 진 건 아닌지 모르겠어요. 바쁘실 텐데."

"아니야. 나도 오랜만에 한국 동생들 만나서 얘기 나누니까 진심으로 즐거웠어. 나중에 뉴욕 올 일 있으면 부담 갖지 말고 연락하렴. 너희에게 소개해주고 싶은 장소들이 아직 많이 남아 있단다."

"뉴욕에 다시 방문할 날이 머지않았으면 좋겠네요."

"선배님, 오늘 정말 감사했어요."

"정원아, 이렇게 만나게 돼서 너무 반가웠어. 한국에 몸 조심히 잘 들어가고, 내 후배 된 거 다시 한번 축하해."

꿈만 같았던 뉴욕에서의 마지막 밤은 그렇게 마무리됐다. 한국으로 돌아온 뒤 나는 준우 선배가 다녔던 그 학교에서 생활한다는 것만으로도 한동안 기뻤다. 앞으로 내가 직면하게 될 수많은 갈림길에서 준우 선배와 다른 길을 선택하게 되겠지만 서울대 경영대학이라는 교차점이 생겼다는 사실에 동기부여가 됐다. 뿐만 아니라 두 번째 뉴욕 여행을 언제 떠나게 될지 모르겠지만 그때는 좀 더 발전된 모습으로 뉴욕을 방문할 수 있길 바라게 됐다. 도연이와 나는 귀국한 지 일주일 만에 커피숍에서 다시 만났다. 우리는 여행지에서 찍은 사진들을 보면서 어느새 과거가 되어버린 순간들을 되새겨보았다. 찰나의 순간을 담고 있는 사진이 마음속에 저장돼 있는 동영상을 재생시켰다. 한 장의 사진을 볼 때마다 촬영 전후의 상황이 단편 영화처럼 펼쳐졌다. 오감이 기억하고 있는 여행의 정취가 현재 시점에 재현되면서 커피숍 구석진 자리에서도 여행객의 낭만을 느낄 수 있었다. 마지막 사진까지 보고 난 후 도연이와 나는 이번 여행에 대한 감상을 나누며 시간을 보냈다. 우리는 다가오는 여름방학에 떠날 여행 계획까지 세워놓고 커피숍에서 나왔다. 새로운 여행이 기다리고 있는 우리의 발걸음은 그 어느 때보다 가벼웠다.

서울대가 어떤 대학교예요?

합격 기념 여행을 다녀온 직후 개강 날까지 2주간의 시간이 남아 있었다. 의욕적으로 입학 준비를 하고 싶었지만 다년간의 대학생활 경험자가 준비할 것은 별로 없어 보였다. 한 가지 빠진 것이 있다면 서울대에 대한 사전 지식이었다. 누군가 나에게 "서울대는 어떤 대학교예요?"라고 물어보면, "관악구에 있고요, 공부 잘하는 동생들을 많이 볼 수 있는 대학교예요."라는 설명 이외의 답변은 내놓지 못할 것 같았다. 그래서 나는 사전 지식 검증 전형을 준비하는 마음으로 서울대를 공부하기 시작했다.

서울대 하면 가장 먼저 떠오르는 것이 'ㅅㅑ' 모양의 정문일 것이다. 'ㅅ' 형태는 서울대의 머리글자임을 쉽게 알 수 있다. 문제는 'ㅑ'

부분이다. 일단 'ㅑ' 부분의 위쪽을 자세히 관찰해봐야 한다. 획이 시작되는 부분이 좌측 안쪽으로 90도 꺾여 있다. 한국 사람이라면 그런 형태의 모음이 없다는 것을 잘 알고 있을 것이다. 'ㅑ'처럼 보였던 정문 우측 부분은 'ㄱ'과 'ㄷ'이 겹쳐진 형태다. 기다란 'ㄱ' 위에 짤막한 'ㄷ'이 얹혀져 있는 모습이다. 그런데 'ㄱ'과 'ㄷ'은 어디에서 왔을까? 알고 보면 굉장히 단순하다. ㄱ, ㅅ, ㄷ는 바로, 국립 서울대학교의 머리글자를 따온 것이다. 하지만 다행히 여기서 끝이 아니다. 왜 'ㅑ'와 같은 형태로 'ㄱ'과 'ㄷ'을 합쳤을까 궁금하지 않은가? 그 이유는 열쇠의 모습을 형상화하기 위해서이다. 열쇠 형태는 진리를 찾기 위한 열쇠를 상징한다. 서울대의 교훈이 "진리는 나의 빛"인데, 이를 반영한 디자인이라고 할 수 있다. 그리고 서울대 정문의 색상은 2000년대 초반까지 황동색에 가까웠으나 개교 60주년을 맞아 은회색을 입혔다. 정문 디자인을 새롭게 구상한 디자인학부 백명진 교수에 따르면, 중립적인 색상인 은회색을 통해 공적인 교육 공간의 느낌을 표현했다고 한다. 참고로 서울대 정문은 지하철 2호선 서울대입구역에서 약 2km 떨어진 곳에 있다. 이는 서울 지역 지하철에서 대학 이름을 역명으로 사용하고 있는 역들 중 가장 먼 거리에 위치한 것이라고 한다. 서울대 정문 설치에 대한 논의는 1975년 관악캠퍼스로 이전하게 되면서 시작됐다. 그 후 2년 뒤, 세 가지 시안을 마련해 학생들을 대상으로 여론 조사를 진행했지만 안타깝게도 긍정적인 평가를 받은 디자인이 아무것도 없었다. 그래서 세 가지 시안을 모두 폐기하고, 기존 서울대 정장(正章)에 등장하는 도안을 본떠 서울대 정문을 만들게 되었다. 그런데 서울대 정장은 어떤 의미를 담고 있을까. 서울대 정장은 일반적으로 '서울대 마크'라고 불린다. 서울대 기념품 가게에 가면 거의 모든 물건에 새겨져 있다. 얼핏 봐도 엄청난 의미가 담겨 있을 것 같다. O와 X가 겹쳐 있는 것처럼 보이는 부분은 둥근 형태의 월계관 위에 펜과 횃불이 교차돼 있는 것이다. 월계관은 경기의 승리나 학문 등의 업적에서 명예와 영광을 상징하며, 으뜸가는 학문적 영예의 전당으로서의 서울대학교를 의미한다. 펜과 횃불은 지식의 탐구를 통해 겨레의 길을 밝히는 데 앞장서겠다는 의지를 나타낸다. 그리고 그 위쪽에는 책이 펼쳐져 있으며 라틴어로 "VERITAS LUX MEA"라고 적혀 있다. 이 문구는 '진리는 나의 빛'이라는 뜻이며, 서울대 초대 총장이었던 해리 엔스테드가 지었다고 전해진다. 그리고 정장의 원형은 1946년 미술대학 학장이었던 장발 교수의 요청으로 당시 도안과에 재학 중이던 이기훈 학생이 만들었다고 한다. 그 후 모양이나 비율 등이 조금씩 수정되면서 지금의 형태로 통일됐다.

서울대 캠퍼스 중 가장 널리 알려진 캠퍼스는 관악캠퍼스이다. 하지만 서울대 캠퍼스는 총 네 곳이다. 관악캠퍼스 외에도 연건캠퍼스, 평창캠퍼스, 시흥캠퍼스가 있다. 대부분의 단과대학이 위치하고 있는 관악캠퍼스는 'ㅅㅑ'형태의 서울대 정문으로 유명하다. 정문에서 비교적 가까워 걸어가더라도 서울대 3대 바보가 되지 않는 건물로는 미술관, 체육관, 경영대학 등이 있다. 이 중에서 역사적인 의미가 있는 장소는 바로 서울대 체육관이다. 외관상 허름해 보일 수 있지만 그만큼 유서 깊은 곳이기도 하다. 왜냐하면 세계 최초로 올림픽 탁구 경기가 열린 곳이기 때문이다. 1988년 서울 올림픽에서 탁구가 처음으로 올림픽 정식 종목으로 채택되면서 서울대 체육관이 세계 최초 올림픽 탁구 경기장이 됐다. 관악캠퍼스는 중앙도서관을 중심으로 단과대학의 계열이 대략적으로 나뉜다. 정문 방향으로는 경영대학, 사회과학대학, 법과대학, 음악대학, 미술대학, 인문대학, 사범대학 등 인문 예체능 계열 단과대학들이 순서대로 위치하고 있다. 관악산 위쪽 방향으로는 약학대학, 자연과학대학, 공과대학 등 이과 계열 단과대학들이 자리하고 있다.

인문대 옆쪽에 위치한 연못인 자하연은 관악캠퍼스를 대표하는 명소 중 하나다. 자하연(紫霞淵)의 한자를 해석해보면 '보랏빛 저녁노을이 드리우는 연못'이라는 의미다. 보랏빛 노을은 신선이 사는 곳에 어린다고 알려져 있다. 연못 명칭의 유래에 대해서는 여러 가지 설이 있다. 첫째, 관악캠퍼스의 조선시대 행정구역명이 시흥군 자하동이었기 때문에 자하연이라고 명명했다는 이야기가 있다. 둘째, 18세기 조선의 유명한 학자였던 신위(申緯)의 호가 '자하'였고, 그가 관악산 계곡 일대를 '자하동천'이라고 불렀기 때문이라는 해석도 있다. 자하연이 언제 어떻게 만들어졌는지 정확히 알려진 바는 없으나 조선시대 때 관악산의 불기운이 세다는 이유로 그 주변 곳곳에 연못을 만들었는데 그중 하나가 자하연이었다는 설이 있다. 2000년대 초반까지만 해도 자하연을 가로지르는 아치형의 다리가 있었다고 한다. 제아무리 사이좋던 연인도 그 다리를 함께 건너면 머지않아 헤어진다는 슬픈 전설이 깃들어 있었던 다리였다. 하지만 지금은 철거되어 다정한 연인들이 마음 놓고 데이트를 즐기고 있다. 뿐만 아니라 자하연 주변에는 유명 스타가 거주하고 있다. 바로 서울대 학생들의 사랑을 독차지하고 있는 오리 한 쌍이다. 캠퍼스관리과 직원분들이 가져다 놓으신 이후로 자하연의 마스코트가 됐다. 1세대 오리 두 마리의 이름은 오리스토텔레스와 키에르케고오리였다고 한다. 정식 이름은 아니었지만 인문대 철학과 학생들이 그렇게 부르기 시작했다는 얘기가 있다. 2세대 오리 두 마리의 이름은 뾱이와 빱이며, 둘이 합쳐서 '뾱빱이'라고 불렸다. 둘 다 흰색 오리여서 깃털 색으로는 구분하기 어렵기 때문에 서울대 학생들은 부리 색깔로 뾱이와 빱이를 구분했다. 상대적으로 진한 노란색의 부리를 가진 오리는 뾱이고, 연한 노란색의 부리를 가진 오리는 빱이다. 하지만 퇴행성 관절염에 걸린 뾱이가 하늘나라로 가면서 청둥오리인 덕이가 뾱이의 빈자리를 채우게 됐다. 슬프지만 어찌하오리까. 그렇게 오리 3세대가 시작됐다. 세대를 이어가며 자하연을 정감 넘치는 장소로 만들어주고 있는 오리들이 오래오래 건강하길 바란다.

　문화관 아래쪽으로 내려오다 보면 기와지붕으로 된 규장각 건물을 볼 수 있다. 이 건물의 명칭이 '규장각'이라는 걸 알았을 때 학문에 조예가 깊었던 정조의 정신을 계승하자는 상징적인 의미를 담아 그렇게 명명한 줄 알았다. 그런데 조선시대 규장각에서 실제로 보관하고 있던 자료를 이관받아 보존 및 연구하는 곳이었다. 서울대 규장각이 국사 교과서에서 봤던 그 규장각의 명맥을 이어가고 있는 것이었다. 규장각이 보유하고 있는 세계기록유산은 조선왕조실록, 승정원일기, 조선왕조 의궤, 일성록, 조선통신사 기록물이며, 서적 수로 따지면 9,755권이다. 국보로 지정된 자료에는 조선왕조실록 정족산사고본, 조선왕조실록 낙질 및 산엽본, 일성록, 승정원일기, 삼국유사, 동의보감 등이 있다. 반야바라밀다심경, 대동여지도, 곤여전도 목판, 용비어천가 등은 보물로 지정되어 있다. 이렇게 귀중한 문화유산을 품고 있는 서울대 규장각은 역사적 흐름에 따라 축적돼온 노력의 결과물이다. 규장각한국학연구원 이현희 원장님께서는 '奎章閣'이라고 호방하게 현판의 글씨를 남겨주신 숙종 임금, 규장각을 짜임새 있게 꾸려 주신 정조 임금, 그리고 한국전쟁 등 굴곡진 현대사 속에서도 이 기관의 소장물을 굳건히 지켜 내신 수많은 분들께 감사하는 마음을 표하고 싶다고 전하셨다.

관악캠퍼스는 봄이나 가을이 되면 관악산의 경치를 즐기러 온 등산객들을 많이 볼 수 있다. 봄날의 관악캠퍼스는 꽃으로 그린 수채화 같다. 시선이 닿는 곳마다 봄기운이 생동하고 있다. 정문을 지나자마자 보이는 능수벚꽃은 관악캠퍼스의 명물이다. 능수벚꽃을 카메라에 담지 않고 그 앞을 지나가기란 여간 어려운 일이 아니다. 나 또한 지각할 가능성이 높거나 이미 사진을 찍었을 경우를 제외하고는 능수 벚꽃 앞을 그냥 지나친 적이 없다. 정문에서 좌측으로 나 있는 순환 도로를 따라 올라가다 보면 기숙사 삼거리를 만나게 된다. 갈림길에서 왼쪽으로 가면 낙성대역이 나오고, 오른쪽으로 가면 버들골, 교수 회관 등이 나온다. 어느 쪽으로 가든 벚꽃나무가 줄지어 서 있기 때문에 봄나들이로 적격인 길은 따로 없다. 각자의 마음을 따라가면 될 것 같다. 갈림길에서 왼쪽을 선택한 사람들을 위해 낙성대에 대한 설명을 덧붙이고자 한다. 낙성대는 대학교가 아니다. 사회생활하면서 낙성대 출신 동료를 본 적 없지 않은가? 낙성대는 고려시대 명신이었던 강감찬이 탄생한 곳으로 알려져 있으며, '별이 떨어진 땅'이라는 뜻이다. 강감찬 장군의 어머니가 북두칠성 중 하나인 문곡성이 품 안으로 떨어지는 태몽을 꾸었기 때문에 붙여진 이름이라고 한다. 낙성대 주변에는 공원이 조성되어 있는데, 그 안에는 장군의 사당인 안국사와 동상이 자리하고 있다. 참고로 안국사 때문에 사당역이라고 불리는 것은 아니다. 사당역의 사당은 조상의 신주를 모시는 사당(祠堂)이 아니라 '집이 많은 곳'이라는 의미의 사당(舍堂)이다. 낙성대 공원 한가운데 세워져 있는 동상은 72세의 나이로 귀주대첩에서 승전고를 울렸던 강감찬 장군의 용맹스러움을 표현하고 있다. 낙성대는 대학교가 아니라는 사실을 알았으니 다시 관악캠퍼스로 발길을 돌려보자. 가을날의 관악캠퍼스는 낙엽으로 만든 모자이크 작품이 된다. 단풍으로 물든 캠퍼스를 걷다 보면 이 순간이 영원하길 바라게 된다.

날씨가 꽤 선선해졌음에도 풍성한 은행잎을 보고 있으면 온몸에 따스한 기운이 전해지는 듯하다. 길 위에 수북이 쌓여 있는 낙엽을 밟을 때마다 바스락거리는 소리가 내 마음을 간지럽힌다. 가을 정취에 빠지지 않으려 해도 고운 빛깔의 단풍은 나를 벤치에서 떠날 수 없게 만든다. 각 계절마다 한 폭의 명화를 탄생시키는 이곳은 바로 관악캠퍼스이다.

종로구 연건동에 있는 연건캠퍼스에는 의과대학, 치의학대학, 간호대학이 모여 있다. 마로니에 공원 맞은편에 위치하고 있으며 창경궁에서 가깝다. 연건캠퍼스 중앙에는 서울대학교 병원 본관이 있고, 연구관 주변에는 '함춘동산'이 조성되어 있다. 함춘은 '봄을 머금은 동산'이라는 뜻의 함춘원에서 따온 명칭이다. 함춘원은 1483년 성종이 창건한 창경궁의 후원이었다. 현재 의과대학 주변 일대에 위치했을 것으로 추정되는 함춘원에서 나무를 심고 가꿨다는 기록이 남아 있다. 1764년에는 영조가 사도세자의 사당을 함춘원으로 옮기기도 했다. 정조가 즉위한 뒤 사당을 승격시키고 '경모궁'으로 개칭했다고 한다. 현재는 간호대학 앞에 경모궁 터만 남아 있다. 서울대학교 병원은 불우환자를 돕기 위해 '함춘 후원회'를 운영하고 있고, 병원신문인 《함춘시계탑》을 발간하는 등 각종 활동과 관련하여 '함춘'이라는 단어를 자주 사용하고 있다. 이는 생명의 계절이자 희망의 계절인 봄을 머금은 서울대학교 병원이 병들고 지친 분들께 봄의 기운을 전하고자 하는 의지를 담고 있는 것으로 볼 수 있다.

평창캠퍼스는 강원도 평창군 대화면에 있다. 이 캠퍼스는 농업생명과학의 학문 영역을 확대하고, 농산업의 융복합화 등을 선도할 새로운 패러다임을 구축하기 위해 2014년에 만들어졌다. 그린바이오과학기술연구원, 국제농업기술대학원, 농생명과학대학 목장으로 구성되어 있다. 평창캠퍼스에서는 현장 중심의 첨단연구 교육 산학협력이 이뤄지고 있다. 마지막으로 시흥캠퍼스는 2010년 글로벌 교육 의료 산학클러스터 조성을 위해 서울대-경기도-시흥시 간 MOU 체결을 통해 설립이 본격화된 캠퍼스다. 시흥캠퍼스의 기본방향은 대학과 지역이 함께 성장하는 스마트 캠퍼스를 조성하는 것이다. 2018년부터 우선 추진 프로그램들의 건설이 시작됐으며 2025년 완성을 목표로 하고 있다.

서울대에서 공부하기 위해 서울대를 공부해봤다. 서울대가 담고 있는 이야기들 중 빙산의 일각에 불과하지만 말이다. 그래도 일각에 대한 상식이라도 쌓으니 든든한 마음이 들었다. 때로는 큰 지식보다 작은 지식이 사람을 당당하게 만들지 않는가. 나는 작지만 소중한 지식을 들고 큰 이야기를 품고 있는 서울대로 향했다.

진리의 빛으로 가득했던
입학식

    대학교 3학년으로 편입되면서 서울대 입학식에 참석하지 못한 것이 못내 아쉬웠다. 하지만 졸업 후 집으로 배달된 동창회보에 실린 2019년 입학식 축사를 보고 뒤늦게 의미 있는 입학식을 치른 느낌을 받았다. 2019년도에는 서울대 지구환경과학부 이상묵 교수가 입학식 축사를 맡았다. 이상묵 교수는 '한국의 스티븐 호킹'으로 불린다. 그는 2006년 미국 캘리포니아 공과대학과 공동으로 진행한 야외지질조사 중 차량 전복 사고를 당했다. 예기치 않은 사고로 네 번째 경추신경이 완전히 손상됐으며 목 아랫부분을 전혀 움직일 수 없게 됐다. 사고 직후 그는 미국에 위치한 '랜초 로스 아미고스(이하 랜초)'라는 재활병원에 입원했다. 처음에는 병원을 나서는 순간부터 환자가 아닌 장애인으로 살아가야 한다는 사실을 받아들이기 어려웠다. 그럼에도 그는 자그마한 희망의 불씨라도 지피기 위해 물리치료에 전념하기로 결심했다. 물리치료실에 도착해보니 척수손상 환자들이 재생 가능성 있는 신경을 되살리려고 몸을 천천히 움직여보고 있었다. 꾸준하게 치료를 받아온 환자들은 타인의 도움 없이 몸을 뒤척이거나 스스로 팔을 들어 올렸다. 그 모습을 보자 인내심을 갖고 성실하게 물리치료를 받는다면 신체 상태가 호전될 수 있다는 희망이 생겼다. 하지만 차도를 보이고 있는 환자들은 모두 척수가 부분적으로 손상된 경우에 해당됐다. 신경이 완전히 손상됐더라도 다른 쪽이었다면 물리치료 효과를 기대해볼 수 있었지만 네 번째 경추신경을 다친 이상 목 위쪽을 제외한 어떤 부분도 움직일 수 없었다. 다른 환자들이 예전의 일상생활로 돌아가기 위해 준비하는 모습을 그는 물끄러미 바라보고만 있었다. 이를 안타깝게 여긴 아내가 유명한 치료전문가를 찾아가보자고 권유했지만 그는 "불가능에 가까운 치료에 아까운 시간을 허비하느니 이 상태에서 할 수 있는 보람 있는 일에 전념하겠다."고 답했다. 랜초에서는 신체에 대한 재활치료뿐만 아니라 환자의 심리 상태를 안정시킬 목적으로 정신과 치료도 병행한다. 입원 직후 그의 병실을 찾은 정신과 전문의는 "지금 가장 하고 싶은 게 무엇인가요?"라고 물었다. 그는 주저 없이 답했다. "학교로 돌아가고 싶습니다." 그리고 혼수상태에 빠져 있을 때 꿨던 꿈속에서 죽음을 직감하고 마음을 정리했었는데 이렇게 다시 살아나게 된 자신은 행운아라는 말을 덧붙였다. 정신과 의사는 그의 담담한 태도에 사뭇 놀라며 행운을 빈다는 말과 함께 병실을 떠났다. 학교로 돌아가고 싶었던 그는 현실을 직시하기 시작했다. 가혹한 현실을 냉정하게 받아들이는 순간 묘하게도 희망이 보였다. 얼굴만으로 움직일 수 있는 전자동 기계 장비가 장착된 휠체어를 고르러 다니며 강단으로 돌아갈 준비를 했다. 그리고 학교 측의 노력과 주변 분들의 헌신으로 2007년 1월, 그는 서울대로 돌아왔다. 사고가 발생한 날로부터 6개월도 되지 않은 시점에 원래의 자리로 복귀한 것이다. 시련의 크기와 깊이를 생각한다면 현실을 받아들이는 데 걸리는 시간만 해도 6개월로는 부족할 터였다. 어쩌면 평생이 걸릴지도 모를 일이었다. 하지만 바다가 해양학자인 그를 불렀고 그의 가슴은 다시 뛰기 시작했다. 1년에 평균 3개월 이상은 오대양에서 지내며 연구활동을 수행하던 열성적인 과학자는 바다처럼 큰마음으로 자신의 현실을 끌어안았다. 하늘이 모든 것을 가져간 듯 보였지만 희망만큼은 그의 곁을 떠나지 않았다. 생애 최고의 순간은 아직 살아보지 못한 날들 속에 숨어 있다는 이상묵 교수가 서울대학교 신입생들 앞에 섰다.

"대한민국 최고의 대학인 서울대에 입학하신 새내기 1학년 여러분들과 가족들께 축하드립니다. 환영합니다.

38년 전 서울대 합격 통지서를 받던 날 저희 아버지께서 이런 말씀을 하시더군요. '상묵아, 축하한다. 그런데 아버지가 세상을 살아

보니까 대학에 들어갈 때까지가 공부 실력이지 그 이후부터는 다른 것들이 더 중요하더라.'라고 하셨습니다. 그러니까 대학 들어갈 때까지는 공부가 중요하지만 그 이후부터는 아니란 말씀이죠. 또 남자가 40이 넘으면 내가 어떤 위치에서 어떤 일을 하느냐가 중요하지 어떤 학교를 나왔는가는 더 이상 중요하지 않게 된다는 말도 있습니다.

저희 아버지가 제게 강조하고 싶으셨던 것은 아마도 공부 잘한다고 방심하지 말라는 뜻이었던 것 같습니다. 저도 오늘 여러분을 마주하니, 하필 오늘같이 기쁜 날 이런 초 치는 이야기를 하는가 싶으시겠지만 끊임없이 자기의 부족한 부분을 채우기 위해 매진하라고 이야기해야 할 것 같습니다.

저희 아버지께서는 공부가 전부가 아니라고 하셨지만 저는 생각이 좀 다릅니다. 제가 학자라서가 아니라, 저는 공부, 즉 복잡한 것을 생각하고 추상적인 것을 이해하는 능력이야말로 인간다운 삶의 가장 중요한 요건이라고 봅니다. 나아가 저는 인생은 공부밖에 할 것이 없다고까지 말합니다. 공부를 통해 한 학문 분야에 전문가가 되면 다른 분야도 이해하는 머리가 생기기 때문입니다.

보시다시피 저는 장애인입니다. 선천적이 아니고 저는 나이 마흔네 살에 교통사고로 장애를 가지게 되었습니다. 여러분들처럼 움직이고 뛰어다니다 어느 순간 갑자기 이렇게 되었습니다. 그런데 저는 1년에 해외출장을 평균 열 번 다닐 정도로 활발한 삶을 사는데 그 이유는 과학자가 되기 위한 과정에서 얻은 지식과 사고력 교육 때문입니다.

사고 전까지 저도 여러분처럼 앞만 보고 달렸습니다. 그런데 갑자기 인생의 밑바닥에 떨어져 죽을지도 모르고, 설령 산다고 하더라도 평생 손가락 하나 움직이지 못하는 중증장애인으로 살 수밖에 없다는 것을 알게 되었습니다.

그 상황에 처하면 과연 죽음이란 게 무엇인가, 만약 산다면 그 의미가 무엇인가, 또 그 둘의 차이가 무엇인가 등등 우리가 평소 때 생각하지 않는 소위 근본적인 질문들(fundamental issues)을 품게 됩니다. 그런데 그 해답은 가까운 데 있었습니다. 그동안 제가 학자가 되는 과정에서 받은 교육과 훈련을 통해 연마한 사고법(즉 scholarship)을 바탕으로 해답을 스스로 찾아가는 것이었습니다.

참고로 저는 책장 한 장도 스스로 넘기지 못합니다. 하지만 지금 제 입 앞에 있는 빨간 도구로 컴퓨터를 조작하고 이것으로 전자문서의 페이지를 넘길 수 있습니다. 오늘 아침 세어 보니 지난 12년간 아마존 킨들에서 제가 구매한 책이 어느덧 800권에 이르더군요. 오디오 북까지 합치면 1,000권 이상입니다. 분야는 역사, 철학, 고전, 심리학, 수학, 생물학, 컴퓨터 등 거의 모든 분야를 망라합니다. 제가 이렇게 다양한 분야를 넘나들 수 있는 것은 한 분야의 진정한 전문가가 되면 다른 학문 분야도 이해할 수 있게 되기 때문입니다.

저는 학문은 여러분이 나락으로 떨어졌을 때 여러분을 끌어 올리는 구원의 손길이 될지 모른다고 말씀드리고 싶습니다. 왜냐하면 삶은 우리 인간이 원대한 우주 안에서 자기의 존재와 의미를 이해해 나아가는 과정이기 때문입니다. 그리고 진리만이 우리의 앞길을 밝히는 유일한 빛입니다.

책을 통해 알게 된 분 가운데 메리 에블린 터커(Mary Everlyn Tucker)란 미국 예일대학 교수님이 계십니다. 얼마 전 제가 평창포럼 연사로 모시기 위해 찾아간 적이 있습니다. 이 분이 유교를 전공하시더군요. 우리의 경우 유교에 관해 어릴 적부터 너무 많이 들어서 특별하게 생각하지 않아서인지, 의아하게 느껴졌습니다. 그래서 제가 그분께 왜 전 세계에 수많은 종교들 가운데 하필 유교를 택했냐고 물었습니다.

그분 말씀은 대부분의 종교가 열반에 이르고 천당에 가는 것처럼 개인적인 구원에 치중하는 것에 반해 유교는 스스로의 학문적 연마(self-cultivation)를 통해 내세가 아닌 현재 자기 주변의 가족과 사회에 영향을 주고 세상을 밝히고자 하는 정치·경제·사회적 통합적 믿음 체계이기 때문이라고 하시더군요.

한마디로, 유교는 우리가 귀 따갑게 들어온 '수신제가치국평천하(修身齊家治國平天下)'를 지향한다는 말입니다. 이것(수신제가치국평천하)은 여러분이 대학에 들어와 학문에 정진해야 하는 이유이기도 합니다. 그리고 오늘이 참으로 뜻깊은 이유는 이러한 원대한 여정에 여러분들이 그 출발점에 서 있기 때문입니다.

제 이야기는 이것으로 마치겠습니다. 다시 한번 더 서울대학교 입학을 축하드립니다."

시련을 겪었다는 사실만으로 누군가에게 희망을 줄 수 있다고 믿었던 시절이 있었다. 하지만 동병상련의 마음은 시련의 아픔을 반으로 쪼개 한쪽은 내 마음에 남겨두고, 다른 한쪽은 상대방과 교환하는 것에 불과했다. 시간이 조금 더 흘러, 시련을 겪은 후 극복해냈다는 사실만으로 누군가의 희망이 될 수 있다는 믿음을 갖게 됐다. 하지만 끝끝내 시련을 극복하지 못할까 봐 두려운 마음을 심어주는 존재가 될 수 있음을 알게 됐다. 그로부터 다시 시간이 흘렀다. 그리고 나는 이상묵 교수님의 연설문과 자서전을 접하게 됐다. 교수님께서는 시련을 극복한 적 없으셨다. 시련은 극복 대상이 아니라 과거에는 알 수 없었던 삶의 보석을 발견하도록 해주는 인생 학교였기 때문이다. 이상묵 교수님께서는 그 학교에 입학하셨고, 진리가 안내하는 길을 따라 학자로서의 삶을 계속 이어나가셨다. 사고가 발생한 시점부터 강단에 다시 서게 될 때까지 6개월밖에 소요되지 않은 것을 두고 사람들은 기적이라고 말했다. 그러나 학사일정 상의 문제였을 뿐 실질적으로는 3개월이 지났을 시점에 모든 준비를 마치셨다고 한다. 만약 시련에 초점을 맞췄다면 불가능한 일이었다. 하지만 시련이 가리키는 곳으로 시선을 옮겼을 때, 앞길을 환하게 밝히고 있는 진리가 보였다. 시련을 극복하는 방법이 아니라 시련을 대하는 자세를 몸소 보여주신 교수님께서는 그 존재만으로 희망이 되셨다. 진리는 교수님께 빛이 되어주었고, 교수님께서는 이 세상 모든 입학생들에게 빛이 되어주셨다. 서울대 입학생들뿐만 아니라 새로운 인생 학교에 입학하게 된 이들에게 울림 있는 축사를 들려주신 이상묵 교수님께 감사의 말씀을 전하고 싶다.

첫 수업 개강 날

　개강 날 아침이 밝았다. 그래도 자못 새내기 기분이 났다. 옷장 안을 훑어보면서 봄과 어울리는 옷을 찾아봤다. 청바지에 흰 티를 입고 연노란색 카디건을 꺼내 입었다. 7년간 쌓아온 메이크업 노하우를 총동원해 민낯 같으면서도 생기 있어 보이게 화장을 했다. 동안 메이크업은 선택이 아닌 필수였다. 거울 속 내 모습이 몇 년 전 내 모습과 흡사해질 때까지 세심하게 신경 썼다. 한참을 고군분투하다가 흰색 숄더백을 메고 방을 나섰다. 현관문을 열자 봄기운을 머금은 따스한 햇살이 나를 반겨주었다. 첫 번째 대학생활에서는 느끼지 못했던 삶에 대한 감사함이 밀려왔다. 발걸음도 가볍게 버스 정류장으로 향했다. 대학생으로 보이는 20대 학생들이 파일 폴더를 옆에 끼고 버스를 기다리고 있었다. 나도 대학교 처음 다녀보는 사람처럼 그들 숲에 자연스럽게 스며들었다. 기분이 묘해지면서 나의 첫 번째 대학생활이 떠올랐다. 설렘보다 걱정이 앞섰던 그때. 가진 것보다 가지지 못한 것에 집중하던 그때. 모든 '그때'들이 생각났다. 주위를 둘러보니 각양각색의 학생들이 보였다. 싱그러운 얼굴로 인상을 찌푸리고 있는 학생, 휴대폰에 대고 앵두 같은 입술로 신경질을 내는 학생, 잔주름 하나 없는 눈으로 지나가는 행인을 불쾌하게 쳐다보는 학생…. 힘든 줄 알지만 젊음을 아름답게 보낼 수 있는 기회는 한 번밖에 없더라고 말해주고 싶었다. 가진 게 없다고 반문한다면 젊음을 가졌으면 모든 걸 가진 것이었더라고 말해주고 싶었다. 현실을 모르냐고 반문한다면 젊음까지 없는 현실보다는 낫더라고 말해주고 싶었다.

기다리던 버스가 도착했다. 걱정보다는 설레는 마음으로 버스에 올라탔다. 출근 시간대라 그런지 빈자리가 없었다. 직감적으로 곧 내릴 것 같아 보이는 사람 옆에 섰다. 내가 이럴 때마다 실제 나이가 들통나는 듯했다. 아니나 다를까. 10여 분 뒤에 그 사람이 하차했고, 드디어 빈자리가 생겼다. 기쁜 티를 내는 건 새내기스럽지 않은 것 같아서 아무렇지 않은 듯 조신하게 자리에 앉았다. 가방을 무릎 위에 올려놓고 창밖 풍경을 감상했다. 무표정하게 바삐 걸어가는 회사원들로 길거리는 발 디딜 틈이 없었다. 저 회사원들 중에는 분명 내친구들도 있을 터였다. 어쩌면 내가 있어야 할 곳은 버스 안이 아니라 저 길거리 위인지도 모르겠다는 생각이 들었다. 또다시 설렘의 자리를 걱정이 넘보기 시작했다. 하지만 첫 번째 대학생활 당시 걱정은 남 부럽지 않게 해본 상태였다. 걱정이 해결해주는 건 아무것도 없었다. 걱정은 언제나 더 큰 걱정거리를 불러왔고, 결국엔 나를 걱정밖에 할 줄 모르는 사람으로 만들어버리곤 했다. 이와 같은 경험을 몇 번이고 반복할 필요는 없어 보였다. 내 삶이 나를 위해 치밀하게 설계해둔 인생 계획표의 큰 뜻이 드러날 때까지 눈앞의 현실에 충실하기로 했다. 버스는 어느덧 한강 위를 지나고 있었다. 지친 얼굴로 정면만 응시하고 있던 사람들도 한강을 지날 때만큼은 고개를 돌려 한강을 바라보았다. 버스에 남아 있는 승객들이 몇 명 없을 때쯤 서울대 정문이 보이기 시작했다.

학교에 도착하자마자 일단 경영대 건물로 향했다. 수업을 들으려면 인문대 건물로 가야 했지만 캠퍼스 지리를 익힐 때까지 내 출발지점은 언제나 경영대 건물이었다. 그나마 익숙한 경영대 건물에서 출발해야 마음이 놓였기 때문이다.

'자, 이제 출발하자.'

인문대 쪽으로는 가본 적이 없어서 무리 지어 걸어가고 있던 여학생들에게 길을 물었다.

"저기요, 길 좀 물을 수 있을까요? 제가 인문대로 가려고 하는데 어느 쪽으로 가야 하죠?"

길을 잘 모른다는 이유로 내가 스무 살 신입생인 줄 알았나 보다. 그들 중 한 명이 "새내기인가 보죠?"라고 물었다. 전후 상황을 설명하기 시작하면 이야기가 복잡해질 것 같아서 그냥 "네."라고 답했다. 그랬더니 그들을 발을 동동 구르며 나에게 말했다.

"꺄악~ 귀여워! 새내기가 다르긴 다르다. 우리도 상큼하던 시절이 있었는데. 참 좋을 때다, 좋을 때야. 대학생활 재미있게 하길 바라. 1학년 때는 무조건 놀고."

"네네…."

"어떡해, 목소리도 귀여워!"

내가 미처 생각지 못했던 방향으로 이야기가 흘러갔다. 반말에, 귀엽다는 말까지…. 감당하기 힘들었다. 이제 와서 진실을 밝힌다면 다섯 명에게 무안한 기억을 남길 것 같았다. 여러 가지 정황상 한 사람의 당혹스러움으로 끝나는 게 나을 듯 보였다. 하는 수 없이 몇 초 동안 새내기 연기를 했다.

"인문대로 가고 싶다고 했지? 이쪽으로 쭉 가다가 좌측으로 올라가면 돼."

"네. 감사합니다."

"안녕. 잘 가."

나보다 서너 살은 어려 보이던 고학번 학생들이 대학교 졸업자를 향해 손을 흔들었다. 나도 마음속으로 '응. 잘 갈게.'라면서 가볍게 목례를 했다. 다음부터는 이야기가 좀 길어지더라도 처음부터 자초지종을 설명해야겠다고 다짐했다.

인문대에 무사히 도착해 수업을 마치고 주변 커피숍에 가서 경영학과 인트라넷에 들어가봤다. 학기 초라 각 학과별로 점퍼(일명 '과잠')를 주문할 계획이니 구매 의사가 있는 사람은 다음 주까지 신청하라는 공지가 떠 있었다. 새내기들이 하는 건 다 해볼 심산이었으므로 신청서를 다운받아 빈칸을 채워 넣었다.

"이름? 서정원. 학번? 2011-12345. 신체 사이즈? 으음… Small. 새기고 싶은 문구?"

개인별로 원하는 문구를 과잠 소매 부근에 새길 수 있었다. 지금의 나에게 의미 있는 문구가 뭘까 생각해봤다. 예전에 봤던 오바마 전 대통령 연설 중에 감명 깊었던 문구가 떠올랐다.

"The best is yet to come.(최고의 날은 아직 오지 않았다.)"

그 표현이 생각나자마자 다른 문구는 고려해보지도 않고 신청서에 그대로 입력했다. 완성된 신청서를 다시 한번 훑어보며 오타가 없는지 확인한 후 학생회 이메일로 제출했다. 뿌듯한 마음으로 나머지 수업을 듣고 집으로 돌아왔다. 서울대에서의 첫날은 그렇게 마무리됐다.

3주가량 지나니 캠퍼스 지리에 익숙해져서 지나가는 사람에게 길을 묻지 않고도 서울대 어디든 갈 수 있었다. 굳이 경영대 건물에서 출발하지 않아도 됐다. 같은 과 동생들로부터 가장 빠른 길을 전수받았기 때문이다. 아직까지 길을 익히지 못한 신입생들이 나에게 길을 묻는 일도 생겨났다. 처음에는 나도 헷갈렸던 길들이었다. 이제는 어떤 건물의 위치든지 자신 있게 척척 알려주었다. 길 찾기에 자신감이 붙었을 즈음, 과잠이 나왔으니 신청한 사람은 찾아가라는 문자가 날

아왔다. 한달음에 학생회 사무실로 가서 내 과잠을 수령해왔다. 받자마자 소매 부근부터 확인해봤다. 은빛 필기체로 선명하게 "The best is yet to come."이 새겨져 있었다. 힘들 때마다 소매 부근을 들여다보면 마음의 위안이 될 것 같았다. 드디어 나만의 과잠이 생겼으니 이제는 입고 다닐 일만 남았다. 한동안 겉옷 걱정할 일은 없어졌다. 곧 있으면 날씨가 더워지기 때문에 과잠 입을 날도 얼마 남지 않은 것 같아 그다음 날 바로 과잠을 입고 집을 나섰다. 여느 때와 같이 버스 정류장에 도착했다. 그런데 평소와는 다른 시선이 느껴졌다. 뒤통수가 따가웠다. 얼마 지나지 않아 뒤에 서 있던 여학생들이 수근거리기 시작했다.

"저 사람 서울대생인가 봐. 저거 서울대 마크잖아."

"자기 똑똑하다고 자랑하는 거야 뭐야?

"쳇, 재수 없어."

추억 삼아 과잠 한번 입고 나갔다가 버스 정류장에서 잘난 척하는 재수 없는 사람이 됐다. 도착 정보 안내판을 보는 척하며 뒤쪽 분위기를 파악해봤다. 20대 초반 정도 돼 보이는 여학생들이 팔짱을 끼고 눈을 흘기고 있었다. 그런데 그 모습이 마냥 귀엽기만 했다. 타인에게 신경 쓸 여력이 남아 있다는 게 부러웠다. '언니가 기분 한번 내봤는데, 좀 좋게 봐줘라.'는 표정으로 한번 쳐다보고는 버스에 올라탔다. 두 번째 대학생활 중인 나에겐 모든 사람, 모든 순간이 소중했다. 어떤 사람, 어떤 순간에서도 삶의 아름다움을 발견하고 싶었다. 자리에 앉아 창밖을 내다봤는데 여전히 그 학생들이 나를 쏘아보고 있었다. 그들에게 들려주고 싶은 노래가 생각났다.

"얼굴 찌푸리지 말아요. 모두가 힘들잖아요."

'그 앳된 얼굴 찌푸리지 마. 너희도, 언니도 살아가면서 힘든 일 많잖아. 그러니까 서로의 행복을 빌어주자. 언니도 서울대에서 열심히 공부해볼 테니까 너희도 찬란한 20대를 아름답게 보내길 바라.'

내 마음속 메시지가 그들에게 전달되길 바라며 창밖을 향해 있던 시선을 거두었다.

나 홀로 적응할 수 있을까?

　새내기는 동기들끼리 똘똘 뭉쳐서 학교생활에 적응해나갈 수 있었지만 나는 그렇지 않았다. 학번으로 따지면 11학번 동생들과 동기였지만 그들은 이미 3학년이었다. 학교생활에 대해 모르는 게 없는 고학년이라 적응은커녕 권태를 느낄 시기였다. 나는 3학년이면서도 학교 시스템을 모르는 새내기와 다를 바 없어서 사소한 일을 처리할 때도 우왕좌왕했다. 프린트가 가능한 전산실은 어디에 있는지, 수업 보충 자료를 구입할 수 있는 곳은 어디인지, 학생식당에서 S-card는 어떻게 사용하는지 등등 하나부터 열까지 아는 게 없었다. 그렇다고 편하게 물어볼 수 있는 동생들도 없었다. 학기 초에는 인맥이라고 할 만한 게 없으니 궁금증이 생겨도 그냥 참았다. 모르는 길은 지나가는 학생에게 물어봐도 되지만 내가 궁금했던 것들은 그런 식으로 물어보기도 애매한 내용이었다. 그러던 중 전공과목 수업에서 한 여학생 옆에 앉게 됐다. 어색한 공기가 흐르는 가운데 우리 둘은 수업이 시작되기만을 기다리고 있었다. 그 여학생은 고개를 살짝 돌려 나의 옆모습을 쳐다봤다. 아마도 아는 사람인지 확인해보려는 듯했다. 나는 정면을 바라보고 있었지만 옆에서 벌어지는 모든 상황이 보였다. 우리는 팽팽한 긴장감을 유지한 채 한 교시를 마쳤다. 두 교시 연속으로 진행되던 수업이라 중간에 쉬는 시간이 있었다. 특별히 할 일이 없어서 배운 내용을 다시 훑어보았다. 복습할 생각은 크게 없었는데 어색함이 나의 학구열을 높여주었다. 본의 아니게 공부를 하고 있었던 나에게 그 여학생이 먼저 말을 걸었다.

"안녕하세요. 저는 이번에 경영학을 복수전공 하게 된 자유전공학과 학생이에요. 이름은 최유민이고요. 그쪽은 경영대생이세요?"

"네."

"혹시 학번이 어떻게 되세요?"

"저는 11학번이에요."

"오, 저도 11학번인데… 동갑이면 저랑 친구 하실래요? 복수전공 하니깐 경영대에 아는 사람이 없어서 힘들더라고요."

"아마도 저와 동갑은 아니실 거예요. 스무 살에 대학교 들어오셨죠?"

"네. 혹시 재수생이세요?"

"그건 아니고요…. 저는 대학교 졸업하고 학사편입학 전형으로 올해 경영대에 들어오게 됐어요. 그래서 20대 후반이에요."

"아, 그렇군요. 앞으로 언니라고 불러도 될까요?"

"그럼요."

"언니, 우리 연락처 교환할래요? 그리고 저한테 말 놓으세요."

"그럴까? 그럼 말 편하게 할게. 내 연락처는 이거야."

"제가 언니한테 문자 하나 보낼게요. 제 연락처 저장해주세요. 수업 같이 들을 사람 없을까 봐 걱정했는데 언니랑 들으면 되겠어요."

"나도 아직까지 아는 사람이 별로 없어서 난감할 때가 많았는데 잘됐다."

인간관계를 어디서부터 어떻게 형성해나가야 할지 고민하고 있던 나에게 유민이가 먼저 다가와줘서 다행이었다. 부산이 고향이라 경상도 억양이 섞여 있는 유민이의 말투가 내 마음을 편하게 해줬다. 유민이는 내가 만난 첫 번째 수호천사였다. 유민이의 성격이 워낙 무던해서 우리는 금세 친해졌다. 알고 지낸 지 일주일밖에 되지 않았음에도 1년 이상 친분을 쌓아왔던 동생 같았다. 개강 2주째부터는 점심도 같이 먹었다.

"언니, 학내 전용 사이버 머니는 잘 사용하고 계세요?"

"아니. S-card 발급받은 지 며칠 안 돼서 학생증으로만 사용하고 있어."

"SNU 머니 충전해두면 캠퍼스 내에 있는 식당 어디에서나 사용할 수 있고요, 복사나 프린트할 때도 쓸 수 있어요."

"어디서 어떻게 충전하는 건데?"

유민이는 파스타를 먹다 말고 포크를 내려놓았다. 그리고는 나에게 S-card 활용법을 정성스럽게 설명해줬다. 그 외에도 서울대 내에서 헷갈릴 만한 것들을 내가 묻기도 전에 체계적으로 알려주었다. 수강 신청하기 전에 유의해야 할 사항들을 어떻게 알 수 있는지, 서울대입구역이나 낙성대 주변에서 약속 장소로 적합한 곳들은 어딘지, 중간고사 기출문제를 어떻게 구하는지 등등 소소하지만 유용한 정보들을 아낌없이 알려줬다. 일주일 넘게 품고 있었던 모든 궁금증들이 유민이와 점심을 먹는 1시간 동안 다 풀렸다.

"유민아, 너무 고마워. 물어볼 사람이 없어서 답답했는데, 학교생활에 대해서 족집게 과외를 받은 것 같아. 오늘은 내가 밥 살게."

"아니에요, 언니. 그저께 과외비가 입금돼서 저도 당분간 부자예요."

"나도 과외비 입금해야 할 것 같은데, 계좌 번호가 어떻게 되니?"

"하하, 이 정도야 인지상정이죠. 앞으로도 궁금한 거 있으면 저한테 물어보세요. 언니, 오늘은 더치페이해요."

말로만 고맙다고 하니까 뭔가 허전했지만 우리는 결국 100원 단위까지 더치페이했다. 그 후로도 나는 궁금한 게 있을 때마다 유민이에게 SOS 요청을 보냈다. 학업 때문에 바쁜 와중에도 유민이는 신속하게 문자로 답해줬다. 손이 많이 가는 언니였던 나를 아무런 대가도 바라지 않고 도와준 유민이 덕분에 빠른 속도로 서울대 생활에 적응할 수 있었다.

　유민이 외에도 나의 수호천사가 되어주었던 동생들이 있었다. 서울대 입학을 앞두고 수강 신청을 하기 위해 전공 수업 강의 계획서들을 읽어보았다. 이전 대학생활을 통해 팀플이 포함된 수업을 세 개 이상 수강하게 되면 어떻게 되는지 몸소 체험해봤기 때문에 팀플 없는 수업을 찾아 헤맸다. 팀플 없는 수업만 골라서 신청해놓고 보니 한 학기에 두 과목만 들어야 하는 상황이 발생했다. 그런 식으로 가다가는 졸업까지 5년 넘게 걸릴 참이었다. 하는 수 없이 보편적인 이수 학점을 채우기 위해 네 개의 전공과목을 추가로 신청했다. 그 결과 첫 학기부터 네 개의 팀플을 하게 됐다. 피할 수 없으면 즐기라는 말이 떠올랐다. 즐길 수 없어서 피하고 싶었던 것이었는데 어떻게 즐기라는 것인지 되묻고 싶었다. 그 말의 원문을 보면 그에 대한 답을 찾을 수 있다. 원래 표현은 "If you can't fight and you can't flee, flow."이다. 직역하면, 당신이 맞서 싸울 수도 없고 달아날 수도 없다면, 흘러가도록 내버려두라는 뜻이다. 이번 학기를 즐기진 못하더라도 자연스럽게 흘려보낼 수 있도록 마음을 비우고 개강 날을 맞았다. 알아서 흘러가는 시간을 붙잡지 않고 순간순간에 몰입하며 살다 보니 피하고 싶었던 일상에도 적응됐다. 학기 중 여유 시간을 찾아볼 수 없게 했던 네 개의 팀플 과제도 마무리 단계에 접어들었다. 그중 마지막 팀플 과제를 마치고 팀원들과 뒤풀이 자리를 가졌다. 적극적이고 활달한 성격의 팀원들 덕분에 뒤풀이 자리에 웃음꽃이 만발했다. 팀원이 여섯 명이나 돼서 한 명씩 돌아가며 얘기하는 데도 많은 시간이 소요됐다. 한 가지 주제에 대해서 각자의 경험담이나 의견을 얘기하다 보면 1시간이 금방 지나갔다. 다른 주제로 넘어가는 것도 보통 일이 아니었다. 상당한 흥미를 끌 수 있는 내용이 아니라면 대화의 주제를 바꾸기 어려웠다. 한 가지 주제에 대해 이렇게 오랫동안 얘기할 수 있다는 게 신기했다. 나중에는 목이 쉴 뻔했지만 재미있는 대화를 멈출 만큼 목이 따가운 건 아니었다. 그렇게 시간은 흘러 자정이 되었다. 나는 옆에 앉아 있던 팀원에게 말했다.

"현주야, 벌써 밤 12시야."

"이제 시작이군."

동생들은 뒤풀이 자리를 떠날 생각이 없어 보였다. 우리는 지금까지 시켰던 음식량에 버금가는 만큼을 추가로 주문했다. 즉, 한참을 더 있겠다는 뜻이었다. 방금 전에 술집에 도착한 사람들마냥 이야기를 시작했다. 처음에는 다들 체력이 대단하다고 느꼈는데, 시간이 흐를수록 이것은 정신력 문제인 것 같았다. 화기애애한 뒤풀이 자리를 즐길 수 있을 만큼 즐기겠다는 의지가 아니면 해낼 수 없는 일인 듯 보였다. 나중에는 시계도 쳐다보지 않았다. 몇 시인지 안다고 해서 달라질 분위기가 아니었다. 한 학기 동안 팀플 회의하면서 했던 말보다 그날 하루 한 말의 양이 더 많을 것 같았다. 술집에 있는 테이블이 하나둘씩 비어갔다. 술집 분위기가 찻집 분위기가 됐을 때쯤 시계를 봤다. 새벽 3시 10분이었다.

"언니, 나 졸려."

"나도. 그럼 우리 이제 일어나자."

팀원들은 템플 스테이 프로그램에 참여해도 묵언 수행만큼은 못하겠다며 가방을 챙기기 시작했다. 밖으로 나와 각자 집으로 돌아갈 채비를 했다. 팀원들 대부분이 기숙사에 살거나 서울대입구역 주변에서 자취하고 있어서 집으로 가는 데 별문제가 없었다. 그런데 내 집은 서울대에서 꽤 먼 곳이었다. 대중교통이 다 끊긴 시각이라 택시를 타고 40분 정도 가야 하는 거리에 집이 있었다. 하는 수 없이 콜택시를 불렀다. 동생들과 인사를 나누고 택시에 올라탔다. 그런데 나머지 다섯 명의 동생들이 곧장 집으로 가지 않고 그 자리에 서서 내가 가는 모습을 뚫어지게 쳐다보고 있었다. 왜 그런지 의아했지만 직접 물어보기에는 이미 거리가 꽤 멀어진 상태였다. 한 1분 정도 지났을 때 문자 도착을 알리는 휴대폰 진동 소리가 들렸다.

"정원이 누나! 우리가 누나가 탄 택시번호 봐놨어. 혹시 모르니까 집에 도착하면 잘 도착했다고 문자 하나 남겨줘. 누나, 조심히 들어가."

나보다 네다섯 살 어린 동생들이 내가 걱정됐던 모양이다. 언니 또는 누나이기 이전에 20대 아가씨라고. 문자를 확인하고 나서 곧바로 답장을 하지 못했다. 속 깊은 동생들의 배려심을 잠시 동안 음미해야 할 것 같았다. 심장 주변이 따뜻해지면서 감동이 밀려왔다. 그리고 조금 쑥스럽기도 했다. 어른스러운 동생들의 행동은 나를 소녀로 만들었다. 나는 집에 안전하게 도착하기 위해 40분 동안 눈을 말

똥말똥하게 뜨고 있었다. 택시 기사 아저씨께서 약간 무서우셨을 것 같다. 긴 생머리를 한 아가씨가 뒷좌석에 앉아 눈도 거의 깜박거리지 않고 정면만 쳐다보고 있었으니 말이다. 새벽 4시경 나는 집에 무사히 도착했다. 막상 잘 도착했다고 문자를 하려니 다들 잠자리에 들었을 것 같았다. 그리고 또 조금 쑥스러웠다. 그래도 동생들이 잘 들어갔나 싶어 단체 채팅방에 메시지를 남겼다.

"모두 잘 들어갔니? 덕분에 나는 지금 방금 집에 잘 도착했어. 피곤할 텐데 다들 푹 쉬어. 한 학기 동안 수고 많았어."

몇 초 지나지도 않았는데, 답장들이 올라오기 시작했다.

"늦은 시각이라 걱정했는데. 잘 도착했다니 다행이야, 누나."

"언니도 수고 많았어. 언니 덕분에 팀플이 순항할 수 있었던 것 같아. 고마워, 언니."

우리의 단체 채팅방은 훈훈한 메시지들로 가득 찼다. 한 학기 동안 쌓였던 피로가 녹아내리는 듯했다. 내일부터 방학이라는 안도감과 동생들에 대한 고마움으로 마음이 평온해졌다. 침대 위에 눕자마자 눈이 스르르 감겼다. 피곤함을 느낄 겨를도 없이 잠에 빠져들었다. 잠결에 휴대폰 진동 소리가 계속해서 들렸다. 온라인 뒤풀이가 시작된 듯 보였다. 비몽사몽 간에 "나는 이만 자러 갈게."라는 메시지 하나 남기고는 장렬하게 꿈나라로 떠났다. 입가에는 미소를 머금고.

요즘도 밤늦게 택시를 타면 그날이 생각난다. 어두운 길거리 위에 서 있던 동생들의 모습이 눈에 선하다. 택시에서 눈을 떼지 못하던 그 눈빛들이 아직도 내 마음속에 아로새겨져 있다. 동생들은 때로는 후배처럼, 때로는 선배처럼 서울대 캠퍼스에서 길을 잃고 헤매던 나에게 나침반 역할을 해줬다. 귀여운 후배이자 든든한 선배가 되어준 동생들 덕분에 나의 적응 기간도 순탄하게 마무리됐다.

2장

두 번째 대학생활,
두 번의 후회는
없다!

감쪽같은 새내기?

노화는 평생에 걸쳐 조금씩 점진적으로 진행되는 것이 아니라 몇 번의 특정 시점에 급격하게 진행된다고 한다. 그 연구 결과를 접했을 때 서울대 재학 중 급격한 노화 시점이 찾아올까 봐 걱정이었다. 도드라지지 않는 학교생활을 하고 싶었기에 나이가 여실히 드러나는 겉모습 때문에 괜한 궁금증을 자아내고 싶진 않았다. 다행스럽게도 졸업하기 전까지는 노화의 시계가 더디게 가줘서 평범한 대학생으로 살아갈 수 있었다. 하지만 대학교 3학년이면서도 스물두 살은 아니었던 탓에 웃지 못할 에피소드들이 많이 생겼다.

한번은 2학년 동생들과 술집에 가서 소주와 맥주를 시켰다. 동생들은 만 나이로 스무 살이었기 때문에 누가 봐도 어려 보였다. 20대라고 하기에는 서른 살보다 열아홉 살에 가까운 나이였다. 얼핏 보면 고등학생들이 성인처럼 꾸미고 있는 것 같았다. 주인 아저씨는 주문을 받던 아르바이트 학생을 황급히 불러 귓속말을 속삭이셨다. 고개를 끄덕이며 심각한 표정을 짓던 그 알바생은 얼마 후 우리가 앉아 있던 테이블로 되돌아왔다.

"저기요, 혹시 고등학생들 아니신가요? 사장님께서 주민등록증 검사를 해보라고 하시네요."

우리는 그 말을 듣고 박장대소했다. 동생들이 생각하기에 고등학생과 대학생은 하늘과 땅 차이였고, 내가 생각하기에 민증 검사는 더할 나위 없는 자랑거리였다. 각기 다른 이유로 우리는 웃음을 터뜨렸다. 아르바이트 학생과 가장 가까운 자리에 앉아 있던 동생부터 주민등록증을 꺼내 보여주었다.

"여기 있어요. 저는 생일도 지나서 진짜 스물한 살이에요."

나머지 동생들도 돌아가면서 주민등록증을 확인시켜줬다. 스크래치가 거의 없는 주민등록증을 보니 동생들의 나이가 실감 났다. 드디어 내 주민등록증을 보여줄 차례가 왔다.

"보여드릴 필요가 있나 싶긴 한데… 제 민증은 여기 있어요. 저는 인솔자 같은 역할이라고 생각하시면 돼요."

나는 수줍어하며 주민등록증을 아르바이트 학생에게 건넸다. 그 학생은 내 생년월일을 확인하더니 얼굴이 빨개지도록 웃었다.

"하하하, 주민등록증 검사해서 죄송합니다. 하하하."

내 나이가 누군가에게 웃음을 줄 수 있다니 이 얼마나 감사한 일인가. 손가락 하나 까닥하지 않고 나는 그날 한 명의 아르바이트 학생을 웃게 만들었다. 하루 종일 일하느라 지쳤을 알바생에게 웃음을 선사했다는 사실에 뿌듯했다. 숫자로 된 생년월일을 유머로 만드는 건 내가 아니면 할 수 없는 일이었다. 나이의 힘은 이토록 대단했다. 주민등록증도 웃음의 소재가 될 수 있다는 사실을 그때 처음 알게 됐다.

"너희들이랑 같이 다니니깐 이런 일도 생기네. 내 또래 친구들이랑 술집 가서 주민등록증 검사받은 적이 거의 없었는데 말이야."

"언니, 저희도 요즘엔 별로 의심 안 받아요. 노화가 벌써 시작된 걸까요?"

"노화는 무슨. 내 눈에는 영락없는 10대처럼 보이는데?"

"언니도 제 눈에는 감쪽같은 새내기예요."

예쁜 말만 골라서 해주는 동생들 덕분에 기분 좋게 술 한잔하고 가게에서 나왔다.

서울대 입학 후 팀플 모임을 할 때마다 내 상황을 설명하는 게 곤혹스러운 경우가 종종 있었다. 학사편입학 전형으로 들어온 학생들이 극소수여서 내가 학번을 말했을 때 학번과 나이가 크게 차이 날 것이라고 생각하는 사람들은 거의 없었다. 그리고 팀원들이 과제에만 몰두하고 있는데 뜬금없이 '제가 사실은….'이라며 운을 떼는 것도 적절치 않아 보였다. 특히 사무적인 관계 이상으로 발전하지 않은 팀원들에게 구태여 말할 필요성을 느끼지 못한 경우도 많았다. 어렵사리 얘기를 꺼내도 '그게 중요한 일인가요?'라는 반응이 대부분이었다. 그래서 어느 순간부터 상대방이 물어보기 전까지는 평범한 11학번으로 살아갔다. 그러던 어느 날, 팀플 모임이 예정돼 있던 스터디룸에 약속시간보다 1시간 일찍 도착하게 됐다. 원래는 58동 로비에 있는 테이블에서 리포트를 작성하려고 했는데 빈자리가 없어서 스터디룸으로 갔다. 노트북을 꺼내 책상 위에 놓고 문서 작업을 시작했다. 한 5분쯤 지났을 때 남학생 팀원 한 명이 문을 열고 들어왔다.

"안녕하세요. 일찍 오셨네요?"

"네. 리포트 제출할 게 있는데 여기서 작성하려고요."

"그러시군요. 저는 수업이 휴강되는 바람에 일찍 오게 됐어요. 그런데 제가 여기 있으면 방해되겠죠?"

"아니에요. 편하게 계세요."

그 팀원은 의자 위에 가방을 올려놓고 자리에 앉았다. 몇 초 동안 벽면만 멀뚱멀뚱 쳐다보면서 무엇을 해야 할지 고민하는 듯 보였다. 나뿐만 아니라 그 팀원에게도 해야 할 일이 생겨야 스터디룸을 가득 채우고 있는 어색한 분위기가 해소될 것 같았다. 어서 빨리 좋은 아이디어가 그 팀원의 머릿속에 떠오르기를 바랐다. 얼마 지나지 않아 그 팀원은 조심스럽게 가방 지퍼를 열고 소설책을 꺼내 읽기 시작했다. 각자에게 집중할 거리가 생겨나자 마음이 한결 편안해졌다. 스터디룸 안에는 키보드 두드리는 소리가 계속해서 들렸고, 소설책 넘기는 소리가 이따금씩 들렸다. 서로가 서로를 의식하지 않으려고 노력하면서 각자의 일에 집중했다. 적당한 긴장감은 리포트 작성 속도를 높여주었다. 예상했던 것보다 일찍 리포트 작성을 마치고 인트라넷으로 완성된 리포트를 제출했다. 노트북을 닫고 나니 바라볼 것이라고는 벽면밖에 없었다. 이번에는 내가 벽면을 쳐다보면서 다음 할일을 생각해봤다. 잠깐 나갔다 와야 되는지, 나도 소설책을 빌려와서 읽어야 하는지 고민이었다.

"리포트 작성 다 마쳤나 봐요?"

노트북을 닫은 것이 곧 리포트 제출 완료를 의미한다는 걸 알아챈 그 팀원이 나에게 말을 건넸다.

"네. 생각보다 빨리 끝났네요."

"그런데 학번이 어떻게 된다고 하셨죠?"

"저는 11학번이에요."

"아, 그렇구나. 나는 07학번인데."

그 팀원은 학번 차이가 많이 난다고 생각했는지 주저 없이 나에게 말을 놓았다. 그다음 상황이 어떻게 전개될지 눈에 보이는 듯했다. 신속하게 자초지종을 설명하려고 입을 뗄 준비를 했다. 하지만 설명을 시작할 타이밍을 찾기도 전에 그 팀원이 먼저 대화를 이어나갔다.

"11학번 보니까 옛날 생각난다. 3학년 때가 고민이 가장 많을 시기인데…. 스물두세 살 즈음에 인생의 갈림길에 서게 되잖아. 선택의 가능성이 많을수록 고민도 늘어나고, 선택을 되돌릴 수 없을까 봐 두려울 때이기도 하고. 그때는 내가 선택하지 않은 다른 기회들의 가치가 왜 그렇게 크게 보였는지 모르겠어. 20대 후반에 가까워져 보니 겨우 알겠더라. 내가 선택한 길이 나에게 최선이었다는 것을."

그 팀원의 눈빛에 담긴 진심이 느껴져서 말을 끊을 수 없었다.

"설령 최선의 선택이 아니었을지라도 다른 기회는 이미 내 인생에서 사라진 거나 다름없는 거야. 내가 스물여섯 살인데, 이제 와서 진로를 바꿀 수도 없잖아. 그러니 현재 준비 중인 로스쿨 시험이 내 운명이라고 생각하고 최선을 다해봐야지. 원래는 내가 고등학교 2학년 때까지 의대를 목표로 이과 쪽으로 수능을 준비했었거든? 그런데 고3 때 문과로 바꾸면서 경영대학에 입학하게 됐는데 계속 의학전문대학원에 미련이 남아. 늦었다고 할 때는 이미 늦었다는 우스갯소리도 있잖아. 훗날 미련이 남지 않도록 지금이라도 다시 도전해보고 싶다가도 용기가 안 나네. 그러니까 너는 나처럼 되지 말고, 네가 하고 싶은 게 있으면 지금이라도 도전해봐. 스물두 살이면 아직 늦은 거 아니니까."

"아… 네…. 그런데… 저기…."

"응? 왜?"

선배의 따뜻한 조언에 감사를 표했어야 하는데, 진실을 알리는 게 우선인 것 같아 나의 정체를 밝혔다. 그리고 나도 조언해주고 싶은 게 있기도 했다.

"정말요? 죄송합니다. 기분 나쁘셨던 거 아니죠?"

그 팀원은 내가 미안할 정도로 당혹스러워했다.

"전혀. 미리 말해줬어야 하는데 적절한 타이밍을 못 찾아서 이제야 말하게 됐어. 나도 미안."

"아니에요, 누나. 본의 아니게 제가 실수를 하게 됐네요. 어려 보이셔서 당연히 동생인 줄 알았어요."

"내가 아담한 편이라 그런가 봐."

"나중에 누나한테 피부 관리법을 전수받아야겠어요. 제가 누나 앞에서 아는 척한 것 같아 면구스럽네요."

"아니야. 나도 인생에 대해서 아는 거 별로 없어. 그런데 너보다 몇 년이라도 더 살아보니까 미련은 점점 더 커지면 커졌지 작아지진 않더라. 늦었다고 할 때는 이미 늦은 거라고 하지만 그건 남들의 평가일 뿐이잖아. 내 인생을 책임져주지 않는 남들이 무심코 던진 말 때문에 다른 결정을 내리면 나중에 후회할 것 같아. 내가 서울대 입학하기 전에 어떤 책을 읽었는데, 그 책에 이런 표현이 나왔어. 다음 생에 출발하는 첫차보다 이번 생에 출발하는 막차가 더 빠르다는 말. 추상적인 글귀가 너에게 얼마나 와닿을지 모르겠지만 나한테는 굉장히 큰 힘이 됐던 말이야. 스물두 살이면 아직 늦은 거 아니라고? 스물여섯 살도 아직 늦은 거 아니거든?"

"누나, 정말 감사해요. 누나 말씀 듣고 보니까 진지하게 다시 한 번 생각해봐야겠어요."

"로스쿨을 선택하더라도 심사숙고 끝에 결정을 내리면 미련도 줄어들 테니까 현명한 선택을 하길 바라. 다른 이유라면 몰라도 늦어졌다는 이유로 포기할 경우에는 아쉬움 때문에 남은 인생에 집중이 안 되더라고. 시간이 흐르고 나서 되돌아보니까 늦었다는 생각을 할 수 있었던 것도 축복이었더라. 왜냐면 아예 끝나버린 기회에 대해서는 늦어졌다고 말할 수도 없잖아. 늦게라도 해볼 수 없으니까. 남들과 비슷한 시기에 사회에 나갔었더라면 어땠을까라는 생각이 들 때도 있지만 늦게라도 도전해볼 수 있는 시점에 기회를 잡게 된 건 행운이었던 것 같아. 그리고 어떤 선택이 옳았는지는 그 길의 끝에서 알 수 있으니까 부담 갖지 말고 진로를 선택했으면 좋겠다. 어떤 선택을 하든 잘해낼 것 같으니까 걱정하지 마."

후배가 선배에게 조언해주는 흔치 않은 장면이 연출됐다. 주객전도가 된 듯했지만 나이가 학번보다 크게 작용한 결과였다. 학번과 나이의 괴리 때문에 생긴 에피소드들은 나에겐 보물이었다. 독특한 상황이 선사하는 신선한 경험은 피부 노화뿐만 아니라 뇌의 노화도 늦춰주었기 때문이다.

꿈에 그리던 음악대학 수업

복수전공을 했던 전적대에서는 매 학기 시간표를 전공과목으로만 꽉꽉 채워야 했다. 그러다 보니 필수적으로 이수해야 하는 과목들을 제외하고는 교양 수업을 듣고 싶어도 들을 수가 없었다. 전공과목 위주로 수강 신청을 해놓고 나면 시간표가 빈틈없이 메워져 있었다. 교양 과목을 끼워 넣을 수 있는 공간은 보이지 않았다. 졸업할 때까지 비슷한 상황이 반복되자 예술 관련 수업을 듣고 싶다는 나의 바람은 희망 사항으로 끝날 것 같은 예감이 들었다. 하지만 다행히도 서울대 입학과 함께 두 번째 도전 기회를 갖게 됐다. 수강 신청 기간 첫날부터 교양 수업을 가장 먼저 신청해둘 계획이었다. 아침 일찍 일어나 찬물 한잔 마시고는 컴퓨터 앞에 앉았다. 수강 신청 전쟁이 시작되는 오전 9시가 될 때까지 키보드 자판기도 두드려보고, 마우스 클릭 연습도 해봤다. 나의 목표는 음악대학 교수님께서 개설하신 '오페라사'라는 과목이었다. 수강 가능 인원이 적은 편이어서 9시 정각에 신청하면 늦을 것 같았다. 데이터가 전송되는 시간까지 고려해 8시 59분 59초에 [신청하기] 버튼을 눌렀다.

"신청되셨습니다."

그 어떤 팝업 창보다 반가웠다. 수강 신청에 성공했다기보다 수강 신청에 합격한 기분이었다. 경영대 건물을 벗어나 음대 건물에서 수업을 들어볼 수 있다는 것만으로도 행복했다. 혹여 음치 탈출법을 배우게 될지도 모를 일이었다. 내가 원하던 수업을 듣게 된 이상, 나머지 과목 수강 신청은 여유롭게 했다. 청명한 가을 하늘에 어울리는 음악을 틀어놓고 콧노래를 흥얼거리며 시간표를 채워나갔다.

'나 교양 수업 듣는 여자야.'

라는 표정으로 여유롭게 한 학기 스케줄을 완성했다.

그렇게 몇 주가 지나고 개강 날이 되었다. 기분만큼은 이미 음대생이었다. 마음 같아서는 바이올린 케이스에 경영학 전공 교재를 넣어가고 싶었지만 이번에 들어온 편입생이 좀 이상하다는 소문이 돌지도 몰랐다. 하는 수 없이 원래 들고 다니던 숄더백에 책을 넣고 집을 나섰다. 학교에 도착해 선선한 가을바람을 맞으며 음대 건물로 향했다. 전공 수업을 듣기 위해 경영대 건물 쪽으로 걸어가는 학생들 사이를 지나 아름다운 선율이 들려오는 곳으로 발걸음을 옮겼다. 곱

게 물든 은행나무가 서 있는 진입로에 들어서자 창문 틈새로 다양한 악기 소리가 흘러나왔다. 서로 다른 악보를 보며 연습하고 있는 중일 텐데도 피아노, 바이올린, 플루트 소리가 한데 어우러져 묘한 조화를 이루는 듯했다. 한쪽에서는 성악과 학생들의 노랫소리도 들렸다. 성량이 풍부해서 건물 밖에 있던 나에게까지 가사 내용이 또렷하게 전달됐다. 훌륭한 오페라 공연을 무료로 들으며 아이스 카페라테를 테이크아웃한 뒤 강의실에 도착했다. 음악대학이라고 해서 벨벳 소재의 붉은색 커튼이 드리워져 있고 무대용 조명이 설치돼 있진 않았다. 경영대학과 다른 점이 있다면 강의실 한편에 그랜드 피아노와 앰프가 놓여져 있다는 것뿐이었다. 물론 그 차이 하나가 전체 분위기를 완전히 바꿔놓고 있었지만 말이다.

수업 시간이 다가오자 학생들의 대화 소리가 점차 잦아들었다. 얼마 후 교수님께서 들어오셨다. 수강 신청하면서 머릿속으로 그려봤던 음대 교수님의 모습이 떠올랐다. 귀 아래까지 내려오는 웨이브진 머리카락, 패션 감각이 돋보이는 옷차림새, 뿔테 안경 뒤로 보이는 강렬한 눈빛…. 내가 상상했던 것과 어긋남이 없었다. 교수님께서는 간단한 인사말을 건네신 후 전반적인 강의 계획에 대해 설명해주셨다. 안타깝게도 음치 탈출법은 커리큘럼에 없었으나 멀게만 느껴졌던 오페라를 자주 접해볼 수 있는 좋은 기회가 될 것 같았다. 일주일에 두 번 있는 음대 수업을 이번 학기의 오아시스로 삼기로 했다. 사막의 모래알들처럼 쌓여 있는 전공 수업 과제들에 지쳐갈 때쯤 오페라 한 모금 마시면서 정신적 갈증을 해소할 생각에 벌써부터 마음이 시원해졌다.

수업이 끝난 뒤 나 홀로 즐기는 음악대학 탐방 시간이 시작됐다. 다음 수업까지 2시간이나 남아서 자의 반 타의 반으로 음악대학 이곳저곳을 둘러보았다. 아까는 헤매느라 제대로 보지 못했던 음악대학만의 매력이 흘러넘쳤다. 건물 안의 음대생들이 예술적인 분위기를 더해줬다. 로즈골드 컬러의 웨이브펌 머리카락을 길게 늘어뜨린 여학생이 첼로 케이스를 들고 가는 모습이나 국악과 학생이 가야금을 벽면에 기대어놓고 악보를 훑어보는 모습은 내가 음악대학 안에 들어와 있음을 실감 나게 해줬다.

대략적인 탐방을 마치고 음악대학 건물 1층에 있는 커피숍으로 가서 아이스 아메리카노와 조각 케이크를 주문했다. 가을날의 관악 캠퍼스를 눈앞에 두고 음식을 먹고 싶어 바깥 풍경이 훤히 내다보이는 자리에 앉았다. 음대 건물로 연결되는 오르막길에서 봤던 아름드리 은행나무가 정면으로 보였다. 모차르트 음악을 들려주면 식물이 잘 자란다는 연구 결과를 본 적 있는데, 음악대학 앞에서 클래식을 듣고 자란 탓인지 은행잎이 유독 풍성했다. 뭉쳐 있는 은행잎들이 마치 한 송이 꽃처럼 보였다. 역시 교양 수업을 들어야 감성이 충만해지나 보다. 교양 수업 듣는 여자로서 도도하게 턱을 괴고 아이스 아메리카노를 마시고 있었는데 어떤 남학생이 나에게 다가와 말을 걸었다.

"저기요!"

'침착하자. 침착해.'

감성지수가 높아져 있었던 탓인지 남학생의 말 한마디에 나는 로맨틱 드라마 속 여주인공이 된 듯했다.

"네?"

목소리를 최대한 여성스럽게 냈다. 내가 봐도 좀 가증스러웠다.

"가방 좀 치워주실 수 있나요?"

"아… 네."

나의 왼쪽 자리에는 전공교재들을 쌓아두고 오른쪽 자리에는 숄더백을 올려두었더니 앉을 자리가 부족했던 모양이었다. 내 가방을 왼쪽 자리로 옮기자 그 남학생은 비워진 의자에 앉았다. 그는 주문한 음료를 가져와 테이블 위에 놓고, 주섬주섬 책가방에서 악보 노트를 꺼냈다. 얼마나 오랫동안 사용했는지 악보의 낱장들이 스프링에 간신히 매달려 있었다. 그는 빈 페이지를 찾으려는 듯 노트를 이리저리 넘겨보았다. 어딜 봐도 음표로 꽉 차 있는 악보뿐이었다. 과연 빈 페이지를 발견할 수 있을지 의문이었다. 한참을 뒤적인 끝에 드디어 빈 페이지가 나왔다. 내가 다 반가웠다. 이제야 마음이 놓이는지 그 학생은 노트를 내려놓고 음료수를 한 모금 마셨다. 그리고 필통에서 연필을 꺼내 오선지 위에 음표들을 그리기 시작했다. 아마도 작곡과 학생인 듯했다. 얼핏 보면 빠른 속도로 빗줄기를 그리는 사람 같았다. 악상이 잘 떠오르지 않는지 가끔 고개를 갸우뚱거리기도 하고, 허밍으로 다양한 멜로디를 나지막이 불러보기도 했다. 작곡하는 모습만 봐도 대단한 작품이 나올 것 같았다. 기회가 된다면 완성품을 들어보고 싶었다. 워낙 열정적으로 악보를 그리길래 옆자리에 앉은 사람으로서 그에게 방해되면 안 될 것 같았다. 얼음끼리 부딪치는 소리가 크게 나지 않도록 스트로를 최대한 천천히 움직여 아메리카노를 휘저었다. 포크로 조각 케이크 일부를 떼어낼 때도 포크 끝부분이 접시에 닿는 소리가 덜 나도록 살짝만 힘을 줬다. 그 커피숍에서 나 혼자만 슬로우 모션으로 움직였다. 이러한 나의 노력을 아는지 모르는지 그 학생은 여전히 악보 그리기에 열중하고 있었다. 내가 아메리카노를 한 모금 마시고, 조각 케이크를 한 스푼 떠먹을 때마다 악보 한 줄이 추가됐다. 컵과 접시가 비어갈 즈음에는 두 장 분량의 악보가 완성됐다. 그는 첫 음부터 끝 음까지 다시 한번 꼼꼼하게 살펴본 후 노트를 덮었다. 아무런 표시도 해두지 않고 노트를 덮어버려서 또 한참을 찾아야 할까 봐 걱정이었다. 하지만 그 남학생의 뿌듯한 표정을 보니 알아서 잘 찾겠지 싶었다. 곡의 완성과 함께 그와 나는 자유를 되찾았다. 작곡을 마친 그 학생은 여유 시간을 즐길 수 있게 됐고, 나는 더 이상 슬로우 비디오를 찍을 필요가 없어졌다. 음악대학도 식후경이라며 들어온 카페에서 음악대학의 또 다른 세계를 보았다고 창밖의 은행잎에게 소리 없이 말을 건넸다.

음대 수업의 매력에 푹 빠져들고 있을 때쯤 시험 기간이 시작됐다. 오페라사 수업에서도 시험만큼은 피할 수 없었는데 이론 필기시험 외에 가점 요소가 있었다. 교수님께서 오페라 곡을 부르거나 피아노 연주를 하는 사람에게 추가 점수를 부여하겠다고 말씀하셨다. 음대에서 잊을 수 없는 흑역사를 남기고 싶다면 해볼 만한 도전이었다. 시험에 지친 음대생들에게 웃음을 주기 위한 목적이 아니라면 잠자코 있는 게 나아 보였다. 하지만 교수님께서는 가점 항목이 음대생들에게만 유리할 수 있으니 오페라 관련 발표를 하는 사람에게도 가점을 주겠다고 하셨다. 대부분의 경우 프레젠테이션을 필수적으로 해야 하는 경영대 수업에서 쌓은 노하우를 활용할 수 있는 절호의 기회였다. 그날부터 나는 발표 준비에 들어갔다. 내 발표 주제는 〈방황하는 네덜란드인〉, 〈트리스탄과 이졸데〉, 〈니벨룽의 반지〉 등의 오페라 작품을 남긴 리하르트 바그너였다. 나는 학생식당에서 간단히 식사를 해결하고 중앙도서관으로 향했다. 자료 검색대로 가서 검색창에 리하르트 바그너를 입력했다. 수십 개의 관련 자료가 나왔다. 필요한 자료의 ISBN 번호를 수첩에 적어 넣은 뒤, 넓디넓은 자료실을 돌아다니며 책들을 꺼내 왔다. 총 열세 권을 책상 위에 올려두고 자리에 앉았다. 한 권씩 면밀하게 살펴보며 발표에 적합한 내용을 추려 나갔다. 열세 번째 도서에 대한 분석이 끝나고 복사해놓은 자료를 챙겨 컴퓨터실로 향했다. 오프라인 자료는 충분히 확보했고, 이제는 온라인 자료를 확보할 차례였다. 인터넷 공간 구석에 있는 자료까지 꼼꼼하게 살펴봤다. 이대로만 가면 리하르트 바그너 연구 재단에 취직해도 될 것 같았다. 몸은 피로했지만 듣고 싶었던 수업의 과제는 나에겐 하나의 놀이였다. 이 모든 과정이 즐거웠다. 창밖은 어둑어둑해졌지만 내 마음은 활기로 가득 찼다. 집으로 돌아와 수집한 자료를 정리하고 잠을 청했다. 몇 주 동안 심혈을 기울여 발표 준비에 매진하다 보니 자면서도 바그너 꿈을 꿨다. 단풍이 아름다운 가을 캠퍼스에서 바그너와 산책하며 한국말로 대화를 나누곤 했다. 꿈속에서 바그너와 제법 친해졌을 때쯤 발표 준비도 마무리됐다.

어느덧 시간은 흘러 대망의 발표날이 되었다. 블랙 앤 화이트로 깔끔하게 정장을 차려입고 집을 나섰다. 501번 버스의 빈 좌석에 앉아 발표 대본을 확인했다. 이미 여러 번 훑어봤기에 거의 다 암기돼 있는 상태였지만 보고 또 보고 싶었다. 학교에 도착해 음악대학 건물로 향했다. 강의 시작 1시간 전이라 강의실에는 아무도 없었다. 강의실 내에 있는 빔 프로젝터를 켜고 PPT 자료를 점검했다. 이제 모든 준비는 끝났다. 강의실에 몇 명의 학생들이 들어오기 시작하자 나는 자리로 돌아가 앉았다. 이윽고 교수님께서 회갈색 머플러를 멋스럽게 걸치신 채 강의실 안으로 들어오셨다.

"날씨가 제법 쌀쌀해졌네요. 여러분 감기 조심해요. 옷 좀 따뜻하게 입고 다니고요. 그나저나 오늘부터 발표 시작하는 날이죠?"

"네."

"리하르트 바그너 발표하기로 한 사람 누구였지? 앞으로 나와서 발표 시작하세요."

나는 기다렸다는 듯 자리에서 일어나 단상 앞으로 나갔다.

"안녕하세요. 저는 경영학과 11학번 서정원이라고 합니다. 발표 주제는 리하르트 바그너고요, 그의 오페라 작품과 파란만장했던 삶의 궤적을 살펴보고자 합니다. 마음 같아서는 오페라 가곡을 들려드리고 싶은데요, 제가 음치라서 노래하는 마음으로 발표하겠습니다."

20여 일간 준비한 나의 발표가 시작됐다. 가산점이 중요한 게 아니었다. 이번 학기의 오아시스에서 마음껏 헤엄치고 싶었다. 하도 많이 읽어봐서 너덜너덜해진 대본은 보지도 않고 자신 있게 발표했다. 머릿속에서 시뮬레이션해본 그대로 모든 과정이 순조롭게 진행됐다. 발표가 중반을 향해 갈 때쯤 교수님께서 앉아 계신 쪽으로 고개를 돌려보았다. 그런데 잔뜩 인상을 쓰신 채 심각한 표정으로 나의 발표를 지켜보고 계신 게 아닌가. 순간, 별의별 생각이 다 들었다.

'내가 찾아본 자료에 오류가 있나?'

'교수님께서 원하시는 내용이 빠졌나?'

'내 발표 태도가 마음에 들지 않으신 건가?'

'어떻게 하지? 뭐가 문제지?'

침을 한번 꼴깍 삼키고는 발표를 이어나갔다. 당혹스러운 나머지 바그너를 '박은어'라고 발음하기도 했다. 그래도 평정심을 잃지 않으려고 노력하면서 침착하게 발표에 임했다. 드디어 25분간의 발표가 끝났다.

"이것으로 발표를 마치겠습니다. 음악 전공자분들 앞에서 음악 관련 주제로 발표한다는 게 쉽지만은 않았는데요, 끝까지 집중해 들어주셔서 감사합니다."

고맙게도 수강생들이 뜨거운 박수를 보내주었다. 혹시나 하는 마음에 교수님의 표정을 다시 한번 살펴보았다. 박수는 치고 계셨지만 여전히 심각한 표정을 짓고 계셨다.

'하아… 내가 무슨 실수를 하긴 했나 보다.'

그래도 최선을 다해 준비했고, 후회 없이 발표했으니 스스로라도 만족하는 수밖에 없었다. 약간은 풀이 죽은 채로 나머지 학생들의 발표를 들었다. 그러면서도 '도대체 뭐가 문제였지?'라는 생각이 떠나질 않았다.

"자, 다들 발표 잘 들었죠? 다음 시간에는 성악과 학생들이 준비한 오페라 가곡을 들어볼 거예요. 다들 빠지지 않고 출석하도록."

수업이 끝났다. 발표는 내 예상대로 진행됐으나 교수님 반응만큼은 예상 밖이었던 탓에 내 표정도 심각해졌다. 발표 자료와 소지품을 챙겨 가방에 넣고 조용히 강의실을 나가려는데 교수님께서 내 자리 쪽으로 걸어오셨다.

"오늘 발표 너무 잘 들었어. 가산점이 크지도 않은데 이렇게 열심히 준비해오다니 감동적인걸? 경영대 학생인데 예술적 감각도 갖추고 있나 봐. 프레젠테이션이 아니라 오페라 작품을 보고 있는 줄 알았지 뭐야. 학생 발표에 심취해서 듣느라 나도 모르게 인상을 쓰면서 봤네. 내용이 흥미로우면서도 알차서 모든 수강생들에게 도움이 되는 발표였어. 정성스럽게 발표 준비하느라 수고 많았어."

"좋게 봐주셔서 감사합니다."

오아시스에서 나와 사막을 향해 가던 내 마음이 교수님의 칭찬 한마디에 다시 오아시스로 되돌아 왔다. 1시간여 동안 사막을 헤매다 오아시스를 만나니 이렇게 기쁠 수 없었다. 흐뭇한 표정을 짓고 계신 교수님께 인사드리고는 홀가분한 마음으로 음대 건물을 나섰다. 초겨울이라 차가운 바람이 내 얼굴을 스쳐 갔지만 사막을 헤매던 사람에겐 시원하게 느껴질 뿐이었다. 앙상해진 은행나무 가지 위로 몇 달 전 보았던 샛노란 은행잎들이 보이는 듯했다. 내 마음은 음악대학 수업을 들으러 가던 그 첫날로 돌아가 있었다.

나의 첫 번째 과외 선생님

서울대 내에서도 경영대학은 전공의 요충지였다. 인문 계열 학생들뿐만 아니라 자연 계열 학생들도 경영학을 복수전공 하는 경우가 많았다. 그 때문에 경영대에 몸담고 있으면 자연스럽게 다양한 학과의 학생들을 만날 수 있었다. 한번은 공과대학 학생들과 팀플을 함께 수행하게 됐다. 이 팀플의 조모임은 유난히 기다려졌다. 내 또래라고 할 수 있을 법한 연령대의 동생들과 같은 조에 배정됐기 때문이다. 나와 한 살 차이밖에 나지 않아서 세대 차이에 대한 걱정 없이 대화 주제를 선정할 수 있었다. 서울대 입학 후 2002년 월드컵의 감동을 기억하는 동생들을 찾기란 하늘의 별 따기였다. 동생들은 대부분 2002년 당시 초등학생이었기 때문에 그때의 기억이 희미했다. 그나마 공감대가 형성되는 건 피겨스케이팅 김연아 선수 이야기였다. 이에 반해 06학번이었던 재현이와 찬영이는 월드컵 기간에 있었던 모든 일들을 생생하게 기억하고 있었다. 팀플 회의 도중 그와 관련된 얘기가 나오면 에피소드를 나누느라 시간 가는 줄 몰랐다. 대나무 숲에서 임금님 귀는 당나귀를 외치던 신하의 마음이 이랬을까 싶었다. 몇 달 동안 참고 있었던 2002년 월드컵 얘기를 하니깐 속이 다 시원했다. 새삼스레 또래의 소중함을 느낄 수 있었다. 동갑 친구들을 만났을 때처럼 마음 편히 대화를 나누다 보면 어느새 조모임이 끝나 있었다.

"누나는 이쪽 방향으로 가지?"

"응. 너희들은?"

"찬영이는 과제 하러 실험실로 갈 거고, 나는 관악구에서 수학 과외하고 있어서 그 학생 집으로 가려고."

"수학 과외하는구나?"

"응. 아무래도 기계항공학과다 보니 수학 과외를 많이 하게 돼."

"그렇구나. 그럼 수고하고, 다음에 보자."

"누나도 집에 잘 들어가. 안녕."

과외 학생 집으로 떠나는 재현이와 인사를 나누고 돌아서는데 불현듯 나의 고교 시절 수학 과외 선생님이 생각났다. 때는 바야흐로 2002년이었다. 나는 고등학교 1학년 때 서울대 기계항공학과 2학년에 재학 중이던 이규민 선생님께 수학 과외를 받았다. 지금의 나를

2학년 학생들이 어려워하는데 그때 선생님의 나이가 딱 스물한 살이었다. 그리고 나는 대학교 2학년생을 선생님이라고 부르는 열일곱 살 여고생이었다. 나에게도 10대가 있었고, 선생님에게도 20대가 있었다는 게 새삼스러웠다. 나는 중학교 때까지 학원만 다녔기 때문에 그 수학 과외가 내 생애 첫 번째 개인 과외였다. 처음이라서 잊을 수 없는 기억이었고, 진심 어린 가르침을 받았기에 소중히 간직해야 할 추억이었다. 하지만 되새기고 싶은 지난날이 있다는 사실조차 인지하지 못할 만큼 바쁘게만 살아온 20대였다. 매해 수능시험이 치러지는 11월이 돌아오면 가끔씩 선생님의 마지막 문자가 생각날 뿐이었다.

"정원아, 수능 잘 봐! 서울대 들어오면 연락해. 밥 사줄게."

뒤늦게 서울대에 들어오고 나서 이규민 선생님과의 하루하루가 종종 떠오르곤 했다. 지금의 내 눈에는 마냥 어린 동생으로 보이는 나이에 선생님다운 면모를 보여주셨던 게 얼마나 대단했던 일인지 날이 갈수록 알게 됐다. 스무 살이 넘었으면 성인이고, 성인이면 타의 모범을 보이는 게 당연하다고 생각했던 10대 때는 '존경한다.'는 말 한마디 드리지 못했었다. 몰라도 너무 몰랐다. 선생님의 깊이를 이해하기에는 내가 많이 부족했다.

동그란 뿔테 안경을 쓴 이규민 선생님이 책가방을 메고 처음으로 우리 집 초인종을 누르던 그날이 생각난다. 선생님이 도착하기 전까지 거울 앞에 서서 머리를 열 번도 넘게 묶었다 풀었다 하던 나는 아무 일도 없었던 것처럼 선생님을 내 방으로 안내했다.

"안녕. 나는 이규민이라고 해. 선생님은 지금 서울대 기계항공학과에 재학 중이고, 2학년이야. 앞으로 우리 잘해보자."

선생님이 나에게 인사를 건넸다. 쑥스러운 나머지 나는 테이블 모서리를 응시하면서 대답했다.

"네."

내 생애 첫 과외는 그렇게 시작되었고, 나의 쑥스러움은 그날 이후 찾아볼 수 없었다.

"선생님 학점이 4.1점이라고 하셨죠? 저는 어제 본 독일어 시험에서 95점 받았어요. 제 점수가 선생님 점수보다 20배 넘게 높아요."

나는 타임머신이 있다면 전 재산을 주고서라도 구입하고 싶다. 과거로 돌아가 뭣 모르고 했던 모든 말들을 주워 담고 싶다. 하지만 불행히도 나는 타임머신이 없는 시대에 태어났다. 하는 수 없이 선생님의 기억 속에는 저 말이 남아 있지 않길 바라는 수밖에 없다. 선생님은 나의 철없는 말을 듣고 크게 웃으셨다.

"저기요, 청소년분! 서울대는 4.3점이 만점이거든요? 100점 만점으로 환산하면 95점 넘거든요?"

"100점 만점인데, 창피해서 4.3점 만점이라고 하시는 거 아니에요?"

가만히 있었어야 할 내 입이 또 움직여버렸다.

"청소년분, 제가 궁금한 게 있어요. 선생님한테 농담할 시간 있는 거 보니까 숙제는 다 하셨나 봐요?"

선생님께서 내 눈을 똑바로 쳐다보면서 말씀하셨다. 갑자기 상황이 나에게 불리하게 돌아가기 시작했다. 고난도 문제들 중에서 못 푼 문제가 두 개 있었는데 좋지 않은 타이밍에 숙제 검사를 받게 됐다. 인위적으로 눈웃음을 만들어 보이며 선생님께 숙제 노트를 건넸다.

"1번 문제 맞았고, 2번도 맞았네…. 23번도 잘 풀었어. 그런데 이거 뭐야? 왜 24번이랑 25번 안 풀었어?"

"안 푼 건 아니고, 못 푼 거예요. 몇 번 시도해봤는데 계속 막혀요. 풀이과정 설명해주세요."

"안 풀었는지, 못 풀었는지는 확인해보면 알지. 이 두 문제 네 힘으로 풀 때까지 나 오늘 집에 안 갈 거야. 지금부터 여기서 풀어봐."

초반에 농담만 안 했어도 협상의 여지가 있었을 텐데 선견지명 없는 내 입 때문에 협상을 시도해보지도 못하고 꼼짝없이 수학 문제를 풀게 됐다. 본격적으로 문제를 풀기 전에 선생님을 한번 쳐다봤다. 혹시 협상 가능한 상황인지 살펴보기 위해서였다. 선생님은 턱을 괴고 나를 쳐다보고 계셨다. '나는 물러날 생각이 전혀 없다.'는 눈빛으로 말이다. 그때까지만 해도 이 문제를 내가 직접 풀 일은 없을 것이라고 생각하며 형식적으로 문제를 다시 읽어보았다. 변명일지언정 못 풀 때는 그럴 만한 이유가 있었다. 문제 유형도 생소한 데다가 유난히 약했던 기하학 관련 내용이었다. 문제에 나와 있는 원과 삼각형을 열 번도 넘게 다시 그려보며 각도를 구해보려 했지만 30분째 제자리걸음만 했다. 문제집 편집자가 아무 생각 없이 별표 다섯 개를 표시해둔 건 아니었다. 이제 그 타임이 돌아왔다. 선생님 한번 쳐다볼 타임.

"선생님, 여기서요…."

"안 알려줄 거야."

자연스럽게 힌트를 얻어보려고 했는데 말을 꺼내자마자 의도를 들켜버렸다. 선생님은 내 쪽으로 고개를 돌리지도 않고, 가방에서 코일과 공구를 꺼내 전자기학 과제를 하기 시작하셨다.

"왜 남의 집에서 숙제를 하고 그러세요?"

어차피 협상은 물 건너간 것 같아 나도 심통이 나서 한마디 했다.

"나는 코일을 감을 테니 너는 문제를 풀거라."

선생님은 피식 웃으시면서 "나는 떡을 썰 테니 너는 글을 쓰거라."는 표현을 인용해 나의 치기 어린 말에 대꾸하셨다. 수학 문제의 풀이과정은 여전히 오리무중이었다. 보이지 않는 거대한 벽 앞에 서 있는 기분이었다. 풀릴 것 같다가도 마지막 줄에서 모순이 발생했다. 내 인내심에도 한계가 온 듯했다. 1시간이 다 돼가자 눈물이 핑 돌았다. 손을 이마에 얹은 채로 문제만 우두커니 바라보고 있었다. 선생님은 나를 힐끗 보시더니 한마디 하셨다.

"답답하지? 세상에 나가 보면 이것보다 답답한 일투성이야. 수학 문제야 지금 당장이라도 내가 정답을 알려주면 되지만, 인생 문제는 너 자신밖에 그 답을 찾을 수 없어. 그러니까 지금부터 뭐든지 네 힘으로 해결하는 습관을 들여놔야 해. 심각한 척하지 말고, 계속 풀어 봐. 내가 저번 주 수업 말미에 가르쳐줬던 내용이랑 연계해서 수식을 세워보면 될 거야."

흘러내릴 뻔했던 눈물이 쏙 들어갔다. 슬슬 오기가 생겼다. 불과 몇 초 전의 나와는 확연히 다른 내가 됐다. 그때부터 나도 선생님 쪽으로 고개를 돌리지 않고 문제 푸는 데만 열중했다. 선생님도 무심하게 전자기학 과제를 마무리해나가셨다. 그로부터 20분이 더 흘렀다. 곰곰이 다시 생각해보니 복습할 때 신경 써서 살펴봤던 내용에서 실마리를 찾을 수 있었다. 문제 풀이과정의 전체적인 윤곽을 잡고 세부적인 계산을 마무리했다. 검산을 해본 뒤 풀이과정을 체계적으로 정리해서 노트 위에 옮겨 적었다.

"선생님, 다 풀었어요."

장장 80여 분에 걸쳐 고난도 문제를 내 힘으로 풀었다.

"어디 봐봐. 그래, 바로 이거야. 저번 주에 배운 거 기억나지? 기본 원리만 확실히 이해하고 있으면 고난도 문제도 풀 수 있다고 내가 몇 번이고 반복해서 말했잖아. 내 말의 의미를 이제 알겠어? 자, 앞으로 40분 남았으니까 바로 다음 진도 나가자."

"아악, 선생님. 잠깐 쉬었다 해요."

"안 돼. 바로 진도 나가야 돼. 도저히 힘을 낼 수 없을 것 같을 때, 한 번 더 힘내보는 연습도 해봐야 돼."

"저는 쉴 테니 선생님은 수업하세요."

그 선생님의 그 제자로서 선생님의 표현을 재인용해봤다. 어차피 소용없었지만 말이다. 역시나 나는 1분 뒤에 또 다른 수학 문제를 풀고 있었다. 그리고 그 후로 10년의 세월이 흘렀다. 나는 그때 선생님의 나이보다 일곱 살이나 많은 나이에 서울대생이 되어 있었다. 10년이란 시간 동안 참으로 많은 일들이 있었다. 기쁜 일도 있었지만 슬픈 일이 더 많았다. 그리고 그 슬픈 일은 나를 참을 수 없이 답답하게 만들었고, 도저히 힘을 낼 수 없게 만들었다. 하지만 나는 이규민 선생님의 가르침을 사사한 제자였다. 답답한 상황 속에서도 어떻게든 답을 찾아냈고, 도저히 힘을 낼 수 없을 때 눈 딱 감고 한 번만 더 힘을 내보았다. 왕복 3시간 걸리는 거리를 매주 두 번씩 오가며 철없는 나에게 수학과 인생을 가르쳐주신 선생님께 이 자리를 빌려 감사의 말을 전하고 싶다. 가명을 썼지만 이 글을 읽고 계신 그 선생님께서는 분명히 알아보셨으리라 생각한다.

KJK 선생님, 잘 지내시죠?
제가 스무 살 때 선생님과 다른 대학교에 입학하게 되어
연락 못 드렸습니다.
이제 선생님의 제자이자 후배가 되었습니다.
시간이 적잖이 흘렀습니다만
지금이라도 연락드리면 밥 사주실래요?
추억이 더 희미해지기 전에 한번 뵙고 싶습니다.
진심으로 존경하고, 감사했습니다.

노래방에서 열린 작은 축제

더위가 한창이었던 어느 여름날, 나무 그늘 아래로만 걸어가고 싶어 지름길보다 먼 길을 택해 경영대 건물에 도착했다. 양 볼에는 후덥지근한 기운이 감돌고 있었다. 하지만 그런 만큼 기대되는 순간이 있었다. 실내로 들어설 때 에어컨에서 나오는 시원한 바람과 만나는 순간이 기다려졌다. 더운 공간에서 시원한 공간으로 순간 이동 할 때 느껴지는 짜릿함은 여름날의 소소한 묘미였다. 시원하다 못해 차가운 공기가 햇볕에 달궈진 내 피부를 식혀주길 바라며 설레는 마음으로 출입문을 열었다. 그러나 건물 내부도 여전히 한여름이었다. 그날따라 냉방 시스템이 제대로 작동하지 않아 실외 기온과 실내 기온이 비슷했던 것이다. 아쉬운 대로 손부채질로 더위를 달래며 팀플 조모임이 예정돼 있는 스터디룸으로 향했다.

"정원이 언니, 왔어?"

귀여운 눈웃음이 매력적인 채원이가 나를 반겨주었다.

"채원아, 안녕. 일찍 왔네?"

"바로 앞 수업이 일찍 끝나서. 그런데 언니 있잖아…."

채원이와 나는 조모임이 없었던 지난 이틀 동안 각자의 일상에서 벌어졌던 시시콜콜한 일들을 털어놓으며 수다를 떨었다. 그 전날 먹은 아침 메뉴가 미역국이었다는 얘기까지 나왔다. 나보다 여섯 살 어렸던 채원이는 배려심이 깊어 수다스러운 언니의 아침 메뉴 이야기까지 경청해주었다. 채원이가 눈을 동그랗게 뜨고 내 이야기에 집중해주면 무슨 말이라도 계속하고 싶어졌다. 내가 채원이의 농담을 듣고 너무 웃겨서 의자 위에 쓰러져 있다시피 했을 때, 나머지 팀원들이 하나둘씩 들어왔다. 나는 마음을 진정시키고 아무 일도 없었던 것처럼 자리에 앉아 팀원들을 맞이했다.

"우리 왔어! 늦은 건 아니지?"

"응. 채원이랑 내가 일찍 왔을 뿐 다들 제시간에 도착했어. 준석아, 밖에 많이 덥지?"

"여름은 여름인가 봐. 천천히 걸어왔는데도 땀이 나."

"하필이면 오늘같이 더운 날에 에어컨을 켤 수 없다니! 아쉽지만 더위는 잠시 잊고, 이제 회의를 시작해볼까?"

각자의 방식으로 더위를 시켜가며 팀원들은 준비해온 자료들을 꺼냈다. 얼핏 봐도 철두철미하게 준비해온 티가 났다.

"현수랑 진우가 동남아 시장 마케팅 전략 관련 자료 찾아본다고 했었지?"

"네. 국가별 시장 상황이 다르다 보니까 분석 대상 국가 수를 지나치게 늘려나가다 보면, 발표 내용이 오히려 산만해질 것 같더라고요. 두세 개 국가로 추려서 집중적으로 분석하는 게 더 좋을 것 같아서 싱가포르, 베트남, 인도네시아 위주로 자료를 수집해왔어요. 심지어 한 국가에 초점을 맞추는 것도 괜찮을 것 같아요."

"그러게. 핵심이 흐려지지 않도록 분석 범위를 적절하게 설정해야 될 것 같아."

가만히 듣고 있던 효정이가 말했다.

"언니, 저번에 다른 조 발표한 거 보니깐 마케팅 전략의 현실성이 좀 떨어지는 것 같더라고요. 그런데 현실성을 추구하다 보면 진부해지는 게 문제예요. 그래서 제가 타협안을 만들어봤는데 한번 들어보세요."

에어컨이 제대로 작동되지 않아 열기로 가득한 스터디룸 안에서도 팀원들은 각자의 역할에 충실하려고 노력했다. 다들 더운 기색이 역력했지만 회의 분위기가 흐트러질까 봐 그 누구도 불만을 제기하지 않았다. 서로의 의견에 귀 기울이며 더위보다는 모임의 목적에 초점을 맞추려고 했다. 덥고 습한 공기가 계속해서 우리의 인내심을 시험했지만 우리는 스터디룸의 문을 열고 환기시키는 것으로 대응했다. 그렇게 3시간 정도 흘렀을 때, 더위에다가 허기까지 찾아왔다.

"누나, 할 말이 있어. 우리 밥 좀 먹고 하자. 배고파."

준석이가 애처로운 표정으로 말했다.

"솔직히 누나는 1시간 전부터 배고팠어."

"언니, 나는 2시간 전부터."

채원이가 내 말을 거들었다.

"그럼 낙성대 쪽으로 저녁 먹으러 갈래?"

원래도 손발이 잘 맞는 팀이었지만 저녁 먹으러 갈 때는 팀워크가 최고조였다. 스터디룸이 어찌나 더웠는지 오히려 바깥이 더 시원했다. 한껏 밝아진 표정으로 우리는 낙성대 주변에 있는 주꾸미 볶음집으로 향했다. 주꾸미 볶음만 시키면 아쉬울 것 같아서 삼겹살도 2인분 추가했다. 아까 회의할 때 보았던 피곤한 표정은 자취를 감추고 팀원들의 얼굴에 생기가 넘쳤다. 진작에 왔어야 했다. 주꾸미 볶음과 삼겹살이 구워지는 동안 우리는 화로 쪽을 뚫어지게 쳐다보았다. 눈에서 나오는 열기 때문에 더 빨리 익을 것 같았다. 팀플 과제는 잊은지 오래였다. 우리의 유일한 관심사는 고기가 가장 맛있게 익었을 때 어떻게 하면 내 젓가락이 불판에 가장 빨리 도달할 수 있을까였다. 나도 동생들 봐주는 거 없었고, 동생들도 나 봐주는 거 없었다. 우리는 서로 페어플레이하기로 했다. 하지만 대한민국은 동방예의지국이었다. 내 젓가락이 출발했을 때 동생들은 살짝 속도를 줄여주었다.

배가 부르니 팀플 과제가 인생의 전부는 아니라는 생각이 들었다. 갑자기 행복은 성적순이 아니라는 굳건한 믿음이 생겼다. 우리는 알았다. 오늘은 스터디룸에 돌아갈 일 없다는 것을.

"언니, 노래방 가자!"

좀 전에 저녁 먹으면서 내가 노래방 이야기를 살짝 꺼냈었는데, 채원이도 마음이 동했는지 노래방에 가자고 제안했다. 나는 신속하게 대답했다.

"응응."

두 번의 '응'은 강력하게 찬성한다는 의미였다.

"나도 적극 찬성. 요즘 스트레스 쌓였었는데 오랜만에 노래방 가면 좋지! 팀플 과제에서 잠깐이라도 해방되고 싶어."

나머지 팀원들도 기꺼이 동참했다. 우리는 식당에서 그리 멀지 않은 노래방에 들어갔다. 스터디룸은 더위와 허기로 가득했었는데 노래방은 시원함과 포만감으로 가득했다. 우리는 2시간을 예약한 뒤 한여름 밤의 작은 축제를 시작했다.

채원이와 내가 첫 곡을 불렀다. 그 당시 인기 여자 아이돌 가수 노래를 선곡해 부르기 시작했다.

"슬퍼하지 마, no no no! 혼자가 아냐, no no no!"

동생들과 온 만큼 무게 있는 노래를 불러야 할 것 같았지만 얼떨결에 채원이의 선곡을 따르게 됐다. 처음에는 동생들 눈에 주책으로 비칠까 봐 걱정스러웠던 측면도 있었다. 하지만 노래가 시작되자 걱정이라는 단어를 모르는 사람처럼 분위기를 즐기게 됐다. 또래 친구들이랑 놀러 왔다고 생각하고 마음 편히 불렀다. 어느새 채원이와 함께 포인트 안무까지 곁들여가며 후렴구를 부르고 있는 나를 발견했다. 그동안 동생들 앞에서 최대한 점잖게 행동하려던 나의 노력이 수포로 돌아가는 순간이었다. 하지만 후회는 없었다. 나답게 살아가는 즐거움을 만끽하고 나자 나이에 맞는 행동이 무엇인지 더 이상 고민하고 싶지 않았다.

"와아~!!!"

노래가 끝난 후 팀원들이 환호를 보내주었다. 채원이와 나는 자리로 돌아와 탄산음료로 목을 축이고는 다음에 어떤 노래를 부를지 상의하기 시작했다. 우리는 팀플 회의 때보다 사뭇 진지한 태도로 노래 목록을 살펴봤다. 즐거운 분위기가 지속되려면 적절한 선곡이 필수적이었기에 신중하게 의견을 주고받았다. 그러는 사이 댄스 동아리 활동을 하고 있는 준석이가 마이크를 잡았다.

"동아리 정기 공연 준비하면서 새롭게 연습하고 있는 곡인데 한번 불러볼게. 아직 배우고 있는 중이라 어설픈 부분이 있을 거야. 그래도 좋게 봐줘."

우리는 기대감에 부풀어 노래 들을 준비를 마쳤다. 반주가 끝나고 준석이가 가볍게 리듬을 타면서 노래를 시작했다. 댄스 동아리에 가입해 전문적으로 춤을 배워서 그런지 노래하면서 춤을 추는 준석이의 모습이 예사롭지 않았다. 글솜씨가 뛰어나 문과적인 재능만 있는 줄 알았는데 예체능 쪽으로도 소질이 있어 보였다. 앞으로도 준석이가 숨겨둔 또 다른 재능이 계속해서 드러날 것 같았다.

"오빠, 왜 이제서야 이런 모습을 보여주는 거예요? 예상 밖이어서 깜짝 놀랐어요."

효정이가 놀란 표정으로 물었다.

"팀플 회의하면서 보여줄 수는 없잖아. 아참, 완성된 안무를 보고 싶으신 분들은 저희 동아리 정기 공연에 와주세요."

준석이가 막간을 이용해 동아리 공연 소식을 전하고는 마이크를 효정이에게 넘겼다.

"효정아, 너 목소리 들어보니깐 왠지 노래 잘 부를 것 같은데 한 번 들려주라."

효정이는 수줍게 발라드 노래를 선곡하고는 주저 없이 자리에서 일어나 조용히 앞으로 나갔다. 노래 잘하는 사람들의 전형적인 특징이었다.

"As Time Goes by~. 난 그게 두려운걸. 니 안에서 나의 모든 게 없던 일이 될까 봐~."

내가 10대였을 때 유행했던 노래를 효정이가 부르기 시작했다. 느낌 있게 부르기 어려운 곡임에도 효정이는 담담하게 노래를 이어 나갔다. 수십 번은 불러봐야 나올 수 있는 여유를 부리며 자연스럽게 제스처를 취했다. 효정이의 무대 매너에 화답하기 위해 우리는 휴대폰 플래시를 켜고 콘서트에 온 관객들처럼 팔을 양쪽으로 흔들었다. 효정이는 우리의 그런 모습을 보고 웃음을 터뜨렸다. 하지만 이내 감정을 다시 잡고 멋지게 노래를 마무리했다.

"효정아, 이 노래 어떻게 알았어? 꽤 오래전에 나온 노래인데."

"저 R&B 동아리거든요. 거기서 기본으로 연습하는 노래예요."

"다들 공부 안 하고 뭐 하고 다니는 거야?"

"하하하."

우리의 분위기는 점점 무르익어 갔다. 그런데 문제가 하나 있었다. 세대마다 노래방에서 나올 때 부르는 마지막 노래가 다르다는 것이었다. 나는 중학교 때부터 첫 번째 대학교를 졸업하는 그날까지 노래방 마지막 곡은 015B의 〈이젠 안녕〉인 세대였다. 하지만 그 세대 사람은 나 혼자뿐이었다. 막무가내로 그 노래를 부르자고 할 수도 없는 노릇이었다. 동생들에게 물어봤더니 노래방 마지막 곡에 대한 의견이 분분했다.

"누나 부르고 싶은 거 불러. 우리는 특별히 생각나는 노래가 없네."

"혹시 너희들 015B의 〈이젠 안녕〉이라는 노래 아니?"

"응."

"어떻게 알아?"

"대한민국에 살면서 그 노래 한 번이라도 안 들어 본 사람이 있을까? 언니, 우리 그렇게 어리지 않아."

그렇게 우리는 마지막 곡으로 〈이젠 안녕〉을 다 같이 부르게 됐다.

"우리 처음 만났던 어색했던 그 표정 속에

서로 말 놓기가 어려워 망설였지만.

음악 속에 묻혀 지내온 수많은 나날들이

이젠 돌아갈 수 없는 아쉬움 됐네.

이제는 우리가 서로 떠나가야 할 시간.

아쉬움을 남긴 채 돌아서지만

시간은 우리를 다시 만나게 해주겠지.

우리 그때까지 아쉽지만 기다려봐요.

어느 차가웁던 겨울날 작은 방에 모여 부르던 그 노랜

이젠 기억 속에 묻혀진 작은 노래 됐지만,

우리들 맘엔 영원히.

안녕은 영원한 헤어짐은 아니겠지요.

다시 만나기 위한 약속일 거야.

함께했던 시간은 이젠 추억으로 남기고

서로 가야 할 길 찾아서 떠나야 해요."

"…."

줄곧 밝은 모습으로 분위기 메이커 역할을 했던 채원이가 조용히 있길래 옆을 돌아봤다.

"채원아."

내가 말을 걸자마자 채원이의 눈에 가득 고여 있던 눈물이 흘러

내렸다.

"노래 가사를 곱씹어보다가 울컥했어. 팀원들 처음 만났던 날부터 여태까지 있었던 일들이 한꺼번에 떠오르는 거 있지. 그리고 우리도 머지않아 졸업해서 각자의 인생을 살아갈 거라고 생각하니깐 갑자기 슬퍼졌어. 사회생활하면서 바쁘게 지내다 보면 자연스레 연락도 뜸해지고 조금씩 멀어질 날이 올 거라는 게 믿어지지 않아. 지금 이 순간도 돌이킬 수 없는 추억이 된다니… 누구나 겪는 자연스러운 현상이라는 걸 아는데도 오늘따라 감상에 젖게 되네."

대학교 졸업을 앞두고 캠퍼스 위에 떨어져 있는 낙엽만 봐도 만감이 교차하곤 했던 스물세 살의 내가 생각났다. 채원이의 감정을 깊게 이해하다 보니 그 시절로 다시 돌아간 듯했다. 내 눈에도 눈물이 핑 돌았다. 그리고 현재 시점에 멀어지고 있는 인연들의 얼굴이 스쳐 지나갔다. 젊음이 영원할 것처럼 노래방에서 놀고, 잔디밭에 앉아 이야기만 나눠도 행복해하던 그때 그 인연들이 떠올랐다. 그들과 함께했던 순간들이 아직도 이렇게 생생한데 채원이의 말처럼 돌이킬 수 없는 추억이 됐다는 게 믿기지 않았다.

"나 때문에 분위기 가라앉은 것 같아서 팀원들한테 미안하네."

채원이가 눈물을 글썽거리며 말했다.

"미안하긴. 나도 현역제대군인으로서 우는 게 창피해서 그렇지, 눈물 날 뻔했어."

준석이가 가방에서 휴지를 꺼내 채원이에게 건네며 공감대를 형성해줬다.

"다음에 노래방 올 일 있으면 015B의 〈이젠 안녕〉 말고 너희가 부르고 싶은 노래 불러. 본의 아니게 채원이를 울려버렸네. 채원이 우는 거 보니까 나도 울고 싶다, 얘들아."

"언니, 앞으로도 노래방 마지막 곡은 무조건 〈이젠 안녕〉이지! 언니 세대의 감성에 빠져버렸어."

유머 감각을 되찾은 채원이가 나를 쳐다보며 말했다. 노래방에 처음 도착했을 때처럼 분위기는 다시 화기애애해졌다. 하지만 종료 시각이 되어 자리를 정리하고 밖으로 나왔다. 한여름 밤의 작은 축제는 그렇게 끝이 났다. 그리고 함께했던 시간은 추억으로 남기고 서로 가야 할 길 찾아서 떠나갔다.

서울대 3대 바보 도전기

서울대 3대 바보에 대해서 한 번쯤은 들어봤을 것이다. 오랜 역사를 지닌 유서 깊은 농담이다.

첫째, 택시 타고 서울대 정문에서 내리는 사람

둘째, 서울대 축제에 친구 데려오는 사람

셋째, 고등학교 때 전교 1등이었다고 자랑하는 사람

괜스레 호기심이 발동했다. 서울대 3대 바보가 돼보고 싶었다. 바보는 우울증에 걸리지 않는다는 말도 있지 않은가. 정신 건강에도 좋은 일을 굳이 마다할 이유는 없었다. 나의 첫 번째 도전 과제는 두 번째 바보 되기였다.

서울대에도 어김없이 축제 기간은 찾아왔다. 때마침 연차 휴가를 낸 직장인 친구 효주와 번역 프리랜서로 활동하는 친구 소정이를 서울대 축제에 초대했다. 아무것도 모르는 친구들은 나의 초대에 선뜻 응했다. 그래도 양심은 있어서 사전에 기대감을 심어주진 않았다.

"도대체 이게 몇 년 만의 대학축제야! 이번에 연예인 누가 와?"

효주가 나에게 물었다.

"…."

일단 말을 아꼈다.

"아직 라인업은 몰라. 그건 그렇고, 학교 구경 좀 할래?"

은근슬쩍 화제를 다른 곳으로 돌렸다.

"그래. 캠퍼스 너무 예쁘다. 매일 답답한 사무실 안에만 있다가 오랜만에 캠퍼스 오니까 숨통이 트이는 것 같아."

학기 초에 그랬듯이 경영대 건물을 출발지점으로 해서 서울대 투어를 시작했다. 오늘만큼은 학생이 아닌 가이드 역할에 충실하기로 했다.

"여기가 58동 경영대 건물이야. 저 뒤쪽으로 보이는 LG 경영관도 사용하고."

"저 큰 건물은 정말 멋있다. 뭔가 경영대스러워."

"여기는 동원생활관이야. 학생식당도 있고, 일반식당도 있어. 1층에는 커피숍도 있고."

앞으로 다가올 미래를 모르고 순진무구하게 구경하고 있는 친구들에게 미안한 마음이 들어 1층 커피숍에서 레몬 아이스티 세 잔을 테이크아웃하여 효주와 소정이에게 건넸다.

"오, 땡큐!"

나는 마음속으로 답했다.

'서울대 축제에 초대해서 미안하다는 의미로 사는 거야.'

캠퍼스 투어의 첫 번째 목적지는 자하연이었다.

"얘들아, 자하연 쪽으로 올라가 볼래?"

"자하연이 뭐야?"

"인문대 옆에 있는 연못인데, 날씨 좋은 날 보면 정말 예뻐."

"좋아. 가서 사진도 한 장 찍자."

서울대 바보 도전자와 영문도 모르고 따라나선 그 친구들이 오르막길을 따라 올라갔다. 이야기를 나누며 걸어가다 보니 미술대학 앞에 도착했다.

"여기는 미술대학이지?"

소정이가 대뜸 확신에 차서 말했다.

"맞아. 어떻게 알았어?"

"유화 물감 냄새가 바깥에까지 나서 알았지. 그런데 뭔가 낭만적이야."

축제 기간이라 미대 학생들이 쉼터 앞에서 초상화를 그려주고 있었다.

"정원아, 나도 저거 해볼래!"

효주가 앞장섰다. 소정이와 나는 효주의 뒤를 따라갔다. 초상화 종류별로 다른 가격이 매겨져 있었다.

"안녕하세요. 이쪽으로 앉으시고요, 원하는 초상화 종류를 선택해주세요."

우리는 이젤 앞에 놓여 있는 간이 의자에 앉았다. 장난스러운 눈빛으로 서로를 바라보고 있으니 웃음이 터졌다.

"저는 데생 초상화로 부탁드려요."

"저는 색연필로 그려볼래요."

"어떤 게 가장 빨리 끝나요? 매직펜이요? 그럼 그걸로 해주세요."

각자 서로 다른 초상화 종류를 선택해 석고상처럼 앉아 있었다. 난생처음 그려보는 초상화에 가슴이 콩닥거렸다. 여권 증명사진 찍는 사람처럼 어색한 웃음을 지은 채로 5분여가 지나갔다. 매직펜 초상화를 신청한 소정이의 작품이 가장 먼저 완성되었다.

"제 얼굴 생김새 특징을 어떻게 이렇게 잘 집어내셨어요? 너무 마음에 들어요. 얘들아, 이거 봐봐!"

모델 역할에 충실하느라 아직은 얼굴을 움직일 수 없었던 효주와 나는 복화술로 답했다.

"즌짜 또까타."

흐뭇한 표정으로 완성품을 카메라에 담고 있는 소정이의 모습을 보니 마음이 한결 놓였다. 그 후 15분 정도 흐르자 효주와 나의 초상화도 완성됐다.

"색감이 예술적이야. 누가 내 모습 그려준 거 처음인데…. 좋은 추억이 될 것 같아. 프랑스 파리로 여행 온 기분이야."

데생 초상화를 신청한 나도 완성된 작품을 요리조리 살펴보았다. 비교적 짧은 시간 내에 '작품'이라고 부를 만한 그림이 완성된 걸 보니 미대 학생들의 실력을 짐작해볼 수 있었다.

"얼마예요? 돈은 여기 있어요. 감사합니다."

우리는 신입생 시절로 돌아간 듯 웃음이 끊이지 않는 대화를 나누며 자하연 쪽으로 향했다. 나뭇잎 사이로 스며든 햇살이 산들바람에 찬연하게 부서졌다. 자하연으로 가는 우리에게 빛으로 된 꽃가루를 뿌려주는 듯했다. 화창한 날씨는 서울대생들의 마음도 설레게 했는지 자하연 옆 벤치는 이미 삼삼오오 이야기를 나누는 학생들로 가득 차 있었다. 우리는 예술관 앞에 있는 계단 위에 걸터앉았다.

"날씨 정말 좋다. 현실적인 문제들이 모두 사라진 것 같아. 심리 상담받으러 다닐 필요가 없네. 대학교 캠퍼스가 만병통치약이야."

효주가 자하연 주변을 둘러보며 말했다.

"돗자리라도 가져올걸. 잔디밭에서 한숨 자게."

"저기 들어가면 안 돼. 경비원 아저씨한테 혼나."

분위기에 취한 소정이의 마음을 헤아리지 못하고 눈치 없는 답변을 해버렸다. 소정이가 나를 심술궂게 노려보았다. 우리는 풋! 하고 웃음을 터뜨렸다.

"솜사탕 사세요! 하나에 1,000원밖에 안 해요. 수익금은 환아들의 수술비 지원에 사용될 예정입니다."

인문대로 올라가는 길목에서 학생들이 솜사탕을 판매하고 있었다.

"얘들아, 출동!"

이번에도 효주가 제일 먼저 발걸음을 재촉했다. 스무 살 때부터 지금까지 한결같이 적극적인 효주였다. 지갑에서 3,000원을 꺼내 가격을 지불하고 내일모레 서른인 우리 셋은 솜사탕을 하나씩 손에 쥐었다. 솜사탕이 녹기 전에 휴대폰을 꺼내 기념사진을 찍었다. 유치원 때 이후로 내 사진 속에서 사라졌던 솜사탕이 20년 만에 재등장했다. 때마침 자하연 주변 벤치에 자리가 났다. 우리는 달리듯 걸어가서 그 자리에 앉았다. 나무 아래 그늘진 자리여서 눈을 찡그리지 않고도 풍경을 바라볼 수 있었다. 최상의 자리에서 먹는 솜사탕의 맛은 솜사탕을 처음 먹어본 그날의 맛에 견줄 만했다. 입 안이 즐거워지니 자하연 수면 위에 떠다니는 잎사귀마저 평화로워 보였다. 솜사탕을 조금씩 뜯어 먹으며 추억 이야기에 젖어 들었다. 대학축제 때 맨 앞줄에서 공연 보겠다고 새벽 2시에 노천극장에서 만났던 일, 섬으로 여행 갔다가 바닷길이 끊기는 바람에 편의점 안에서 밤을 새웠던 일, 팀플 발표 날 아침에 PPT 자료가 통째로 날아가서 펑펑 울었던 일…. 아찔하고도 달콤했던 기억들이 솜사탕처럼 뭉게뭉게 피어올랐다. 자하연을 배경 삼아 대화를 나누다 보니 어느덧 우리 손에는 나무젓가락만 들려 있었다.

"애들아, 중앙도서관 쪽으로 올라가볼래?"

"오늘의 가이드는 너니까 우리는 무조건 네가 안내하는 대로 따라갈게."

뭐라도 구경시켜줘야 할 것 같아서 일단 자리를 옮겼다. 중앙도서관으로 들어가는 길목에 어떤 동아리 학생들이 타로 카드 점을 봐주고 있었다.

"길목마다 우리를 유혹하는 게 하나씩 있네."

"서울대 건물 한번 들어가기가 이렇게 힘들 줄이야. 입학만 어려운 게 아니었어."

효주와 소정이가 우스갯소리를 했다. 몇 분 후 우리는 타로 카드 점을 보고 있었다.

"저 언제 결혼할 수 있어요?"

소정이가 연애운을 물어봤다.

"여기서 카드 세 장을 뽑아주세요. 깊게 생각하지 마시고, 직감적으로 뽑으셔야 해요."

소정이가 신중하게 카드 세 장을 뽑아 보여주었다.

"첫 번째 카드는 사랑, 생명의 탄생을 의미하고요, 두 번째 카드는 경솔함을 뜻해요. 그리고 세 번째 카드는 계획에 차질이 생긴다는 걸 나타내요. 으음… 성급하게 결혼을 서두르기보다는 여유를 갖고 적당한 상대가 나타날 때까지 기다리셔야 할 것 같아요. 노력할수록 오히려 좋은 남자가 도망가는 운세예요."

해석을 맡은 학생이 차근차근 설명해줬다.

"언제까지 기다려야 해요? 기다린 지 벌써 3년이 넘었거든요."

"몇 년이라고 단정 지을 수 없어요. 마음을 내려놓으시면 훨씬 더 빨리 영혼의 짝꿍이 나타날 수도 있으니까 걱정하지 마세요."

소정이가 안도의 한숨을 내쉬었다. 우리는 세 번째 관문을 통과해 드디어 중앙도서관 안으로 들어갔다. 내가 생각해도 별달리 보여줄 게 없었다. 중앙도서관 안쪽을 괜히 한번 들여다보고는 곧장 반대편 출구로 나왔다.

"타로점 보는 데 10분이 걸렸는데, 중앙도서관 구경은 10초만 하는 거야?"

효주가 장난스럽게 물어봤다.

"공부할 거 있으면 한두 시간 하다 가도 돼."

"정중히 사양할게."

효주는 손을 내저으며 빠른 걸음으로 중앙도서관 출구로 걸어나갔다.

"가이드님, 저희 이제 어디로 가요?"

소정이가 눈빛으로 부담을 주며 물어봤다.

"여러분, 즐거우시죠? 자, 관악 7대 명소 중 하나인 버들골로 가보겠습니다."

사범대 뒤쪽에 위치한 드넓은 잔디밭인 버들골로 친구들을 안내했다. 그래도 축제 기간이라고 버들골 여기저기에 돗자리를 깔고 앉아 있는 학생들이 보였다. 우리는 10초 동안의 중앙도서관 투어 당시 챙겨온 신문지를 펼쳐 잔디밭 위에 자리를 잡고 앉았다. 그리고 나는 가방에서 깜짝 선물을 꺼냈다. 모든 과정이 즉흥적으로 진행됐던 오늘의 투어에서 유일하게 계획된 것이었다. 그것은 바로 도시락이었다. 아침 일찍 일어나 준비한 캘리포니아롤, 유부초밥, 크레페가 담긴 첫 번째 도시락을 자랑스럽게 내놓았다. 곧이어 방울토마토, 파인애플, 망고가 담긴 두 번째 도시락을 그 위에 턱 하니 올려두었다. 친구들은 박수로 화답했다. 요리 솜씨가 없어 걱정했는데 효주와 소정이는 엄지손가락을 펼쳐 보이며 맛있다고 해줬다. 역시 시장이 반찬인가 보다. 경영대 건물에서 출발한 서정원 투어도 이제 막바지를 향해 가고 있었다.

"연예인 공연은 언제부터야?"

효주가 방울토마토를 먹으며 나에게 물었다. 일단 나도 방울토마토 한 알을 집어 입에 넣었다.

"…."

생각할 시간이 필요했다.

"그게 말이야…. 오늘 연예인 안 와."

무슨 말을 해야 할지 모를 때는 진실을 말하라는 명언이 생각났다. 있는 사실 그대로 효주에게 말했다. 나는 내 가방을 들고 도망칠 준비를 했다.

"그래? 하긴, 연예인 보면서 좋아할 나이는 지났지. 어차피 내일

출근해야 돼서 공연 도중에 나오려고 했는데 잘됐네."

효주가 예상보다 무심하게 대답했다. 나는 다시 내 가방을 내려 놓고, 아무 일 없었다는 듯이 디저트를 먹었다. 5시간에 걸친 서정원 투어의 끝을 알리듯 관악산 뒤로 해가 뉘엿뉘엿 넘어가고 있었다.

"이렇게 여유롭게 잔디밭에 앉아서 노을로 물든 하늘을 바라보는 것도 정말 오랜만이야. 최근 몇 년 동안 개인적인 시간을 가져본 적이 거의 없거든."

소정이가 촉촉해진 눈으로 관악산 쪽을 바라보았다. 이번에는 아무런 답변도 하지 않았다. 이 안온한 분위기가 고스란히 소정이의 것이 되길 바랐다. 한동안 우리는 말없이 각자의 정취를 즐겼다.

하늘이 조금씩 어둑해졌다. 우리는 자리를 정리하고 버들골에서 나와 낙성대 방향으로 걸어 내려갔다. 내려오는 길에 친구들에게 서울대 3대 바보에 대한 이야기를 들려줬다.

"하하하, 웃긴다. 그런데 다른 건 몰라도 두 번째는 바보 아니고 천재야. 다른 대학교 축제에서는 볼 수 없는 매력이 있어. 소소한 재미와 잔잔한 감동이 있는 것 같아. 오늘 정말 최고였어. 이렇게 힐링되는 축제는 처음이야."

안타깝게도 나의 바보 되기 도전은 실패로 돌아갔다. 사회생활에 지친 두 친구들에게 서울대 축제는 재미와 감동을 선사하고 말았다.

카페에서 강연자로 데뷔하다

서울대 학사편입학을 준비하면서 가장 답답했던 부분은 관련 정보를 찾기 힘들다는 점이었다. 나중에 알게 된 사실이지만 정보 자체가 없었다. 숨바꼭질을 하고 있었는데 해 질 녘이 돼서야 술래가 없다는 걸 알게 된 기분이었다. 몇 년에 한두 명꼴로 합격자가 나오다 보니 계보가 이어지기 어려웠다. 많은 사람들이 이용하는 편입 관련 웹사이트도 서울대 게시판을 따로 마련해둔 경우는 극히 드물었다. 정보를 공유하기 위해 만들어놓은 게시판이 있어도 "정보를 갖고 계신 분을 찾습니다."라는 내용이 대다수였다. 서울대 경영대학에서 공식적으로 발표한 자료를 통해 알 수 있는 것은 시험 과목이 '경영학'이고, 구술 면접까지 통과하면 최종 합격하게 된다는 사실이었다. 경영학의 세부 분야는 인사, 회계, 마케팅, 생산 관리 등등으로 나누어지는데 그중에서 어떤 내용이 출제될지 알 수 없었다. 시험 범위가 정해져 있어도 좋은 성적을 거두기 어려운데 시험 범위를 알 수 없는 이론 필기시험을 어떻게 준비해야 할지 막막했다. 매일같이 서점에 가서 경영·경제 분야 가판대에 놓여 있는 책들을 읽어보고 CPA 동영상 강의도 수강했다. 공부해야 할 내용이 특정돼 있지 않았으므로 최대한 넓게 대비해둘 수밖에 없었다. 시험 준비 기간 내내 안개 속을 걷는 듯한 느낌이었다. 다행히 안개에 가려져 있던 길은 목적지를 향해 있었고, 결과적으로 나는 서울대 경영대학에 들어오게 됐다.

입학이 확정된 후 내가 제1호 정보 제공자가 되기 위해 개인 블로그에 합격 수기를 올렸다. 그동안 블로그를 만들어놓기만 하고 관리하지 않았기 때문에 합격 수기가 나의 첫 번째 게시글이 됐다. 그리고 다시 몇 개월 동안 블로그를 잊고 지냈다. 학교생활에 미처 적응하지도 못했는데 네 개의 팀플 과제를 수행하느라 눈코 뜰 새 없이 바쁘게 살았다. 그러던 중 팀원들이 보내준 파일을 확인하기 위해 메일함을 열었는데 모르는 사람이 보낸 메일이 도착해 있었다.

"서울대 합격을 간절히 꿈꾸고 사람입니다. 메일 확인 부탁드립니다."

스팸 메일이라고 하기에는 진정성이 엿보이는 제목이라 메일을 읽어보았다.

"안녕하세요. 2월 달에 블로그에 올려두신 합격 수기를 보고 연락드리게 됐습니다. 저는 모 대학교 사회학과 졸업을 앞두고 있는 스물다섯 살 정재희라고 합니다. 내년에 서울대 경영학과 학사편입학 전형에 지원할 계획입니다. 하지만 아시다시피 서울대 편입과 관련된 정보를 찾는다는 게 여간 어려운 일이 아니었습니다. 그러다가 서정원 씨의 합격 수기를 보게 됐는데 한 줄기 희망을 발견한 것 같았습니다. 혹시 이번 여름방학 때 시간적 여유가 되신다면 편입 준비생들을 만나 소규모 강연을 해주실 수 있을까요? 현재 서울대 편입을 준비하고 있는 학생들끼리 스터디 모임을 하고 있는데요, 각자 준비하는 학과는 다르지만 일곱 명 정도 모여 생활 스터디를 진행하고 있습니다. 경영학과 준비생이 아니더라도 정원 씨의 합격 수기를 직접 전해 들을 수 있다면 저희에게 더할 나위 없는 동기부여가 될 것 같습니다. 혹여 정원 씨에게 부담을 드렸을까 봐 걱정되네요. 그럼에도 죄송스러운 상황을 무릅쓰고 부탁드리고 싶은 저의 간절함을 조금이나마 알아주셨으면 합니다. 막막함 속에서 서울대 시험을 준비하던 그때의 정원 씨에게 조언해주신다고 생각하고 짧은 시간이라도 내주시면 감사하겠습니다."

'거절'이라는 단어를 떠올리는 순간 나 자신에게 실망하게 되는 내용의 메일이었다. 남도 아닌 그때의 나에게 조언을 해달라는데 마다할 이유가 없었다. 오늘 수락과 내일 수락 중 양자택일할 일만 남아있었다. 팀플 과제가 머릿속을 가득 채우고 있었던 터라 오늘 수락을 선택할 경우 그 학생의 간절함에 상응하는 답신을 보낼 수 없을 것 같았다. 그래서 팀플 과제를 마무리해놓고 그다음 날 메일을 보냈다.

"정재희 씨, 안녕하세요. 보내주신 메일은 잘 읽어보았습니다. 진솔한 감정을 담아 조심스럽게 써 내려간 문장들에서 재희 씨의 진심을 느낄 수 있었습니다. 간절한 마음으로 누군가에게 부탁하는 메일을 보낼 때 하나의 문장이 어떻게 쓰여지는지 잘 알고 있습니다. 나의 진심이 상대방에게 불쾌감을 일으킬까 봐 토씨 하나도 수없이 고쳐가며 메일을 쓰던 그때의 제가 생각납니다. 재희 씨의 메일에서 그때의 저를 발견한 이상 기쁜 마음으로 도움을 드려야겠다는 생각이 들었습니다. 저의 경험담이 그분들에게 얼마나 큰 도움이 될 수 있을지는 모르겠지만 제가 서울대 시험을 준비하며 느꼈던 점들을 공유하고 싶습니다. 연락처를 알려주시면 여름방학 후 시간을 조율하여 다시 연락 드리겠습니다."

몇 시간 뒤 도착한 메일에는 여러 번의 "감사합니다."라는 말과 함께 재희 씨의 연락처가 적혀 있었다. 나는 휴대폰에 연락처를 저장해두고 팀플의 세계로 되돌아갔다. 바쁜 일상 속에서 틈틈이 적응하며 살다 보니 서울대에서의 첫 번째 여름방학이 성큼 다가와 있었다. 6월 중순 기말고사가 끝난 직후 나는 재희 씨에게 문자 메시지를 남겼다.

"재희 씨, 안녕하세요. 서정원입니다. 기말고사가 끝나 시간적 여유가 생겼습니다. 7월 6일 토요일 오후 1시에 자리를 마련하고 싶은데 괜찮으신가요?"

"시간 내주셔서 감사합니다. 정원 씨께서 편하신 시간대에 저희가 맞춰야죠. 스터디 팀원들에게 7월 6일 오후 1시로 공지하도록 하겠습니다. 장소는 저희가 예약해둘 테니 편안한 마음으로 오셨으면 좋겠습니다."

편안한 마음으로 가면 불편한 마음으로 돌아오게 된다는 걸 알고 있었다. 나의 정리되지 않은 말들로 타인의 삶에 혼란을 일으키고 싶진 않았다. 하고자 하는 말들을 일목요연하게 정리해둔 강연 자료를 만들어야 할 것 같았다. 전공 수업 프레젠테이션을 준비하면서 한껏 끌어올린 파워포인트 감각을 잃기 전에 강연 자료를 만들기 시작했다. 첫 번째 슬라이드에 "서울대에서 만납시다"라는 제목을 입력했다. 서울대 편입 준비생들을 위한 웹사이트 명칭이었다. 제목 아래쪽에는 서울대 정문 사진을 삽입했다. 진부한 이미지였지만 의무에 가까운 형식이었다. 그다음으로 시간 순서에 맞춰 목차를 적어 넣었다. 지원 동기, 학과별 입학 전형, 시험 준비 방법, 이론 시험 기출문제, 구술 면접 내용, 입학 후 생활 순으로 강연을 진행할 계획이었다. 심심할 때 스스로 주제를 정해 파워포인트를 만들어보는 게 취미였던 나는 즐거운 마음으로 자료를 준비하며 6월 말을 보냈다. 서울대 기운을 담는다고 일부러 학교 커피숍에 가서 컴퓨터 작업을 하기도 했다. 계절학기가 시작되기 전까지 할 일이 없어서 강연 자료 만들기에 과하게 몰입한 결과였다. 하지만 나의 과함이 그들의 간절함보다는 크지 않을 것 같았다. 작년의 내가 누군가에게 묻고 싶었던 질문에 대한 답변을 정성껏 작성했다. 지금의 내가 하고 싶은 말이 아닌 그때의 내가 듣고 싶었던 말들을 적어 내려갔다. 나를 위한 시간이 아니라 그들을 위한 시간임을 염두에 두며 차근차근 마무리해나갔다. 슬라이드 마지막 장에 "기다리고 있겠습니다."라는 문구를 입력한 뒤 완성된 파일을 저장해두었다. 계절학기 개강 후 재희 씨로부터 연락이 왔다.

"정원 씨, 잘 지내고 계신가요? 서울대입구역에 있는 카페의 스터디룸을 예약해두었습니다. 감사하게도 정원 씨께서 강연 자료를 준비하셨다기에 대형 스크린이 있는 곳으로 예약했습니다. 이번 주 토요일 오후 1시에 그곳으로 오시면 됩니다."

'대형 스크린'이라는 말을 듣고 남은 3일 동안 파워포인트 자료를 한 번 더 업그레이드시켰다. 스크린에 보이는 내용을 있는 그대로 읽어주는 사람이 되지 않기 위해 곁들일 설명을 위한 대본도 작성했다. 학점을 이수할 수 없다는 점만 빼면 정식 수업 발표 준비와 다를 바 없었다. 타인의 인생에 영향을 미칠 수 있다는 생각에 책임감을 갖고 임하게 됐다. 강연 하루 전에는 집에서 예행연습도 몇 번 해봤다. 구술 면접을 준비하던 때처럼 거울 앞에 앉아 나의 표정과 제스처를 객관적으로 살펴보고, 휴대폰으로 내 목소리를 녹음해 처음부터 끝까지 들어보기도 했다. 편안한 마음으로 가서 편안한 마음으로 돌아오기 위해 나름대로 최선을 다했다. 드디어 토요일 아침이 밝았다. 도움을 주려고 애쓰지 말고 도움을 받으려는 사람의 입장에서 생각하고 말하자고 다짐하며 외출 준비를 시작했다. 면접을 앞두고 있는 기분이 들어 정장을 꺼내 입으려고 했으나 오히려 상대방을 부담스럽게 할 것 같았다. 정장이야말로 과한 의상이었다. 편안한 분위기에서 대화를 나누러 간다고 생각하고 캐주얼 차림으로 집을 나섰다. 불과 5개월 전에 떨리는 마음으로 최종 합격 여부를 확인하던 내가 누군가에게 희망을 줄 수 있는 선례가 됐다는 사실에 감사한 마음이 들었다. 머릿속으로 진행 과정을 시뮬레이션해보며 서울대입구역으로 향했다. 도착 5분 전에 재희 씨에게 연락을 드렸더니 재희 씨가 지하철 출구 주변에서 나를 기다리고 있었다.

"정원 씨 맞으시죠?"

"네. 안녕하세요. 반갑습니다."

"날씨도 더운데 오시느라 수고 많으셨어요. 그럼 카페로 이동해볼까요?"

우리는 가볍게 인사를 나누고는 카페로 향했다. 스터디룸에 도착해보니 열두 명의 학생들이 앉아 있었다. 친구들을 데려온 팀원들도 있어서 생각보다는 많은 사람들 앞에서 강연을 하게 됐다. 파워포인트 자료를 준비하지 않았다면 시작부터 불편할 뻔한 상황이었다.

"안녕하세요. 저는 서정원이라고 하고요, 현재 서울대 경영학과 3학년에 재학 중입니다. 재희 씨가 강연이라고는 표현하셨지만 제가 강연자로 여러분 앞에 설 때는 아직 아닌 것 같습니다. 여러분보다 1년 일찍 경험한 일들을 편하게 이야기하는 자리라고 생각하고 진행해보도록 하겠습니다. 재희 씨의 부탁을 받고 강연 자료를 준비해봤는데요, 흥미롭게 지켜봐주시면 감사하겠습니다."

자리에 앉아 있던 학생들은 박수로써 그들의 마음을 전달했다. 나는 재희 씨가 준비해둔 음료수를 한 모금 마시고는 생애 첫 강연을 시작했다. 스크린 위에 첫 번째 슬라이드를 띄웠다. "서울대에서 만납시다"라는 문구를 본 학생들의 눈빛이 초롱초롱해졌다. 기대감에 부풀어 나를 쳐다보고 있는 학생들을 실망시키고 싶지 않았다. 어쩌면 처음이자 마지막이 될지도 모르는 만남이었다. 준비한 내용을 빠짐없이 전달하기 위해 대본을 꼼꼼하게 확인하면서 강연 자료에 대한 부가 설명을 덧붙였다.

"여러분께서 가장 궁금해하실 부분은 바로 이론 필기시험 준비 방법일 것 같습니다. 시험 범위가 워낙 방대하고 불명확해서 어디서부터 어떻게 준비해나가야 할지 막막하실 겁니다. 저 또한 그랬고요. 공개된 기출문제가 없다 보니 출제 경향을 파악하기도 어렵습니다. 하지만 불확실할 수밖에 없는 상황을 억지로 확실하게 만들려고 노력하지 않으셨으면 좋겠습니다. 모호한 시험 범위를 자의적으로 축소시키다 보면 해결의 실마리를 찾을 수 없는 문제를 만날 수 있습니다. 중요 이론을 중심으로 대비하시되 시간적 여유가 생길 때마다 지엽적인 이론에도 관심을 가져야 합니다. 만약 시간이 부족하다면 중요 이론을 토대로 해서 유추한 내용을 답안에 적으셔야겠죠? 여러분뿐만이 아니라 편입을 준비하는 모든 학생들이 막막함 속에서 공부하고 있다는 걸 염두에 두셨으면 좋겠습니다. 시험은 불합격자를 만들기 위한 것이 아니라 합격자를 찾기 위한 것입니다. 불합격자를 만들려면 비상식적인 문제를 출제하겠지만 합격자를 찾기 위해서라면 상식적인 문제를 출제하지 않을까요? 교수님의 상식과 여러분의 상식이 최대한 일치할 수 있도록 많은 고민을 해보시길 바랍니다. 불명확한 답변을 드려서 죄송하지만 무책임한 답변보다는 여러분의 인생에 도움이 될 것입니다."

나의 말 한마디가 누군가의 마음속에 오래도록 간직될 수 있음을 되새기며 신중하게 말을 이어나갔다. 깨달음이 충분히 깊어지지 않은 부분에 대한 언급은 삼가고 객관적인 사실 위주로 강연 내용을 구성했다. 학생들은 도움이 될 만한 내용을 필기해두면서 내 말에 집중해주었다. 수긍의 의미로 고개를 끄덕여줄 때는 에너지가 충전되는 듯했다. 서울대 입학 후 첫 학기에 경험한 일들을 소개하며 내 생애 첫 번째 강연을 끝맺었다.

"재희 씨가 서울대 시험을 준비하던 그때의 저에게 이야기를 들려달라고 하셔서 작년 이맘때를 회상하며 강연을 진행해봤습니다. 여러분께 서울대 기운을 전해드리고 싶어서 학교 내에 있는 커피숍에서 만든 강연 자료예요. 조그마한 도움이라도 됐으면 좋겠습니다. 시험 준비 열심히 하셔서 내년에는 그 커피숍에서 여러분이 강연 자료를 만들고 계시길 바랍니다. 서울대에서 기다리고 있겠습니다. 감사합니다."

학생들은 환호성과 함께 박수를 보내주었다. 고작 서울대 생활 4개월 차인 나에겐 과분한 감사의 표시였다. 잠깐의 휴식 시간을 갖고 40여 분간 질의응답을 받았다. 카페 한구석에서 강연의 형식은 모두 갖췄다. 학생들의 진지한 태도를 보니 강연자로서의 도리를 다해야 할 것 같았다. 잘못된 의사결정을 초래할 수 있는 발언은 자제하면서 성심성의껏 답변해주었다. 고맙게도 학생들은 나의 깨달음뿐만이 아니라 나의 진심까지 알아줬다. 마지막 질문을 받은 후 아쉬운 작별의 시간을 갖게 됐다. 학생들은 결의에 찬 말과 함께 나에게 인사를 건넸다. 나는 합격을 기원한다는 말을 남겨놓고 카페를 나섰다. 카페에 남겨진 그 말 한마디가 누군가의 인생에 심어놓은 겨자 씨앗이 되길 바라면서 말이다. 집에 돌아와서 잠자리에 들기 전 메일함을 확인해봤는데 재희 씨가 보낸 장문의 메일이 도착해 있었다. 진심을 알아줘서 고맙다는 말로 시작한 그 메일에는 한 청년의 인품과 열정이 담겨 있었다. 재희 씨는 나를 '존경스러운 인생 선배'라고 부르며 서울대 합격 후 꼭 다시 찾아뵙겠다고 했다. 식사 대접을 약속하며 끝마친 글을 읽고 마음 한편이 따뜻해졌다. 알아주고 싶은 진심을 품은 사람은 진심을 알아주는 사람을 만날 수밖에 없다는 생각이 들었다. 그 후로 오랜 시간이 흘렀지만 나는 아직까지 재희 씨에게 연락을 받지 못했다. 그 이유에 대해서는 알고 싶지 않았다. 그저 '인생에 정답은 없다.'는 말 한마디 전하고 싶었다.

3장

동생들에게
한 수
배우다

아홉 살 어린
10대 동생과의 팀플

서울대에서 첫 번째로 수강하게 된 전공 수업 교수님께서는 학번과 전공을 고려해 조를 배정해주셨다. 서울대 입학 후 공식적으로 맺게 되는 첫 번째 인연이었으므로 팀원들의 면면이 궁금했다. 초등학교 1학년 때 누구와 짝꿍이 될까 궁금해하던 때로 돌아간 듯했다. 팀 구성원이 확정된 후 조별로 모여 앉아 첫인사를 나눴다. 우리 조 팀원은 총 일곱 명이었고, 정적이 흐르는 가운데 어색한 표정으로 서로를 쳐다보고 있었다. 다른 조가 모여 있는 자리에서는 웃음소리가 들리기도 했고, 통성명을 끝낸 뒤 휴대폰 번호 교환을 시작한 팀도 있었다. 누구라도 대화의 포문을 열어주길 바라고 있을 때 고학번이었던 한 남학생이 입을 뗐다.

"저희도 돌아가면서 자기소개 해볼까요?"

"그래요. 그럼 저부터 시작할게요. 저는 중어중문학을 전공하고 있는 11학번 한지효라고 합니다. 이번 학기부터 경영학을 복수전공하게 됐습니다. 중국어로 된 자료가 필요하시면 저에게 맡겨주세요. 중한 번역이든 한중 번역이든 자신 있습니다."

"저는 생명공학과 소속이고요, 09학번 전현민입니다. 생명공학 관련 사업에 관심이 있어서 경영학을 수강하게 됐고요, 데이터베이스를 다뤄본 경험이 많으니까 통계 자료 분석은 제가 하겠습니다."

"안녕하세요. 저는 13학번 박지훈이라고 합니다. 나이는 열아홉 살입니다."

귀를 의심했다.

"열아홉 살이요?"

한 팀원이 그 동생의 자기소개가 끝나기도 전에 되물었다.

"네. 고등학교 조기 졸업 후 바로 대학교에 입학하게 돼서 아직 10대예요."

나와 정확히 아홉 살 차이가 났다. 서울대 편입 후 만나게 된 사람들 대부분이 동생들이었지만 적어도 10대는 없었다. 대학교에서 청소년과 한 조가 될 줄은 상상도 못 했는데 서른을 목전에 둔 내가 열아홉 살 동생과 한 조가 됐다.

"저는 A 과학고등학교 재학 당시 화학 올림피아드 대회에서 수상한 뒤 서울대학교 화학공학과에 입학하게 됐습니다. 저는 장차 벤처 기업 CEO가 되는 게 꿈입니다. 그래서 경영학과로의 전과를 생각하고 있는데요. 그 전에 미리 경영학을 공부해보고 싶어서 수강 신청하게 됐습니다. 형, 누나들, 잘 부탁드려요."

하필이면, 그다음 자기소개 순서가 나였다.

"안녕하세요. 우리 조에서 가장 어린 팀원 뒤에 최고령 팀원인 제가 자기소개를 하게 되네요. 저는 모 대학교에서 영어교육과 컴퓨터를 복수전공 하고 서울대 경영학과로 학사편입 하게 된 서정원이라고 합니다. 놀라실 수도 있을 거 같은데요. 저는 올해 스물여덟 살입니다. 여러분과 나이 차이가 많이 나서 팀 분위기가 불편해질까 봐 걱정이네요. 여러분이 저를 편하게 느낄 수 있도록 최대한 노력해보겠습니다."

"호칭을 어떻게 해야 할까요?"

나보다 학번은 높지만 나이가 네 살 어렸던 한 팀원이 나에게 물었다.

"그냥 언니나 누나라고 불러요. 말 놔도 괜찮고요."

"그래도 괜찮을까요?"

"그럼요. 제가 학번은 더 낮잖아요. 미국식으로 해요. 하하."

진담 반 쿨한 척 반으로 한 말이었는데 질문을 던졌던 동생이 바로 말을 놨다.

"누나가 경영학과고 연장자니깐 팀장 할래?"

"네? 저요?"

나도 모르게 존댓말이 튀어나왔다. 아직 마음의 준비가 안 됐던 터라 동생의 반말에 존댓말로 답했다.

"응. 정원이 누나."

"나야 상관없지. 너희들만 괜찮다면."

"저희는 좋아요. 팀장의 역할이 큰데 맡아주시면 저희가 감사하죠."

그렇게 해서 첫 번째 팀플부터 팀장을 맡게 됐다. 어깨가 무거워졌다. 스물여덟 살이라도 아직 모르는 것투성이인데 똑 부러지는 동생들을 잘 이끌 수 있을지 걱정이었다. 나의 어설픔이 동생들의 답답함으로 이어지지 않도록 꼼꼼하게 준비해야겠다는 생각이 들었다. 다음번 조모임 시간을 정하고 나자 수업이 끝났다. 다른 층 강의실로 가려고 엘리베이터를 기다리며 서 있는데 청소년 팀원이 나에게 다가와 인사를 건넸다.

"누나, 안녕하세요."

"어, 그래. 안녕. 올해 열아홉 살이라고 했지? 우리 조 평균 연령이 네 덕분에 많이 내려갔네. 그런데 형이나 누나들만 있어서 네 의견을 제대로 피력하지 못할까 봐 걱정이다. 눈치 보지 말고 팀플에 적극적으로 참여했으면 좋겠어. 그리고 너도 나한테 말 놓고 싶으면 그렇게 해도 돼."

"그래도 아홉 살 위 누나한테 어떻게 말을 놔요?"

지훈이가 당황스러운 표정을 지으며 말했다. 예전에 다섯 살 위였던 선배가 나에게 말 놓으라고 했을 때 오히려 불편했던 기억이 났다. 그때 그 선배의 마음도 이해됐고 지훈이의 마음도 이해됐다.

"말 놓으라고 강요하는 것처럼 됐네. 하루빨리 편안한 분위기가 조성됐으면 하는 내 욕심이 앞섰나 봐. 네가 존댓말 쓰는 게 편하면 그렇게 하고, 말 놓는 게 편하면 부담 갖지 말고 말 놔도 돼. 아무튼 팀플 잘해보자."

"네. 누나. 다음에 봬요."

나는 엘리베이터를 타고 3층으로 올라갔고, 지훈이는 어깨 한쪽으로 백팩을 멘 채 계단으로 걸어 내려갔다.

3일 후 경영대 58동에서 첫 번째 조모임이 있었다. 봄기운이 완연한 캠퍼스를 감상하면서 경영대 건물로 향했다. 벚꽃 봉오리가 한껏 부풀어 올라 있는 걸 보니 머지않아 만개한 벚꽃을 볼 수 있을 것 같았다. 꽃망울 안에 담겨 있는 꽃잎은 개화할 날을 기다리며 기쁜 마음으로 웅크리고 있는 듯 보였다. 기다림의 시간조차 즐길 줄 아는 꽃잎을 본받을 겸 벚꽃 봉오리를 배경으로 셀카를 찍었다. 절정을 향해 가는 시기에 놓여 있는 벚꽃나무가 뿜어내는 생명력이 내 안에 잠들어 있는 세포들을 깨우는 듯했다.

"정원이 누나!"

사진 찍는 재미에 푹 빠져 있는데 누군가 나를 부르는 소리가 들렸다. 뒤를 돌아보니 그 청소년 팀원이었다.

"지훈아, 안녕? 조모임 시간까지 꽤 많이 남았는데 일찍 왔네?"

"응. 바로 전 수업이 휴강돼서."

내 머릿속에서 다른 그림 찾기가 아니라 다른 말 찾기가 시작됐다. 3일 전에 비해 지훈이의 말이 좀 짧아져 있었다. '-요'가 사라진 것이다. 딱 한 글자 빠졌는데 문장의 길이가 절반 이하로 줄어든 느낌이었다. 3일 동안 심경에 어떤 변화가 있었는지 알 수 없었다. 그러나 '누나를 편하게 대하겠다.'는 의지를 표출한 건 분명해 보였다.

"그렇구나. 시간적 여유가 있으니깐 커피숍에서 음료 하나 사줄까?"

"나야 좋지. 마침 목말랐는데."

우리 둘은 경영대 건물과 가까운 곳에 있는 커피숍으로 향했다.

"너는 뭐 마실래?"

"아이스 초코."

말과 행동이 어른스러워서 지훈이가 청소년이라는 사실을 잠시 잊고 있었는데 '아이스 초코'를 주문하는 걸 보고 지훈이의 나이를 재인식할 수 있었다. 정신적으로 성숙해 있지만 문화적으로는 영락없는 10대인 지훈이의 모습에 나도 모르게 피식 웃음이 났다. 나는 아이스 초코 한 잔과 아이스 아메리카노 한 잔을 주문한 뒤 앉을 자리를 찾기 위해 커피숍 내부를 둘러봤다.

"누나, 저쪽 자리에 가서 앉자."

마침 햇살이 적당히 드는 창가 쪽 자리가 비어 있었다. 그 자리로 걸어가는 동안 지훈이와 어떤 얘기를 나눠야 할지 급하게 생각해봤다. 최근 들어 나보다 어린 동생들과의 교류가 뜸했기 때문에 어떤 대화 주제를 꺼내야 하는지 고민스러웠다. 지훈이에 대해 아는 거라곤 학과와 나이밖에 없었다. 이런 상황에서 무슨 얘기를 어떻게 이어나가야 할지 궁리하면서 발걸음을 옮겼다.

"다른 친구들은 수능 준비할 나이에 벌써 서울대에 들어오다니. 대단하다, 너."

지훈이에 관한 기본적인 정보를 토대로 내가 유일하게 할 수 있었던 칭찬으로 대화를 시작했다.

"아니야. 내 주변에 조기 졸업한 친구들 많아. 빠른 년생이어서 나보다 더 어린데 MIT 간 친구도 있어."

"그 친구는 열여덟 살에 대학생 됐으면 스물두 살에 졸업하는 거네? 앞으로 어떤 인생을 살아갈지 궁금하다."

지훈이보다 어린 대학생의 존재에 사뭇 놀라고 있을 때 주문한 음료가 나왔다.

"누나는 앉아 있어. 내가 가져올게."

지훈이는 픽업데스크로 가서 스트로와 티슈를 챙긴 후 음료가 올려져 있는 쟁반을 들고 자리로 돌아왔다.

"아이스 아메리카노는 여기 있어. 누나, 잘 마실게. 고마워."

"이런 걸 갖고 고맙긴. 너는 창업 쪽으로 알아보고 있다고 했던가?"

"응. 예전부터 금융 쪽에 관심이 많아서 외국계 투자 회사에 입사하고 싶기도 한데 벤처 기업을 직접 운영해보고 싶기도 해서 고민 중이야."

"아직 어린데 미래에 대한 계획이 구체적이고 목표가 확실하네. 누나는 열아홉 살 때 모의고사 점수 올리는 것 말고는 다른 목표가 없었는데…. 동생이지만 존경스럽다. 누나가 너의 삶의 태도를 배워야 되겠어."

"에이, 뭘. 꿈을 현실화시킬 때까지는 존경하지 말아줘. 인생의 목표만으로 존경받을 수 있다면 세상살이가 얼마나 편하겠어?"

지훈이의 입에서 나오는 말 한 마디 한 마디가 쌓여갈수록 지훈이의 나이가 잊혀졌다. 한참 어린 동생이 아닌 배울 점 많은 선배와 이야기하고 있는 느낌이었다. 지훈이는 열아홉 살이라는 사실이 믿기지 않을 만큼 인생에 대해 깊이 있게 고민해본 흔적이 엿보였고, 세상을 꿰뚫어 보는 통찰력을 가지고 있었다. 언제가 될지는 모르겠지만 오늘 이 순간을 누군가에게 자랑스럽게 얘기할 날이 반드시 올 것 같았다. 아까 본 벚꽃나무가 생각났다. 절정기를 앞두고 분출되던 생명력이 지훈이에게서 느껴졌다. 희망과 가능성으로 가득한 지훈이의 인생이 머지않아 만개할 듯했다.

"벌써 시간이 이렇게 됐나? 5분밖에 안 남았어. 지훈아, 우리 빨리 들어가봐야 될 것 같은데?"

"그러게. 첫 번째 조모임부터 지각할 수는 없지. 첫인상만큼 되돌리기 어려운 것도 없잖아. 누나, 우리 뛰어가야 될 것 같아."

그 길로 최연소 팀원과 최고령 팀원은 가방을 챙겨 경영대 건물로 전력 질주했다. 봄이라고 개나리색 힐을 신고 왔던 터라 평소보다

달리기 속도가 현저하게 줄어들었다. 하지만 지훈이 말처럼 좋지 않은 첫인상을 남겨놓고 이미지 회복을 위한 노력을 기울이느니 어떻게든 뛰는 게 나았다. 발바닥 앞꿈치로만 달리니 만족스러운 속도가 나왔다. 지훈이는 나보다 몇 초 먼저 도착해 스터디룸 문을 열었다. 나는 재빨리 열려 있는 문을 통해 스터디룸 안으로 들어갔다. 다행히 우리 모두 제시간에 도착해 나쁘지 않은 첫인상을 남길 수 있었다. 여러모로 배울 점이 많았던 지훈이에게 한 번쯤은 어엿한 누나 노릇을 하고 싶었는데 친해지면 친해질수록 자꾸만 부탁거리가 생겼다.

"지훈아, 지금 바빠?"

"아니. 왜?"

"나 요즘 경영수학 수업 듣고 있는데 이번 주 과제로 내준 문제가 너무 어려워서 못 풀겠어. 앞으로 1시간 뒤에 제출해야 되는데 솔루션도 구할 수 없는 문제야. 미안한데 한번 풀어봐 줄 수 있어?"

수능 본지 10년이 다 돼가고 이전 대학교에서도 수학 관련 수업은 거의 듣지 않았기에 수학적 감각이 많이 떨어져 있었다. 오랜만에 고난도 수학 문제를 마주하자 머리가 하얘졌다. 하는 수 없이 먼발치에서 지훈이 눈치를 살피다가 겨우 이야기를 꺼냈다.

"시간도 많은데 풀어보지 뭐. 내가 풀 수 있는 문제여야 할 텐데. 어디 봐봐."

지훈이는 가방에서 A4용지 몇 장을 꺼내더니 거침없이 수식을 써 내려갔다. 적분 기호도 등장하고 공학 수학 공식도 나왔다. 그래프도 여러 개 그렸다. 역시나 내가 풀 수 있는 문제는 아닌 듯 보였다. 지훈이의 집중력이 흐트러질까 봐 소음을 최소화하면서 문제 풀이과정을 지켜보고 있었다. 5분 정도 지나자 A4용지 한 장이 수식과 그래프로 가득 찼다. 10분 정도 지나자 한 숫자에 동그라미가 쳐졌다. 답이 도출된 것이다.

"누나, 풀었어!"

"우와, 정말? 어떻게 풀었어?"

"기하학적으로 접근하니깐 쉽게 풀리네. 여기 보면….."

지훈이가 정성스럽게 설명해주기 시작했다. 미안하지만 그때 당시 풀이과정을 제대로 이해하지 못했기에 지훈이의 말이 기억나지 않는다. 기억나는 거라곤 지훈이가 최선을 다해 설명해줬다는 것밖에 없다.

"누나, 이해되지? 생각보다 쉽지?"

"생각보다 쉽네. 네 생각보다는. 내 생각보다는 안 쉽다."

"하하. 어떤 부분이 이해되지 않는 거야?"

고등학교 1학년 때 과외 선생님도 집요하게 물어보셨었는데 지훈이도 만만치 않았다.

"이 수식에서 여기로 넘어가는 과정을 잘 모르겠는데?"

지훈이가 또 열성적으로 설명해줬다.

"아~ 그렇게 되는 거구나. 이젠 알겠다."

내 대답이 영 시원치 않았는지 지훈이가 의심의 눈초리로 날 쳐다봤다.

"지훈아, 너무 고마워. 누나가 나중에 밥 한번 살게."

나는 황급히 대화를 마무리 짓고 고개를 갸우뚱거리는 지훈이를 뒤로한 채 내 자리로 돌아왔다. 그리고는 이해한 것을 바탕으로 풀이과정을 정리해 리포트 용지에 옮겨 적었다. 지훈이 덕분에 경영수학 과제를 무사히 제출할 수 있었다. 그 후로도 막히는 문제가 있을 때 '박지훈 찬스'를 몇 번 더 썼다. 이 염치 없는 누나의 부탁에 지훈이는 인상 한번 찌푸리지 않고 응해줬다. 언제나 한결같은 표정으로 최선을 다해 설명해줬다. 지훈이는 나보다 한참 어렸지만 인간에 대한 포용력이 큰 사람인 것 같았다. 시간이 지날수록 실력에 버금가는 깊이 있는 인품이 드러났다. 한 분야에서 최고의 경지에 이를 때까지 끊임없이 가다듬었을 마음에서 빛이 났다. 실력을 방패막이 삼아 이기심이나 거만한 태도를 지니고 있었다면 나이 많은 누나의 부탁이 달갑지 않게 느껴졌을 것이다. 귀여운 여자 후배도 아니고, 본받을 게 많은 선배도 아닌 이상 개인적인 시간을 흔쾌히 내줄 이유가 없었다. 지훈이보다 갖춘 것이 없어도 하나의 강점을 내세워 타인을 하대하려는 사람도 적지 않은데 평범한 누나에 불과했던 나에게 친절을 베풀어줘서 고마웠다. 올림피아드 수상자 출신은 사교육 시장에서 고액 과외 자리를 제안받는 경우가 많다고 들었다. 그런데 나는 어떠한 대가도 치르지 않고 지훈이에게 틈새 과외를 받곤 했다. 내가 지불한 과외비는 팀플 조모임 첫날에 사준 아이스 초코 한 잔이 다였다. 밥 한번 사겠다는 약속도 지키지 못하고 서둘러 졸업하게 된 것이 못내 아쉽다. 그때도 고마웠지만 시간이 지날수록 점점 더 고맙다. 스물여덟 살에 마음의 성장통을 겪느라 우왕좌왕하고 있던 나에게 지훈이는 성숙한 어른의 표본을 보여주었다. 정신에 새겨지는 나이테는 시간의 흐름이 아닌 인품의 깊이에 의해 늘어나는 것 같았다. 열아홉 살 동생에게서 한 수 배우며 나는 한 단계 성장할 수 있었다.

졸업 시즌이 다가오자 알아볼 것도 많고 해야 할 일도 많아지면서 지훈이에게 고마웠다는 문자 한 통 남기지 못하고 서울대 캠퍼스를 떠나게 됐다. 현실적인 문제를 해결하느라 서울대에서의 추억은 잠시 접어두고 하루하루 눈앞에 주어진 일에 몰두하며 살았다. 가끔씩 동생들이 어떻게 지내는지 궁금했지만 근황을 물어보는 것도 부담이 될 수 있는 시대라 좋은 소식이 들려올 때를 기다리면서 지냈다. 서울대 졸업 후 2년 정도 지난 어느 날, 금융 관련 웹사이트에서 필요한 정보를 검색하고 있었다.

「제2의 김택진, 벤처캐피털 업계를 들썩이게 한 서울대생」

한 언론기사 제목이 눈에 들어왔다. 기사를 읽어보기도 전에 내 머릿속에 지훈이의 이름이 스쳐 지나갔다. '설마….' 하면서 기사 내용을 자세히 읽어보았다.

"외화 거래 규제를 벗어나지 않으면서도 비교적 완벽에 가까운 차익 거래 시스템을 개발한 젊은 청년이 있다. 그는 바로 최근 벤처캐피털 업계를 들썩이게 하고 있는 ○○○ 트레이딩 박지훈(24) 대표이다. 박지훈 대표는 서울대 화학공학과로 입학해 경영학과로 전과한 뒤 3학년이 되던 해 동 대학교 재학생 세 명과 함께 회사를 설립했다."

인간의 직감은 생각보다 정확했다. 지훈이가 열아홉 살의 앳된 얼굴로 밝혔던 포부가 한치의 오차도 없이 기사화되어 있었다. 지훈이는 더 이상 청소년이 아니었다. 세상이 주목하는 회사의 설립자이자 CEO였다. 기자를 포함한 모든 이들이 지훈이를 박 대표라고 불렀다. 한동안 모니터 화면을 멍하니 바라보았다. 내가 생각했던 '언젠가'가 올 줄은 알았지만 이렇게 빨리 올 줄 몰랐다. 지훈이의 실력과 통찰력이 빚어낸 성과물에 소리 없는 박수를 보냈다. 대한민국의 어엿한 인재가 되어 벤처캐피털 업계에서 초석을 다져나가고 있는 지훈이가 걸어갈 앞으로의 행보가 기대된다. 부족함 많은 누나에게조차 베풀었던 그 인품으로 더 넓은 시장을 품을 수 있길 바란다. 이제는 꿈을 현실화시켰으니 존경스럽다고 해도 될 것 같다. 시간이 흘렀음에도 20대 중반에 불과한 지훈이의 건투를 빈다.

노력은 꿈의 한 조각일 뿐

　　노력의 한자는 '힘쓸 노(努)'에 '힘 력(力)'이다. 단어를 보기만 해도 힘이 든다. 힘을 힘써야 한다니… 시작도 하기 전에 지쳐버린 느낌이다. 나는 서울대 입학 전까지 노력의 사전적 정의에 최대한 부합하게 살아왔다. 목표한 바를 달성하기 위해 몸과 마음을 다하여 애를 썼다. 어떤 과목에서 A+를 받겠다는 목표를 세웠으면 5점짜리 쪽지 시험을 준비할 때도 100점짜리 시험처럼 준비했다. 교수님 강의는 녹음해놓고 내용을 완전히 이해할 때까지 반복해서 들었다. 영어와 컴퓨터를 복수전공 했던 터라 전산실에서 밤을 새워가며 프로그래밍하다가도 영어교육 전공과목 발표 준비를 위해 틈틈이 영시를 읽었다. 내 머릿속에는 프로그래밍 명령어와 영미문학작품 글귀가 이리저리 뒤섞여 둥둥 떠다니기 일쑤였다. 새벽 3시 무렵부터 프로그램 오류를 수정하다 보면 어느새 창밖이 환해졌다. 아직 영어 발표 스크립트도 작성하지 못했는데 태양은 쓸데없이 부지런했다. 가끔은 지각해도 되는데 말이다. 허겁지겁 프로그램을 완성해놓고 빛의 속도로 발표 준비에 돌입했다. 빛이 빠른지 내 타이핑 속도가 빠른지 경쟁하듯 대본을 마무리하고 나면 10분 뒤에 전산실을 나서야만 지각을 면할 수 있는 시간이 됐다. 전속력으로 강의실을 향해 달려가다 보면 바로 앞에 교수님이 걸어가고 계셨다. 고개를 숙이고 다른 과목 수업 듣는 학생처럼 교수님을 조용히 앞질러 강의실 안으로 들어갔다. 강의실에 여유 있게 도착한 사람처럼 태연하게 자리에 앉아 있다 보면 5초 뒤 교수님께서 들어오셨다. 수업이 시작되면 휴대폰을 꺼내 녹음 버튼을 누르고 아침을 먹지 못해 달달 떨리는 손으로 수업 자료에 깨알같이 필기했다. 이것이 나의 전적대 생활이었다. 쓰러질 듯 기진맥진하며 살았던 나날들이었다. 낭만으로 가득한 캠퍼스에서 그 누구도 강요한 적 없는 노력을 붙들고 몸도 마음도 바쁘게만 살았다. 나에게 있어 노력은 젊은 날의 추억을 갉아먹고는 아무런 성과도 남겨놓지 않고 떠나버린 얄궂은 존재였다. 하지만 서울대에서 생활하며 노력을 새로운 각도로 바라보게 됐고, 힘겹게만 느껴졌던 노력이 제법 할 만한 일로 바뀌었다.

여름의 기운이 남아있는 9월 초 개강 날, 서점에서 구입한 전공 교재들을 들고 강의실로 향했다. 전적대에서는 무거운 책을 들고 가

파른 언덕을 오르지 않아도 됐지만 관악산에 위치한 서울대의 상황은 달랐다. 서점을 나선 지 얼마 되지 않았는데도 이마에 땀이 송골송골 맺혔다. 그래도 활기찬 캠퍼스 분위기에 힘을 얻어 강의실에 무사히 도착했다. 생산 관리 수업 강의실 안으로 들어가니 익숙한 얼굴들이 보였다.

"정원 언니, 안녕. 언니도 이 수업 들어?"

"응. 다음 학기에 신청할까 하다가 아무래도 이번 학기에 듣는 게 나을 것 같아서 신청했어. 그나저나 방학은 잘 보냈어?"

"엄청 잘 보냈어. 그동안 과외 해서 번 돈으로 드디어 내 꿈의 여행지에 다녀왔거든."

"그때 비행기 표 예약하던 거 기억나. 산토리니로 간다 그랬었지?"

"응. 기대 이상으로 좋았어. 언니한테도 강력 추천이야. 눈 감고 찍어도 화보야. 기억만 떠올렸는데도 행복감이 몰려오네. 거기에서 찍은 사진 보여줄까?"

연진이는 해맑은 표정으로 휴대폰을 꺼내 여행 사진을 보여주었다. 재기 발랄한 연진이의 성격이 사진에 고스란히 묻어났다. 상대방을 기분 좋게 만드는 연진이의 미소는 산토리니 거리를 더욱 빛나게 하고 있었다.

"우와~ 풍경이 정말 예쁘다."

"여행 갈 날만 기다리며 아르바이트했던 날들이 생각나네. 학점 관리하면서 과외하느라 무척 힘들었지만 견뎌낸 보람이 있었어. 언니, 그런 말 들어봤어? 꿈을 쪼개보면 노력이 된다는 말. 노력은 꿈의 한 조각이라는 말. 그래서 노력을 자세히 들여다보면 꿈이 보인다는 말."

"아니, 처음 들어보는 말인데?"

"언니, 실망인데?"

"유명한 사람 명언이야? 나 정말 몰라, 어떡해."

"내가 고3 때 한 말이야."

"하하하."

언제나 나를 웃게 만들었던 연진이가 그날도 나를 웃게 했다.

"고등학교 다닐 때 대학입시 준비하면서 내가 일기장에 적어뒀던 말이야. 수면 시간이 부족한 상태에서 내신 관리와 수능시험 준비를 병행하려니까 견디기 힘들더라고. 그래서 하루는 공부를 아예 접고 친구랑 당일치기로 바다 보러 갔었거든? 그곳에서 이런저런 이야기를 나누다가 저 얘기가 나왔어. 결국 노력을 구성 요소로 꿈이 만들어지는 건데 노력을 고통으로만 보면서 지나치게 미워하는 것 같다고. 노력을 꿈의 한 조각으로 보면 아름답게 바라볼 수 있을 텐데 말이야. 그러면서 친구랑 나랑 끌어안고 울고불고 난리였어. 하하. 돌이켜 생각해보니까 민망한 추억인걸? 청소년 드라마 찍는 것도 아니고… 나도 참 어렸다, 어렸어."

불과 2년 전에 고3이었던 연진이가 옛날을 회상하며 말했다.

"민망하긴. 내가 듣기엔 정말 멋진 말인데? 나도 일기장에 적어두고 싶을 정도야."

"그런가? 나도 힘들 때 가끔씩 저 말이 생각나기도 해. 이번에 아르바이트하면서도 과외 학생 얼굴에서 산토리니를 봤어."

"하하. 너의 명언대로 잘 살고 있네. 언니도 오늘부터 노력을 꿈의 한 조각으로 바라봐야겠어."

"언니, 산토리니도 강력 추천! 내 명언도 강력 추천!"

연진이가 특유의 밝은 에너지를 듬뿍 쏟아붓고 자리를 떠났다. 얼마 후 수업이 시작됐고 내 마음은 산토리니에 가 있는 듯 한결 가벼워져 있었다.

수업이 끝난 후 여러 권의 전공 교재들을 들고 다른 건물로 향했다. 좀 전까지만 해도 짐처럼 느껴졌던 교재들이 꿈으로 향해 가는 징검다리처럼 보였다. 노력해야 한다는 강박증에 시달리며 살 때는 나 자신조차도 내 삶의 짐처럼 느껴질 때가 있었는데 연진이의 말처럼 노력을 꿈의 한 조각으로 바라보니 모든 순간이 살 만해졌다.

이틀 후 또다시 생산 관리 수업 시간이 돌아왔다. 전공 교재들은 사물함에 넣어뒀기에 몸도 마음도 가볍게 경영대 건물로 향했다. 가는 길에 커피숍에 들러 아이스 아메리카노를 테이크아웃했다. 음료를 조금씩 마셔가며 걸어가고 있는데 저 멀리서 연진이가 나를 부르는 소리가 들렸다.

"정원이 언니!"

벤치에 앉아있던 연진이가 나를 발견하고 손을 흔들었다. 나도 반갑게 손을 흔들며 연진이 쪽으로 걸어갔다.

"연진아, 점심 먹었어?"

"응. 학생식당에서 먹고 왔어."

연진이 옆으로 못 보던 전공 교재가 보였다.

"이건 어떤 과목 교재야?"

"생산 관리."

"생산 관리? 주교재 말고 부교재도 있었어? 나는 왜 몰랐지?"

"이거 부교재 아니야. 우리 수업에서 한국어 번역본 교재 쓰잖아. 그런데 영어 원서 교재의 뉘앙스가 제대로 반영돼 있지 않은 것 같아서 원서로 보려고 해. 자연스럽게 영어 공부도 되고 얼마나 좋아? 이왕에 수업 듣는 거 시간을 좀 더 효율적으로 쓰는 거지. 생산 관리 공부 따로, 영어 공부 따로 하다 보면 시간이 두 배로 걸리잖아."

처음부터 영어 원서로 강의를 진행하는 수업이 있는 반면 교수님 재량으로 한국어 번역본 교재를 쓰는 수업도 있다. 영어 원서에 제법 익숙해져 있었지만 교수님께서 한국어로 된 교재를 쓰겠다고 하시면 반가운 마음이 들었던 건 사실이다. 그리고 나는 시간을 따로 마련하여 영어 공부를 했다. 연진이의 시간 활용법을 듣고 '효율적인 노력' 도 하나의 목표로 삼아야 할 필요성을 느꼈다. 얼마 동안 노력했는지가 중요한 것이 아니라 몇 시간분의 노력을 했는지가 중요했다. 밤을 새워 가며 12시간분의 노력을 한 사람보다 잠을 충분히 자고도 24시간분의 노력을 한 사람에게 '최선을 다했다.'고 말할 자격이 주어지는 것이다. '밤을 새워가며 한 노력'은 표현만큼이나 그 속내까지 멋진 경우는 드물다. 밤을 새워야 하는 상황이 올 때까지 시간을 0.5배로 사용하고 있었을 가능성이 높기 때문이다. 단, 컴퓨터 프로그래밍은 예외다. 단언컨대 예외다. 이와 같은 예외적 상황이 아니라면 노력의 효율성을 주기적으로 점검해보며 똑똑하게 노력해야겠다고 생각했다. 그리고 효율적인 노력 방법은 노력을 꿈의 한 조각으로 바라보는 사람에게 더욱 명확하게 드러남을 알게 됐다.

놀 줄 모르는 모범생들?

　초등학생 때 봤던 다큐멘터리에 소개된 서울대생의 놀이 문화는 가히 충격적이었다. 검은색 뿔테 안경을 쓴 대여섯 명의 학생들이 잔디밭에서 우유 팩을 차고 '놀고' 있었다. 일명 '팩 차기'를 하며 환한 미소를 짓고 있는 대학생들의 모습을 보며 초등학생이었던 내 마음이 순화되는 것 같았다. 운동장에서 뛰어노는 것보다 아이돌 가수 이야기를 더 좋아하던 내가 세속적으로 느껴질 정도였다. 세상에서 가장 젊은 어른인 스무 살이 되면 10대 때와는 확연히 다른 삶을 살 것 같았는데 팩 차기를 하며 놀아야 한다니…. 캠퍼스 낭만에 대한 기대감이 실망감으로 바뀌어버렸다.

　팩 차기의 기원에 대해서는 여러 가지 설이 있다. 1975년 서울대가 관악캠퍼스로 옮겨가면서 번화가로 나가기 어려워진 학생들이 돈 들이지 않고 학교 안에서 놀 수 있는 방법을 찾다가 자체적으로 개발했다는 설, 1986년 기숙사 운동장에서 말레이시아 유학생들이 족구와 유사한 세팍타크로를 하며 노는 걸 보고 따라 하기 시작했다는 설 등이 있다. 하지만 81학번 출신 서울대 교수님께서 팩 차기를 하셨다고 증언하시면서 그 시작은 적어도 1980년대 이전일 것으로 추정되고 있다. 확실한 건 1980년대부터 서울대생들이 팩 차기를 즐겨 했다는 사실이다. 그때 당시 연구실 주변에 "큰 소리를 내는 일이나 운동, 팩 차기를 하지 마시오."라고 적혀 있었을 만큼 재미와 소음을 동시에 유발한다는 단점이 있었지만 팩 차기의 인기는 식을 줄 몰랐다. 그 전통은 선배에서 후배로 대를 이어 전해졌다. 과거 신입생 오리엔테이션 때는 새내기들에게 우유를 사준 뒤 내용물을 마시고 남은 팩을 접는 방법을 알려줬다고 한다. 동기들 중에서 팩을 가장 예쁘게 접는 사람에게 애인이 생긴다는 전설이 전해오고 있다.

서울대에 합격하고 나서 문득 그때 봤던 다큐멘터리 내용이 생각났다. 몇 달 뒤에 나도 팩 차기를 하고 있을까 봐 걱정이었다. 팩 차기를 하게 되는 것보다 우려되는 상황은 팩 차기의 매력을 알게 되는 것이었다. 억지로 시작한 건 그만두기 쉽지만 재미를 알아버린 일은 헤어 나오기도 어렵기 때문이다. 하지만 서울대 입학 후 캠퍼스 분위기를 살펴보니 다행히도 팩 차기 중독에 빠질 일은 없어 보였다. 서울대 캠퍼스 내에서 팩 차기를 하고 있는 학생들은 거의 보지 못했다. 팩 차기를 한다는 것 자체가 하나의 유머가 되므로 '보란 듯이' 팩 차기를 하고 있는 학생들이 종종 눈에 띄었을 뿐이다. 그렇다면 최근 그들의 놀이 문화는 어떻게 바뀌었을까?

'서울대생'이라고 하면 가장 먼저 떠오르는 이미지는 모범생이다. 깔끔한 스타일의 안경을 쓰고 두꺼운 책을 옆구리에 끼고 다닐 것 같다. 물론 몇 해 걸러 한 번씩 김태희 씨와 같은 연예인이 등장할 때면 대외적인 이미지가 일시적으로 달라지기도 한다. 그렇다고 '공부밖에 모르는 고지식한 사람들'이라는 꼬리표가 깔끔하게 떼어진 건 아니다. 예나 지금이나 서울대생을 따라다니는 꼬리표의 내용은 비슷하다. 하지만 그런 특성을 애써 숨기려 하거나 바꿀 필요는 없는 듯하다. 공부밖에 몰랐기에 학문의 발전에 기여할 수 있었고, 우직한 성격에 가려져 융통성이 잘 드러나지 않는 것일 뿐 실제로 고지식한 건 아니기 때문이다.

한편, 일반적인 고정관념의 경계 밖에서 생활하는 학생들도 적지 않았다. 길거리를 지나가다가 연예 기획사 담당자에게 명함을 받았을 정도로 머리끝부터 발끝까지 화려하게 꾸미고 다니는 학생들도 눈에 띄었다. 그중 한 학생과 같은 수업을 듣게 되어 대화할 기회가 몇 번 있었다. 그 학생은 어렸을 때부터 춤에 관심이 많았는데 부모님의 극심한 반대로 10대 때는 공부에만 매진했다고 한다. 그 대신 원하는 대학교에 입학하면 춤만 추면서 살기로 결심했다고 한다. 그 학생은 각고의 노력 끝에 서울대에 입학하게 됐고 합격자 발표가 난

다음 날부터 댄스 학원에 다니기 시작했다. 평일반과 주말반에 모두 등록하여 일주일 내내 춤만 추고 다녔다. 기본기를 마스터하고 기획사 오디션 준비반에도 들어가 전문적으로 춤을 배웠다. 그래도 흡족하지 않아서 남는 시간에는 유명 댄스 팀 소속 댄서에게 개인 지도를 받기도 했다. 주변 사람들이 다음 달에 데뷔하냐고 물어봤을 정도로 하루 종일 춤 연습만 했다. 그래도 너무 행복했다고 한다. 체력 소모가 심해 몸무게도 10kg 정도 빠지고 매일같이 근육통에 시달렸지만 좋아하는 일을 하니까 없던 힘도 생겼다고 했다. 열정적으로 댄스 동아리 활동을 하며 아마추어 댄스대회에 참가해 수상한 경력까지 있었다. 그 학생은 나에게 댄스대회 참가 당시 동영상을 휴대폰으로 보여줬다. 대형 기획사 연습생이라고 해도 손색없을 만큼 수준급의 실력이었다. 무엇보다 멋있게 보이고 싶어서 춤을 추는 게 아니라 진심으로 원해서 춤을 추는 모습이 더욱 멋있게 느껴졌다. 그런데 나는 혹시나 하는 노파심에 그 학생에게 물어보고 싶었던 게 있었다. 잔소리처럼 들릴 수 있는 질문이었지만 말이다.

"학점은 걱정 안 돼? 동아리 활동하면서 대회 준비까지 병행하려면 학업에 투자할 시간이 부족하지 않아?"

"언니, 제 입으로 말하기 쑥스럽지만 학점이 꽤 높은 편이에요. 저는 춤이 자신을 표현하는 여러 방법 중 하나라고 생각해요. 그리고 공부도 제가 흡수한 지식을 말이나 글로 표현하는 작업이라고 생각하고요. 춤을 통해 저 자신을 마음껏 표현하는 습관을 들이니까 예전보다 공부도 더 잘돼요. 춤을 본격적으로 배우기 전에는 머릿속에 있는 지식을 밖으로 표출하는 일이 어렵게 느껴졌거든요? 그런데 춤을 추고 나서 공부를 포함한 모든 종류의 표현에 자신감이 생겼어요. 예전에는 100만큼 공부하고 30 정도만 표현하고 살았다면, 요즘에는 50만큼 공부해서 50을 모두 표현하고 사는 느낌이에요."

그 학생의 답변으로 내 걱정은 기우였음이 드러났다. 춤과 공부에서 '표현'이라는 교집합을 찾아 노는 듯 공부하면서 학업의 효율성도 놓치지 않을 수 있다는 사실이 신선한 충격으로 다가왔다.

이외에도 서울대생의 놀이 문화가 예전과 달라졌음을 보여주는 학생들이 적지 않았다. 주말마다 인파로 북적거리는 번화가에서 버스킹 공연을 하는 학생, 정식 오디션을 통해 대학로 연극 무대에 서게 된 학생, 인기 예능 프로그램에 출연한 학생, 수준급의 디제잉 실력으로 음악 축제에 초청된 학생, 피트니스 대회에 출전한 학생 등 서울대생에 대한 고정관념을 무색하게 만드는 학생들을 어렵지 않게 볼 수 있었다.

그리고 또 다른 부류의 서울대 동생들을 보면서 '잘 논다는 것이란 과연 무엇인가?'에 대한 답을 새로운 시각에서 찾아보게 되었다. '놀다'의 사전적 정의는 '놀이나 재미있는 일을 하며 즐겁게 지내는 것'이다. 즉 재미있었고 즐거웠으면 논 것이다. 어린 시절을 회상해 보면 놀이터에서 신나게 그네를 타고 있을 때 누군가 나에게 무엇을 하고 있냐고 물으면 주저 없이 '재미있게 놀고 있다.'고 말했다. 남들이 '잘 노는 사람'으로 봐줄 만한 일인가는 생각하지 않았다. 오로지 내 마음만 봤다. 남의 마음이 아닌 내 마음이 재미와 즐거움을 느끼고 있으면 당당하게 '잘 놀고 있다.'고 말했다. 하지만 나이가 들어갈수록 '놀이'로 인정되는 것들의 가짓수가 점차 줄어들기 시작했다. 경제적 여유가 있어야 즐길 수 있는 것들, SNS에 사진을 업로드했을 때 부러움을 살 수 있는 것들, 모임 자리에서 이야기를 꺼냈을 때 이목을 집중시킬 수 있는 것들, 내성적인 줄 알았는데 생각보다 활동적인 사람이라는 평가를 받을 수 있는 것들 등등으로 놀이의 범위가 한정되었다. 내 마음만 보던 어린 시절과 달리 사회적 시선을 고려한 놀이는 하나의 숙제다. 여가 활동을 위해 돈도 벌어야 하고, 증거를 남기기 위해 끊임없이 사진도 찍어야 하고, 멋들어진 설명을 위해 다량의 정보도 수집해야 한다. 이러한 과정 자체를 즐기는 사람들도 많지만 놀았음을 증명하기 위해 놀고 있는 순간을 만끽하지 못하는 사람들도 많다. 하지만 내가 본 서울대 동생들은 타인의 잣대에 속박되지 않고 자신의 진심을 따라 놀러 다녔다. 하루는 알고 지내던 동생이 강의실 책상 위에 두꺼운 책을 서너 권 쌓아두고 리포트를 작성하고 있었다.

"호석아, 안녕. 이거 무슨 과목 리포트야? 인용할 자료가 많은가 봐?

"누나, 안녕. 나 리포트 쓰고 있는 거 아닌데? 여행 준비하는 거야."

"대사관에 제출해야 할 문서라도 있는 거야?"

"아니. 이번 여름방학 때 프랑스로 여행을 떠날 예정이거든. 특히 파리 3대 미술관을 둘러보는 데 시간을 많이 쓰려고 해. 그런데 파리에 머무는 기간은 이틀밖에 안 돼. 작품이 워낙 많으니까 유명 작품 위주로 봐도 시간이 모자랄 것 같아. 그래서 좁게 보는 대신 깊게 보려고. 각 작품에 대한 책들을 읽어보고 감상할 때 주의 깊게 볼 부분들을 정리하고 있었어. 팔만대장경도 모르는 사람이 보면 빨래판처럼 보인다잖아."

"미술관에서 오디오 가이드 서비스받을 수 있지 않아?"

"그렇긴 하지. 그래도 나만을 위한 가이드북을 제작하는 게 재미있어서 하는 거야. 여행을 두 번 하는 느낌이 들거든. 가이드북 만들면서 머릿속에서 한 번. 직접 가서 눈으로 보면서 또 한 번. 그러면 여행의 기억이 좀 더 오래가는 것 같더라고. 나중에 누나가 프랑스 여행 갈 일 있으면 세상에 단 하나밖에 없는 가이드북 빌려줄게."

"고맙지만 나도 내 전용 가이드북 만들어서 갈래! 너의 표정이 너무 즐거워 보여서 나도 한번 만들어보고 싶어졌어."

"하하, 내가 누나의 재미를 뺏을 뻔했네."

언뜻 보기에 전공과목 리포트처럼 보였던 그 문서는 호석이가 직접 제작한 미술관 가이드북이었다. 호석이에게는 미안한 말이지만 가이드북에 대한 첫인상은 '골치 아프다.'였다. 유명 미술관을 배경으로 최고의 사진을 남기기 위해 여행 전부터 미리 촬영 구상을 해놓는 데만 상당한 시간이 소요된다는 걸 호석이는 모르고 있는 것 같앞다. 더군다나 학기 중에 논문에 가까운 가이드북을 제작하기에는 학점과 직결되는 리포트를 작성할 시간도 부족했다. 하지만 호석이는 바쁜 일상생활 속에서도 '재미있다.'는 이유로 가이드북 만들기에 여념이 없었다. 관련 서적을 뒤적거리며 흥미롭게 가이드북을 만드는 호석이의 모습을 보니 '혹시 정말 재미있는 거 아니야?'라는 생각이 들었다. 그리고 몇 주 뒤 여름방학이 시작되었다. 기말고사로 지친 마음을 재충전하기 위해 방학 첫 번째 주 토요일에는 인왕산 둘레길로 산책 갈 계획이었다. 교통편을 알아보려고 인터넷 검색을 하고 있었는데 연관 검색어에 '겸재 정선의 인왕제색도'가 떴다. 학창 시절 미술 시간에 배웠던 기억이 났다. 그리고 불현듯 호석이의 가이드북이 떠올랐다. 그 길로 집 주변 구립 도서관에 방문해 겸재 정선 관련 책을 읽어보았다. 겸재 정선은 76세가 되던 해에 그의 평생 벗이었던 이병연의 건강 상태가 위중해지자 쾌유를 기원하며 인왕제색도를 그렸다. 인왕제색도의 뜻은 비가 갠 뒤 인왕산의 색채를 담은 그림이다. 정선이 인왕제색도를 그릴 즈음에 장마가 시작됐다. 비가 내리기 시작한 지 일주일 째 되던 날 마침내 날씨가 개었다. 인왕산 골짜기 사이로 운무가 스며들며 신비스러운 풍경이 연출됐다. 정선은 이 순간을 놓치지 않고 화폭에 옮겼다. 관련 내용들을 휴대폰 메모장에 간략하게 정리해두다 보니 어느새 나만의 가이드북이 완성되었다. 원래는 토요일에 갈 계획이었는데 관련 서적을 읽고 나서는 비가 그친 뒤 가보고 싶어졌다. 그래서 날씨가 쾌청했던 그 주 토요일에는 한강으로 갔다. 그리고 몇 주 뒤 기다리던 비가 내렸고, 이틀 만에 갰다. 나는 그 주 일요일에 인왕산 둘레길로 산책을 갔다. 촉촉하게 젖은 길 위에 발을 내딛자 인왕제색도가 내 눈 앞에 펼쳐지는 것 같았다. 휴대폰에 저장해둔 사진과 메모를 수시로 꺼내보며 정선의 마음과 하나가 돼보려고 했다. 아는 만큼 보인다는 말이 실감 났다. 평범한 바위산도 정선의 붓질이 스쳐 지나간 것처럼 보였다. 호석이가 왜 가이드북을 만들어 갔는지 이해할 수 있을 것 같았다. 무료하게 느껴질 수 있는 산책이 흥미진진해졌다. 자연경관을 바라보고만 있었음에도 보이지 않는 존재와 재미있는 수다를 떠는 기분이었다. 산책을 마치고 인왕산에서 내려오는데 어린 시절 놀이터에서 실컷 놀다가 집으로 돌아갈 때 느껴졌던 감정이 모처럼 되살아났다. 누군가 나에게 오늘 하루 무엇을 했느냐고 묻는다면 '더할 나위 없이 잘 놀았다.'고 답할 것 같았다.

호석이가 만든 미술관 가이드북은 나에게 있어 인생 가이드북이 되었다. 마음의 눈으로 볼 수 있는 인생 가이드북 첫 장에는 타인에게 보여주기 위한 놀이는 그만두라고 적혀 있었고, 본문에는 이 세상 전체를 놀이터로 만드는 방법이 소개돼 있었다. 불현듯 초등학생 때 봤던 다큐멘터리를 다시 보고 싶어졌다. 이제는 팩 차기를 즐기고 있는 대학생들의 모습에서 캠퍼스 낭만이 아닌 인생의 진리를 발견할 수 있을 것 같았기 때문이다.

말은 마음의 초상

서울대 입학을 앞두고 친한 친구들과 식사 자리를 가졌다.

"정원아, 2주 후에 개강하는 거야?"

"응. 적응하는 데 큰 어려움이 없었으면 좋겠다."

"네가 평소 하던 대로만 하면 적응은 문제없을 것 같은데? 하지만 서울대 상황은 좀 다를지도 모르겠다. 대부분 어렸을 때부터 계속 1등만 해왔을 테니까 잘난 척도 심하고 거만하지 않을까? 상대방을 깎아내리는 말도 아무렇지 않게 할 것 같아."

"그러려나? 가보면 알겠지. 내 주변에 있는 서울대 친구들은 그렇지 않은데… 모르겠다, 나도."

친구들을 만나기 전까지는 별걱정 없이 지내고 있었다. 그런데 대화가 진행될수록 친구들의 추측이 사실처럼 느껴지기 시작했다. 서울대 입학 후 동생들의 말 때문에 상처받을 일이 종종 생길 것 같았다. 입장을 바꿔서 제때 서울대에 합격한 동생들 눈에 '나'라는 존재가 어떻게 비칠지 생각해봤다. 그들에게 나는 뒤처짐을 뒤늦은 도전이라고 포장하는 한심한 언니 또는 누나로 보일 것 같았다. 나도 모르게 한숨이 새어 나왔다. 그래도 하는 수 없었다. 내가 신이 아니고서야 타인이 나를 바라보는 시선까지 조정할 수는 없는 노릇이었다. 타인에게는 각자의 잣대로 나를 판단할 권리가 있었다. 지름길을 따라 걸어가고 있는 동생들에게 굽이진 길 위에서 경험했던 일들의 가치를 설명하는 것은 그 권리를 침해하는 것이었다. 상처받고 싶지 않으니 내 인생을 평가할 때만큼은 관대한 잣대를 들이대라고 떼쓸 나이는 지났다. 동생들이 최선을 다해 살아온 나의 과거를 평가절하하더라도 상처받지 말고 보편적인 시각에 대한 이해를 높이는 계기로 삼자고 다짐했다. 모두가 지켜보는 가운데 누군가 나의 이력에 대해 부정적인 평가를 쏟아낼 경우에는 일시적으로 무안하긴 하겠지만 하루 이상은 무안해하지 않기로 했다. 친구들 덕분에 나만의 대응 지침을 마련해놓고 서울대에 입학하게 됐다. 그리고 나는 어떻게 됐을까. 동생들의 말에 상처받아 캠퍼스 한구석에서 울고 있었을까? 아니다. 캠퍼스에서 하도 웃고 다녀서 아직도 입이 아플 지경이다. 내가 고심해서 만들어놓은 대응 지침을 써보지도 못하고 서울대를 졸업하게 됐다. 동생들이 말을 시작하면 그들의 입 앞에서 꽃잎이 흩날리는 줄 알았다. 타인에게 상처를 줄래야 줄 수 없을 정도로 말이 보드라웠다. 윗사람인 내가 동생들의 말에 위로받은 적도 많았다. 표피적으로 실패한 경험은 적었지만 지름길 위에 남아 있기 위해 마음속으로 굽이진 길을 걸어온 동생들은 나에게 상처를 주기보다는 나의 상처를 보듬어주곤 했다. 소설가 J. 레이에 따르면 "말은 마음의 초상"이라고 한다. 그래서인지 나는 동생들의 말을 통해 그들의 마음을 들여다볼 수 있었다. 이와 관련하여 〈말의 습관〉이라는 시를 소개하고자 한다. 말과 마음의 관계를 이해하는 데 가장 적합한 글이라고 생각하기 때문이다.

언어가 거친 사람은
분노를 안고 있는 사람입니다.

부정적인 언어습관을 가진 사람은
마음에 두려움이 있는 사람입니다.

과장되게 이야기하기 좋아하는 사람은
그 마음이 궁핍하기 때문입니다.

자랑을 늘어놓기 좋아하는 사람은
그 마음에 안정감이 약하기 때문입니다.

음란한 이야기를 좋아하는 사람은

그 마음이 청결하지 못하기 때문입니다.

항상 비판적인 말을 하는 사람은

그 마음에 비통함이 있기 때문입니다.

다른 사람을 헐뜯는 사람은

그 마음이 열등감에 사로잡혀 있기 때문입니다.

다른 사람 말을 듣지 않고

자기 말만 하려는 사람은

그 마음이 조급하기 때문입니다.

반면에

항상 다른 사람을 격려하는 사람은

자신의 마음이 행복하기 때문입니다.

부드럽게 말하는 사람은

그 마음이 안정적이기 때문입니다.

진실되게 이야기하는 사람은
그 마음이 담대하기 때문입니다.

마음에 사랑이 많은 사람이
위로의 말을 내어줍니다.

겸손한 사람이
과장하지 않고 사실을 말합니다.

마음이 여유로운 사람이
말하기에 앞서 다른 사람의 말을 잘 듣습니다.

이 시를 읽으면서 말은 마음에 뿌리를 두고 있음을 이해했으리라
믿는다. 서울대 동생들의 말에 대한 묘사가 곧 그들의 마음에 대한
묘사임을 염두에 두며 글을 읽어주길 바란다. 내가 직접 느끼고 경험
한 서울대 동생들의 화법에는 다음과 같은 특징들이 있었다.

첫째, 부드럽고 순화된 표현을 사용했다. 서울대 입학 후 동생들
과 처음으로 대화를 나눴던 날이 생각난다. 초면이었음에도 상대방
의 마음을 편하게 해주는 화법이 인상 깊었다. 특별할 것 없어 보이
는 대화였지만 이야기할수록 나의 마음이 평온해지는 게 느껴졌다.
동생들이 나를 배려하려는 의도를 갖고 조심스럽게 말을 내뱉는 것

도 아니었는데 내 마음이 안정되는 이유를 알 수 없었다. 하지만 이 윽고 그들의 말을 구성하고 있는 표현에서 그 이유를 찾을 수 있었 다. 모나지 않고 다듬어져 있는 표현들이 모여 하나의 문장이 만들어 졌다. 동생들은 어휘의 정확한 의미를 알고 있었을 뿐만 아니라 정서 적으로 안정돼 있다 보니 적절하고 부드러운 표현으로만 문장을 구 성했다. 순수하게 말한다기보다는 순도 높게 말했다. 상대방의 기분 을 언짢게 할 수 있는 표현들을 불필요하게 덧붙이는 일이 없었다. 동생들이 입을 떼기 시작한 순간부터 이야기를 마무리할 때까지 내 귀가 편안했다. 단어 하나하나가 내 귀에 부드럽게 스며드는 기분이 었다. 동생들과 대화할 때는 고운 모래알로 이루어진 백사장 위를 거 니는 듯했다. 나에게 오는 말이 고우니 내 머릿속에 저장되어 있는 단어들 중 가장 고운 것을 선택해 내보내게 됐다. 고운 표현을 찾는 과정에서 나의 마음은 한결 평화로워졌다. 이에 반해 표현이 거칠거 나 입이 험한 사람과의 대화는 잔잔한 호수 위로 조약돌이 계속해서 날아드는 상황과 같다. 고요하던 마음이 소란스러워진다. 초대받지 않은 불청객이 예고도 없이 내 귀를 침범한 느낌마저 든다. 대화라는 것은 모름지기 참여자 간에 언어가 흘러다니는 것인데 듣기 거북한 표현이 등장하는 순간 대화의 흐름이 끊기고 만다. 불순물 같은 표 현을 정화하는 데 시간을 보내느라 집중력도 떨어진다. 그러면서 대 화의 흐름은 한 번 더 끊긴다. 상대방이 순화되지 않은 표현을 나에 게 던져놓으면 그것을 마음속에서 순화시키는 건 내 몫이다. 감정 에너지를 소모해가며 한 단어를 순화시켜 놓으면 바로 다음 단어가 귓속으로 침입한다. 몸을 격렬하게 움직인 적도 없는데 이내 지쳐버린다. 부적절한 단어들의 공격을 받은 내 마음은 대화 내내 기진맥진한 상태에 있다. 공격적인 언어습관을 가진 사람과의 대화는 전쟁을 방불케 한다. 귀를 막고 있지 않는 이상, 방패도 없이 싸워야 하는 전쟁이다. 하지만 서울대 동생들은 내 마음을 더 이상 전쟁터로 내몰지 않았다. 안정적인 마음속에서 단어를 갈고닦아 입 밖으로 내놓았으므로 상대방의 말을 정화시키는 데 시간을 소요하지 않아도 됐다. 예상치 못한 단어 공격이 들어올까 봐 긴장할 필요가 없다 보니 자연스럽게 동생들의 말에 집중하게 됐다. 대화가 끊김 없이 흘러오고 흘러갔다. 냉철하게 비판해야 하는 순간에 부드러운 표현의 가치는 더욱 명확하게 드러났다. 내 의견의 허점을 지적하는 비판도 나의 마음에 연착륙했다. 부드럽고 순화된 표현은 대화에 담긴 내용과 무관하게 상대방으로 하여금 수긍하게 하는 힘이 있었다. 러시아의 소설가 안톤 체호프는 "부드러운 말로 상대방을 설득하지 못하는 자는 위엄 있는 말로도 설득하지 못한다."고 말했다. 그렇다면 어떤 사람이 부드러운 말로 상대방을 설득할 수 있을까? 주장하는 바에 대한 확고한 믿음과 명백한 타당성이 있어야 한다. 특히 설득은 상대방을 향한 것이므로 논리적 타당성이 필수적이다. 하지만 설득력이 빈약하면 그것을 보완할 수 있는 위엄에 기대게 될 가능성이 높다. 반대로 설득력이 충분히 높다고 판단될 경우에는 주장하는 내용을 있는 그대로 전달해도 소기의 목적을 달성할 수 있다. 따라서 위엄을 끌어들이지 않아도 된다. 서울대 동생들은 설득이라는 결과를 도출하기 위해 자신의 주장에 위엄을 덧씌우지 않았다. 지적인 능력을 과시할 수 있는 표현들로 말을 포장하지 않고 주장하는 바를 분명하게 전달했다. 설득력을 높이는 데 초점을 맞췄으므로 표현에는 힘이 들어가지 않았다. 그러다 보니 핵심 내용만 정확하게 전달됐다. 의도치 않은 오해를 불러일으킬 수 있는 단어의 사용을 자제하고, 주장하고 싶은 내용을 순도 높게 표현했다. 부드러운 단어들로 이루어진 문장은 상당한 힘이 있었다. 동생들을 통해서 인간이 아닌 말도 외유내강할 수 있음을 깨달았다. 뿐만 아니라 외유내강한 인간만이 외유내강한 말을 구사할 수 있다는 것도 알게 됐다.

둘째, 간단하고 명료하게 말했다. 서울대를 다니면서 단 한 번도 동생들에게 "그래서 네가 하고 싶은 말이 뭔데?"라고 되물었던 적이 없다. 그만큼 동생들은 단순한 표현을 사용해 말하고자 하는 바를 명확하게 전달했다. 추가 질문을 하지 않아도 될 만큼 그들의 말은 이해하기 쉬웠다. 머릿속에 입력되어 있는 지식의 양을 생각하면 말도 고차원적이고 복잡하게 할 것 같다는 선입견을 가질 수 있다. 하지만 예상과 다르게 그들의 표현은 쉽고 간결했다. 톨스토이가 얘기했듯 지혜가 깊어질수록 말이 단순해지는 법이다. 서울대 합격을 결정한 건 지식의 양이 아니라 핵심 내용을 파악하는 능력인 것 같았다. 자신의 의사를 불명확하게 전달하는 사람과 대화하다 보면 본의 아니게 스무고개 놀이를 시작하게 된다. 내가 궁예처럼 관심법을 사용하여 상대방의 생각을 유추한 다음, 이를 다시 정리해서 되물어야 한다. 그러면 상대방은 맨 처음 문장에 "그게 아니라."만 붙여 똑같이 말한다. 이를 통해 그 첫 문장을 들었을 때 떠올랐던 여러 가지 의미들 중에서 하나는 소거할 수 있다. 그다음으로 가능성이 높은 의미를 선택해 다시 되묻는다. 상대방이 드디어 "내 말이 그 말이야."라고 말한다. 그리고 또다시 맨 처음 문장을 반복해서 말한다. 내가 들은 말이라곤 대화 내내 한 문장밖에 없다. 그것이 의미할 수 있는 모든 내용을 생각해내 하나씩 제시해보는 일은 사람을 상당히 지치게 한다. 주장은 상대방이 하는데 머리는 내가 더 많이 쓰게 된다. 설득하는 사람보다 설득당하는 사람이 더 힘들다. 합당한 이유로 설득당하고 싶어서 스무고개 놀이에 적극 참여하다 보면 어느새 체력이 방전돼 있다. 채근담에서 중심을 찌르지 못하는 말은 입 밖으로 내지 말라고 한 이유를 알 것 같다. 하지만 서울대 동생들의 문장은 따로 연구하지 않아도 됐다. 다의적으로 해석될 수 있는 표현이 등장하지 않았으므로 그 문장 자체가 그 문장의 의미였다. 지식을 자랑하기 위해 무의미한 미사여구를 사용하는 법도 없었고, 말의 주도권을 잡기 위해 무리하게 문장의 길이를 늘이는 법도 없었다. 더 이상 할 말이 없을 때는 말을 그칠 줄도 알았다. 대화에 군더더기가 없었다. 흔히 서울대생들과의 대화는 지루할 것 같다고들 한다. 하지만 철학자 볼테르는 모든 것을 하나부터 열까지 말하는 사람이 세상에서 가장 따분

한 사람이라고 했다. 볼테르의 말을 달리 해석해보면 할 말만 하는 사람과의 대화는 지루하지 않다고 볼 수 있다. 그래서인지 서울대 동생들과 오랫동안 대화를 주고받아도 시간 가는 줄 몰랐다. 듣자마자 의미를 알 수 있는 문장만 구사하니까 대화가 깔끔하고 담백하게 진행됐다. 의도 했든 안 했든 애매모호하게 말하는 사람에게서는 왠지 모를 불쾌감이 느껴진다. 마트에서 온갖 상품들을 섞어서 한데 쌓아놓고는 필요한 물품을 알아서 찾아가라고 하는 것 같다. 생각과 말을 정리하는 데 드는 수고로움을 나에게 떠넘긴 기분이다. 하지만 명료하게 말하는 사람에게서는 배려심이 느껴진다. 마트에서 정성스럽게 포장되어 있는 제품을 보면 고객으로서 존중받는 느낌이 드는 것과 마찬가지다. 상대방은 상대방의 말에만 신경 쓸 수 있도록 자신의 말은 자신이 확실하게 책임져줄 때 존중과 배려를 받고 있는 기분이 들었다. 정리되지 않은 생각을 불명확하게 전달하기보다는 시간이 걸리더라도 생각과 말을 정돈하여 표현하는 습관을 길러야겠다는 생각을 하게 된 계기였다.

셋째, 신중하고 진실되게 얘기했다. 술잔에 술을 넘치도록 붓는다고 해서 술잔이 커지는 것은 아니다. 하지만 우리는 때때로 내 그릇에 담을 수 있는 말보다 더 많은 말을 함으로써 내 그릇의 크기를 숨기려 한다. 추후에 흘러넘친 말들을 수습하느라 곤욕을 치르더라도 눈앞의 자존심 싸움에 휘말리곤 한다. 아는 것을 안다고 하고, 모르는 것도 안다고 한다. 할 수 있는 것을 할 수 있다고 하고, 할 수 없는 것도 할 수 있다고 한다. 모르는 것이 드러날까 봐 내뱉은 거짓말은 또 다른 거짓말을 불러온다. 할 수 없다는 것이 밝혀질까 봐 말은 과장되고 목소리는 커진다. 하지만 서울대 동생들은 자신의 그릇을 있는 그대로 보여주는 데 주저함이 없었다. 자존심을 세우려고 모르겠다거나 할 수 없다는 소리를 하지 않을 것 같았는데 의외였다. 예를 들어, 공동 작업이 필요한 팀플 과제를 살펴보자. 일반적으로 발표 주제를 항목별로 구분해 각 팀원이 하나의 세부 주제를 맡게 된다. 한 팀원이 데이터를 부정확하게 조사하면 발표 내용 전체에 대한 신뢰성이 떨어지게 된다. 한번은 일본어로 된 문헌을 참고해야 했던 경우가 있었다. 일본어 자격증을 보유하고 있던 팀원에게 자료 분석을 맡아줄 수 있겠냐고 물었더니 망설임 없이 "못 하겠다."고 했다. 뉘앙스를 해석하는 과정에서 의미를 정반대로 이해할 위험성이 있었기 때문이었다. 자신의 실력이 부족하다는 것을 대외적으로 알리고 솔직하게 인정하는 것은 말처럼 쉽지 않다. 그런데 그 팀원은 주저하는 기색도 없이 못하는 걸 못한다고 했다. 서울대 동생들은 언제나 상황을 깔끔하게 만들어줬다. 서로가 서로에게 아는 것과 모르는 것, 할 수 있는 것과 할 수 없는 것을 진실되게 말해주니 과제 수행도 효율적으로 할 수 있었다. 일본어로 된 자료는 결국 포기했지만 아는 것과 할 수 있는 것에 초점을 맞춰 완성도 높은 결과물을 제출할 수 있었다. 동생들은 안다고 한 것을 확실하게 알고 있었고, 할 수 있다고 한 것은 완벽하게 해냈다. 뿐만 아니라 어린 나이였음에도 언행이 일치돼 있었다. 행동보다 말을 꾸미는 게 몇 배는 더 쉽다. 멋있는 말로 인정받다 보면 실천의 필요성을 간과하게 된다. 실천하지 않아도 일단 충분히 멋있기 때문이다. 대표적인 예가 바로 '타인을 향한 조언'이다. 타인에게 했던 조언만 실천했어도 크게 성공했을 거라는 말도 있지 않은가. 살아오면서 타인에게 했던 조언들을 떠올려보자. 정말 주옥같지 않은가? 명언집을 만들어도 될 정도다. 하지만 그것들 중에 자신이 실천했던 것은 몇 개나 되는가? 안타깝게도 일부에 불과할 것이다. 이렇듯, 말처럼 쉽지 않은 일은 하지 않으면서 말은 쉽게 내뱉는 경우가 다반사다. 그러나 서울대 동생들은 말이 행동을 넘어서거나 앞서지 않았다. 자신이 절실하게 깨닫고 실천 중인 것에 대해서만 신중하게 이야기를 꺼냈다. 논어에 보면 "군자는 자기가 말한 것이 지나친 것을 부끄러워하며, 실행하지 않는 말을 삼가고 말 이상으로 실천하도록 힘쓴다."는 말이 나온다. 동생들은 20대 초중반의 나이에 군자의 경지에 도달해있는 듯했다. 생각, 말, 행동… 이 모든 것이 일치했다. 어떤 경우에는 말보다 행동이 더 크고 담대했다. 그리고 그 행동의 바탕이 되는 생각은 얼마나 더 클지 가늠하기 어려웠다. '공부'라는 지난한 과정을 거쳐오면서 마음의 성장통을 끊임없이 겪어낸 동생들의 말은 나에게 무거운 울림으로 다가왔다.

말은 입으로 그리는 자화상이다. 서울대 동생들은 매일같이 나에게 자화상을 그려서 보여주었다. 그 어떤 이력서보다 동생들의 말을 통해 그들이 누구인지 정확하게 이해할 수 있었다. 내가 본 그들의 자화상은 맑고 투명한 수채화 같기도 했고, 묵직한 질감의 유채화 같기도 했다. 대부분이 명작이었던 동생들의 자화상을 보며 내가 그들에게 보여준 자화상은 어떠했을지 생각해보게 된다. 파스텔톤으로 그리려 했는데 원색으로 그린 적도 있고, 손에 힘을 빼고 섬세하게 그리려고 했는데 투박하게 붓질한 적도 있다. 공기 중으로 퍼져나가 수정도 할 수 없는 내 자화상 앞에서 말은 자신을 포장하는 수단이 아니라 포장되어 있는 자신이 드러나는 계기임을 되새겨본다.

언니, 제 꿈은 대통령이에요!

    서울대 동생들과 이야기를 주고받다 보면 어느새 취재기자처럼 행동하고 있는 나를 발견하곤 했다. 언론사에 소속돼 있는 것도 아니면서 동생들과 인터뷰 모드로 대화를 나누는 것이 나의 취미가 되어버렸다. 카메라와 마이크는 없었지만 마음만큼은 열정 넘치는 방송기자였다. 끌어내고 싶은 이야기들로 가득한 그들의 삶은 언제나 흥미로운 취잿거리였다. 예상을 빗나가는 답변과 시야를 넓혀주는 사고체계를 접할 때마다 편입하길 잘했다는 생각이 들었다. 편입 지원 동기에 '인터뷰'라고 썼어도 이상하지 않을 만큼 인터뷰하는 재미에 푹 **빠져** 살았다. 인터뷰와 수다가 뒤섞여 있는 대화의 묘미가 있었다. 수다로 시작해 인터뷰로 끝나기도 하고, 인터뷰로 시작해 수다로 끝나기도 했다. 수다와 인터뷰의 비중은 매일 변했지만 거의 모든 대화에 인터뷰가 빠지지 않고 등장했다. 인터뷰 단골 주제는 '장래희망'이었다. 12년간의 학창 시절을 돌아보면 수천 장의 시험지들이 주마등처럼 지나간다고 할 정도로 서울대 입학만을 위해 달려온 그들이 서울대 입학 후에는 어떤 꿈을 꾸며 살아가고 있을지 궁금했다. 비슷비슷한 수능시험 점수만큼이나 미래 계획도 서로 닮아 있을까 아니면 서로 다른 얼굴만큼이나 꿈꾸는 미래도 천차만별일까. 정답이 정해져 있는 필기시험의 고수들인 만큼 정형화된 성공 방정식에 꼭 들어맞는 꿈을 꿀 것 같았다. 하지만 서울대생이라는 교집합 외에 공통점을 찾기 어려울 정도로 동일한 시공간 안에서 다양한 꿈들을 꾸고 있었다. 대한민국에 현존하는 직업은 물론이고, 앞으로 생겨날 직업까지 그들의 가슴을 뛰게 만들고 있었다.

회계학 수업에서 만난 서현이는 이국적인 외모와 상대방을 기분 좋게 하는 미소의 소유자였는데 우연한 기회로 팀플 과제를 함께 수행하게 됐다. 첫 번째 팀플 모임이 있던 날, 어색함이 해소될 때까지 말을 아끼고 있었던 나에게 서현이가 먼저 다가와 말을 건넸다. 다섯 살 위 언니였던 내가 불편했을 법도 한데 서현이는 스스럼없이 대화를 이어나갔다. 그녀의 시원시원한 성격은 스터디룸에 감돌던 서먹한 분위기를 단숨에 전환시켰다. 아무리 오랜 기간 알고 지냈어도 생각의 틀이 경직적인 사람은 상대방으로 하여금 마음의 문을 닫게 하는 반면, 유연한 사고체계를 가진 서현이는 첫 만남부터 내 마음을 활짝 열게 했다. 그녀의 개방적인 사고는 스스로를 자유롭게 했을 뿐만 아니라 고정관념의 굴레 속에서 허우적대고 있는 다른 사람들까지 열린 세상으로 안내해줬다. 서현이가 이와 같은 융통성을 갖게 된 이유 중 하나는 청소년기의 해외 거주 경험 때문인 듯했다. 서현이는 어린 시절 중국으로 조기 유학을 떠나 그곳에서 계속 학창 시절을 보냈다고 한다. 한국어와 중국어 중에서 상대적으로 더 편하게 느껴지는 언어를 고르기 어렵다고 할 정도로 중국어를 유창하게 구사했다. 팀플 회의를 할 때 적절한 한국어 표현이 떠오르지 않으면 자연스럽게 중국어로 말하곤 했다. 중국어보다는 영어에 익숙한 팀원들을 위해서 영어로도 번역해줬다. 다국적 팀원들이 아니었음에도 그녀 덕분에 여러 가지 언어가 팀플 회의에 사용됐다. 서현이는 언어적 능력이 뛰어났을 뿐만 아니라 중국에서의 학업 성적 역시 최상위권이었다. 서울대학교에 합격하던 해, 중국 최고 명문대학인 베이징대학교에도 합격했을 만큼 중국에서도 인정받는 재원이었다. 우리나라 수능시험에 해당하는 중국의 '가오카오'에는 매년 천만 명 정도가 응시한다. 실질적인 경쟁률과 응시자 수가 반드시 비례하진 않겠지만 중국의 대학입시 과정이 상당히 치열하다는 건 부정할 수 없을 것 같다. 그녀는 바늘구멍에 가까운 관문을 뚫고 서울대학교와 베이징대학교 합격증을 동시에 받게 됐다. 두 대학교를 놓고 고민을 거듭했지만 종합적으로 판단한 끝에 서울대를 선택했다고 한다. 하지만 서울대를 다니면서도 끊임없이 중국 시장에 관심을 기울이며 살았다. 중국에서 학창 시절을 보낸 만큼 중국 경제 상황에 대한 이해도가 깊었고, 이를 바탕으로 대학교 졸업 후 중국으로 돌아가 사업을 해보고 싶었기 때문이다. 서현이는 무덤덤한 표정으로 인생 계획을 밝혔지만 그 이야기를 듣고 있는 것만으로도 내 심장이 콩닥거렸다. 한국과 중국을 넘나드는 미래의 모습을 자유로이 그려보는 서현이를 보고 있으면 탁 트인 바닷가 앞에 서 있는 듯했다. 넓은 시야로 살아가는 그녀와의 대화는 나에게 있어 마음으로 하는 여행과 다름없었다.

뿐만 아니라 서현이의 특색 있는 의사결정은 내 머릿속까지 시원하게 만들었다. 대세적 흐름에 벗어나지 않을 목적으로 가장 일반적인 선택을 내리다 보면 답답한 마음이 들 때가 있다. 나답지 못한 결정으로 머릿속에 탁한 공기가 머물고 있다는 느낌이 들기도 한다. 가능하다면 신선하고 청량한 공기로 내 머릿속을 환기하고 싶을 정도다. 어딘가 모르게 텁텁한 느낌에 사로잡혀 살아가던 중 서현이를 만나게 됐다. 인생에서 마주하게 되는 크고 작은 결정의 순간들마다 마음의 소리를 따라간 서현이는 개성을 마음껏 발현하며 살아가는 삶이 얼마나 매력적인지 몸소 보여주었다. 대부분의 학생들은 영어권 국가나 유럽 소재 대학교로 교환학생을 다녀온다. 하지만 독특하게도 그녀는 제주도에 위치한 대학교에서 교환학생 생활을 했다. 외국에 머문 기간이 길었기 때문에 제주도가 오히려 신선하게 느껴졌다고 한다. 그리고 제주도에서 취미로 스킨스쿠버를 배우며 그 지역 친구들과 가깝게 지냈고, 요트를 타고 바다로 나가 해안가 풍경을 감상하기도 했다는 이야기를 들려주었다. 서현이는 도심에서 경험하기 힘든 자연 친화적인 대학생활을 나에게 추천해주고 싶다고 했다. 행복감에 젖어 대화를 이어가는 그녀의 모습에서 평범하지 않은 선택의 가치를 발견할 수 있었다. 국내에서 국내로 교환학생을 떠난다는 발상이 처음에는 생소하게 느껴졌으나 서현이의 설명을 듣고 있노라면 내일이라도 당장 제주도로 유학을 떠나야 할 것 같았다. 정형화된 의사결정체계에서 벗어나 자유로운 삶을 추구하는 그녀에게서 쿨한 향기가 나는듯했다. 또한 서현이는 미술에도 조예가 깊어 경영대학 수업뿐만 아니라 미술대학 수업도 함께 들었다. 회사 경영과 관련이 깊은 경제학이나 산업공학을 부전공으로 선택한 학생들은 많이 있었지만 예체능 계열을 선택하는 건 드문 일이었다. 그리고 미술대학 전공 수업을 듣게 되면 미대생들과 동등한 위치에서 실기 시험을 치러야 하기 때문에 실질적인 실력이 뒷받침되지 않으면 수업을 따라가기 어렵다. 하지만 서현이는 인문 계열 대학입시를 준비하면서도 틈틈이 미술 공부를 해왔고 남다른 소질을 갖고 있었던 탓에 미대 전공 수업도 별 무리 없이 소화해냈다. 서현이가 직접 그린 그림들을 휴대폰 화면으로 보여줬는데 미술 교과서에서 보던 명화 같았다. 재무제표에 익숙한 경영대생 서현이가 붓을 들고 이젤 앞에 앉아 그림을 그리는 모습은 창의적 인재의 표본을 보여주는 듯했다. 그녀는 의사결정의 순간마다 마음의 소리를 따랐을 뿐인데 그러한 선택들이 쌓이며 즐거우면서도 차별화된 삶이 만들어졌다. 이쯤 되니 서현이의 꿈이 궁금해지기 시작했다.

"서현아, 너는 꿈이 뭐야?"

휴대폰에 저장되어 있는 그림들을 구경하다가 청춘 드라마의 한 장면처럼 서현이에게 질문을 던졌다. 한동안 휴직 중이었던 취재기자로서의 활동이 재개되었다.

"언니, 저는 다양한 경험을 쌓은 뒤에 대통령 하고 싶어요! 어릴 때부터 꿈이었어요."

서현이의 평소 모습을 보면 무언가 남다른 꿈을 가지고 있을 것 같긴 했지만 대통령까지는 생각하지 못했다. 예전에 한 선배가 서울 대 친구들의 꿈과 유치원생들의 꿈이 비슷하다고 한 적이 있었는데 불현듯 그때 그 선배의 말이 떠올랐다. 초등학교 고학년만 돼도 진지하게 대통령을 꿈꾸는 친구들은 없었던 것으로 기억한다. 시대적 배경과 객관적인 평가에 부합하는 현실적인 꿈들이 주를 이루었다. 그러다가 대학교에 들어와서 대통령이 꿈인 동생을 만나니 어린 시절로 돌아간 듯했다. 서현이의 답변을 듣고 오랜만에 옛꿈이 생각났다. 나도 한때는 서울대학교 의과대학에 입학해 노벨의학상을 타는 게 목표였던 적이 있다. 유치원 선생님께서 대한민국에서 가장 좋은 대학교가 서울대학교라는 말씀을 해주셨고, 감기 때문에 들렀던 동네 병원 의사 선생님이 멋있게 느껴졌고, TV에 나온 노벨상 수상자가 명예로워 보여서 그런 목표를 세웠었다. 그리고 중학교 때까지 그 꿈을 간직했다. 하지만 고등학교 입학과 동시에 내 꿈은 모의고사 점수를 올리는 것으로 바뀌었다. 대학입시에 집중하느라 어린 시절의 꿈이 신기루처럼 사라져도 서운해할 겨를조차 없었다. 수능 점수에 맞춰 대학교에 들어간 후에도 사회적 흐름을 따라가느라 잊혀진 꿈을 되새길 시간도 갖지 못했다. 하지만 서현이의 장래희망을 듣고 노벨의학상 수상의 꿈이 다시 떠올랐다. 과거의 선택들을 되짚어보며 흘러가는 생각들을 포착해봤다. '만약 그 꿈을 성인이 될 때까지도 묵묵히 지켜냈다면 내 삶은 어떻게 달라졌을까? 목표를 이루지 못했더라도 지금보다는 더 큰 세상에 나를 데려가 주지 않았을까?' 지금이라도 의학을 공부해보고 싶은 게 아니었다. 현실적인 제약에 초점을 맞춘 나머지 꿈꿀 수 있는 것들의 경계선을 그어두고, 그 안에서만 삶을 계획했던 지난날들이 후회스러웠다. 유한한 한계보다는 무한한 가능성을 염두에 두고 꿈꾸는 것을 지나치게 일찍 포기했다는 생각이 들었다. 어른스럽게 보였던 꿈이 오히려 퇴보의 시작이었음을 알게 되었다. 하지만 서현이를 비롯한 서울대 동생들은 스무 살 이후에도 변함없이 어린 날에나 꿨을 법한 꿈들을 말하고 있었다. 유치원생과 다른 점이 있다면, 그 꿈을 내 눈앞에서 현실화시켜 나갔다는 점이다. 생명공학을 전공하고 하버드 의과대학으로 유학을 떠나거나 경영학과를 졸업한 뒤 노벨경제학상을 수상한 교수님 연구실에서 석박사 과정을 밟는 등 내 삶에서는 꿈이었던 것들이 그들의 삶에서는 현실이 되어가고 있었다. Dreams come true. 영화의 명장면을 연출하기 위해 만들어진 대사일 뿐이라고 생각했던 말이 진실이었다니…. 꿈과 현실을 분리하여 살아가던 나에게 서울대 동생들은 꿈과 현실을 연결하는 방법을 몸소 보여주었다. 꿈이 생겨나는 순간부터 꿈을 목표로 전환하고 구체적인 행동계획에 따라 실질적인 노력을 쏟아붓는 그들의 모습은 꿈이 나에게 온 목적을 알려주었다. 꿈은 나를 통해 이루어지려고 내 마음의 문을 두드린 것이었다. 살면서 아름다운 이야기를 만나면 책을 쓰는 작가가 되고 싶다는 꿈을 막연하게 품고만 있을 때가 아님을 알게 됐다. 꿈이 실현되지 않을까 봐 걱정할 시간에 꿈의 극히 일부분이라도 현실화시켜 놓는 습관을 들이기로 했다. 투덜거리며 하루를 마무리하는 대신 세상에 들려주고 싶은 이야기들을 글로 옮겨본 뒤 잠을 청했다. 꿈을 미래의 현실로 만들 수 있느냐는 내가 결정하는 것이지 현재의 현실이 결정하는 게 아니었다. 꿈이 현실로 바뀌지 않는 이유는 내가 그러한 변화를 추구하고 실행에 옮기지 않았기 때문이었다. 행동하고 싶었지만 꿈을 향해 가려 할 때마다 내 머릿속이 복잡해졌다. 갖가지 불가능한 이유들을 떠올리면서 실행에 사용해야 할 에너지를 걱정과 두려움에 썼다. 하지만 꿈을 실현시킬 수 있는 방법을 찾는 데 모든 에너지를 쏟아붓는 서울대 동생들을 보면서 내 꿈으로 향해 가는 길에 장애물을 설치한 사람은 다름 아닌 나였다는 사실을 깨닫게 됐다. 서현이의 말 한마디로 내 머릿속 잡념들이 단숨에 정리되었던 그날이 떠오른다.

"언니는 꿈이 뭐예요?"

서현이가 나에게 물었다.

"현실적인 상황을 고려하지 않는다면 예전부터 작가가 되고 싶었어."

"현실적인 상황을 고려하면요?"

"아무래도 안정적인 직장을 구하는 걸 목표로 삼아야 하지 않을까? 주기적으로 수입이 들어와야 기본적인 생활이 유지될 테니까."

"작가가 되면 그게 불가능해져요?"

"응. 작가는 불안정한 직업이니까."

"작가 하면서 수입의 원천을 다각화해두면 되지 않아요?"

"말처럼 쉬운 일이 아니라서 쉽게 엄두가 나지 않아."

"그래도 방법이 있을 수 있지 않을까요?"

서현이의 말을 듣고 보니 구체적인 방법을 강구해보지도 않고 작가로서의 삶을 나 스스로 차단하고 있었음을 알게 됐다.

"언니, 저는 꿈을 현실로 만드는 방법은 꿈을 현실로 만드는 것밖에 없다고 생각해요. 언니는 지금부터 수입의 원천을 다양하게 확보하고 있는 작가가 되면 돼요."

이보다 더 명쾌한 결론은 없었다. 생각보다 어려운 일이라고 반문하기에는 서현이의 큰마음이 나에게 전달됐다. 큰마음을 담아 한 말에 작은 마음으로 답할 수는 없는 노릇이었다. 꿈을 현실로 만들면 꿈이 현실이 된다는 말은 표현도 단순할 뿐만 아니라 나의 생각과 행동도 단순하게 만들어줬다. 수입의 원천이 다양한 작가가 되고자 하니 막연한 소망보다는 현실적인 아이디어가 떠올랐다. 말처럼 쉬운 문제가 아닌 만큼 복잡한 의사결정과정을 거쳐 해답을 찾아야 할 것 같았는데 예상 외로 쉽고 단순한 해결책들이 생각났다. 현실에 적용하는 과정에서 시행착오를 겪겠지만 꿈꾸는 미래의 근처까지는 갈 수 있을 것 같았다. 가볍게 시작한 서현이와의 대화를 통해 나는 새로운 활로로 시선을 돌리게 되었다. 이처럼 서울대 동생들은 평생토록 내 머릿속에 장착해두고 싶은 알고리즘 같은 존재였다. 인터뷰 형식으로 궁금증을 입력하면 삶의 변화를 유도하는 답변을 내놓았기 때문이다. 서울대 졸업과 함께 취재기자로서는 퇴직하게 됐지만 인터뷰를 통해 성장한 나의 마음은 아직까지도 나에게 든든한 조력자가 되어주고 있다.

수다쟁이들의 반전

강의실 문 앞에서 폭포수가 쏟아지는 진풍경을 본 적 있는가? 나는 본 적은 없지만 들은 적은 있다. 수강생이 백 명 가까이 되는 대형 강의를 신청하면 나와 같은 경험을 할 수 있다. 강의실 문손잡이를 아래쪽으로 잡아당긴 뒤 좁다란 문틈을 만들기만 하면 된다. 학생들의 대화 소리가 비좁은 문틈 사이로 폭포수처럼 쏟아질 테니까. 공기를 적시며 사방으로 퍼져나간 대화 소리는 순식간에 복도를 점령했다. 방금 전까지 조용했던 복도를 원래 상태로 되돌려놓기 위해 문을 닫고 강의실 안으로 들어가면 학생들이 삼삼오오 모여 앉아 이야기를 나누고 있었다. 전공과목 강의를 앞둔 대학생들도 수다의 재미는 놓칠 수 없는 모양이었다. 수업이 시작되기 전까지 대화가 끊임없이 이어졌다. 다채로운 이야깃거리가 언제쯤 고갈될지, 고갈될 수는 있을지 궁금했다. 그 누구도 쉽사리 멈출 수 없을 것처럼 보였던 대화는 교수님의 등장과 함께 마무리됐다. 대화 소리를 전달하느라 바삐 움직이던 공기가 휴식을 취하는 사이 교수님께서는 강의 준비를 마치셨다. 본격적으로 수업이 시작됐고 학생들은 진지한 표정으로 강의에 몰두했다. 불과 몇 분 전까지 박장대소하며 떠들던 모습은 온데간데없고 어느새 공부의 귀재들로 돌아가 있었다.

각자의 두뇌에 촘촘한 그물망을 쳐놓고 교수님 말씀이 한마디라도 새어나가지 않도록 하고 있는데 어디선가 휴대폰 벨소리가 들려왔다. 몇몇 학생들이 놀란 표정으로 휴대폰을 꺼내보았다. 벨소리가 들려오는 지점으로부터 멀리 떨어진 곳에 앉아 있었던 나도 혹시나 해서 휴대폰을 확인해봤다. 다행히 무음 모드로 설정돼 있었다.

"여보세요?"

휴대폰 주인이 수업 시간에 전화를 받았다. 바로 교수님이셨다. 잠시 동안 어수선해졌던 강의실 분위기가 다시 차분해졌다.

"지금요? 급한 일인가요? 그럼 5분 뒤에 제가 연구실로 가겠습니다."

교수님께서 통화를 마치시고는 수강생들을 향해 말씀하셨다.

"이런, 갑작스럽게 연구실에 다녀와야 할 일이 생겼어요. 시간이 얼마큼 소요될지는 모르겠네요. 다큐멘터리 하나 틀어줄 테니까 일단 보고 있어요."

그리고 노트북에 저장되어 있던 동영상 파일 하나를 클릭해 재생

하시고는 황급히 자리를 뜨셨다. 조교도 없는 대형 강의실에 백 명 남짓한 서울대생들만 덩그러니 남게 되었다. 스크린에는 시험 성적과 무관한 60분짜리 다큐멘터리가 나오고 있었고, 그 내용은 케인즈에서 시작된 경제학 이론의 발전 과정과 역사적 배경이었다. 나는 이 상황이 어떻게 흘러갈지 궁금해졌다. 누가 지켜보고 있으라고 한 것도 아닌데 '떠든 사람'을 찾으려는 반장마냥 강의실 전체를 예의 주시하게 됐다. 내가 즉흥적으로 정한 연구 주제는 〈서울대생도 사람일까 아니면 서울대생은 역시 서울대생일까?〉였다. 교수님께서 나가시고 문 닫히는 소리가 들렸다. 뒤를 돌아 확인해보는 학생도 없었다. 교수님께서 강단에 서 계신 것처럼 다들 정면만 바라보고 있었다. 다큐멘터리 화면에서 어조 변화 없는 성우의 목소리가 흘러나왔다. 메트로놈에 맞춰 녹음했는지 내레이션 박자가 일정했다. 단조로운 내레이션은 불면증 환자에게 처방해줘야 할 것 같았다. 병원에 가지 않아도 불면증을 치료할 수 있는 방법을 강의실에서 알아냈다. 아직 다큐멘터리 초반부였음에도 눈꺼풀이 무거워졌다. 반쯤 감긴 눈으로 스크린을 바라봤다. 흑백 영상으로 케인즈의 살아생전 모습이 나오고 있었고, 1930년대 대공황 당시 길거리에서 노숙하던 사람들이 보였다. 화질이 좋지 않아 그들의 구체적인 모습은 상상에 맡겨야 할 지경이었다. 뒤이어 케인즈가 집필한 《일반 이론》 원본이 등장했다. 오늘의 주인공이었다. 이제부터는 전쟁이었다. 잠과의 치열한 전쟁. 하지만 나는 잠들 수 없었다. 내 연구를 완수해야 했기 때문이다. 책상 위에 놓아두었던 아이스 아메리카노를 한 모금 마시고 눈을 한번 감았다 떴다. 점심시간 직후 수업이라 노곤할 법도 했지만 흥미로운 연구 주제는 나를 잠으로부터 구원해줬다.

"케인즈의 일반 이론을 접하고 조용히 지내고 있던 하이에크는 2차 세계대전이 끝난 후 자유주의자들과 은밀한 모임을 가졌다. 신자유주의의 서막이 열리는 순간이었다."

케인즈의 얼굴이 좀 뜸하게 등장한다 싶더니만 그의 영원한 라이벌 하이에크가 나오느라 그랬나 보다. 하이에크 얼굴 역시 흑백으로만 접해야 했다. 새삼스럽게 컬러 화면이 주는 생동감의 소중함을 알게 됐다. 주변을 둘러 보니 어떤 학생은 노트북을 꺼내 다큐멘터리 내용을 필기하고 있었고, 또 다른 학생은 턱을 괴고 앉아 흥미진진한 눈빛으로 화면을 바라보고 있었다. 학생들의 표정만 보여주고 영상물의 내용을 맞춰보라고 한다면 한시도 눈을 뗄 수 없는 재미있는 영화라고 할 것 같았다. 자칫 지루하게 느껴질 수 있는 내용이었음에도 주의 깊게 시청하는 모습에서 지식에 대한 포용력을 발견할 수 있었다. 내용에 따라 지식을 차별하지 않고 공평하게 마음을 열 수 있는 사람이 진정한 지성인이라는 생각을 갖게 됐다. 다큐멘터리가 시작된 지 30여 분이 흘렀지만 강의실은 여전히 고요했다. 영화관이었다면 옆에 앉아 있는 관객이 팝콘 먹는 소리라도 들렸을 텐데 서울대 강의실에서는 영상과 관련된 소리를 제외하고 그 어떠한 소음도 들을 수 없었다. 친구와 나란히 앉아 있어도 각자 다큐멘터리 내용에 집중했다.

어느덧 다큐멘터리 속 시간은 흘러 1970년대 오일 쇼크가 전 세계를 강타했다. 강의실 속 시간은 50분이 흘렀고 학생들의 진중한 모습은 내 마음을 강타했다. 엎드려 잔다고 해서 수업 태도 점수가 감점되는 것도 아니었고, 친구와 대화를 나눈다고 해서 제재할 사람도 없었다. 하지만 흐트러짐 없이 다큐멘터리를 묵묵히 시청하고 있는 모습이 신기하다 못해 아름다웠다. 교수님께서 CCTV를 통해 지켜보고 계셨으면 모를까, 누가 보고 있든 말든 일관되게 행동하는 모습이 놀라울 따름이었다.

'한 명쯤은 가방을 싸 들고 나가버리지 않을까?'

'한 명쯤은 친구와 수다를 떨지 않을까?'

'한 명쯤은 기다렸다는 듯이 잠을 청하지 않을까?'

내 모든 예상이 빗나갔다. 그 한 명은 끝끝내 나타나지 않았다. 각 학파를 대표하는 경제학자들이 2008년 금융위기에 던지는 시사점을 마지막으로 다큐멘터리가 끝났다. 그와 함께 내 연구도 마무리됐다. 다큐멘터리가 끝날 때까지 교수님께서는 돌아오지 않으셨고 조교가 대신 들어와 오늘 수업은 여기까지라고 했다. 그 순간 학생들은 수업이 시작되기 전 모습으로 돌아가 즐거운 대화를 나누며 여느 20대들처럼 생기발랄하게 강의실을 빠져나갔다.

'서울대생도 사람일까 아니면 서울대생은 역시 서울대생일까?'

내 연구의 결론은 이렇다. 서울대생은 일관되게 행동하는 사람이다. 사람이 아니라고 하기에는 쉬는 시간에 너무 시끄럽다. 쉬는 시간만 돌아오면 내 귀가 얼얼할 정도로 재치 있는 농담을 주고받고 시시콜콜한 얘기를 나누느라 정신이 없다. 대화에 대화가 더해져서 '와앙—' 소리만 들릴 때도 있다. 하지만 감시자도 없는 상황에서 눈앞에 주어진 일에 몰두하는 모습은 그들의 진면모를 보여주었다. 학점에 도움되지 않는다는 이유로 등한시하지 않고 1시간 내내 다큐멘터리에 집중하는 걸 보면서 어떻게 그들이 이 자리까지 왔는지 알게 됐다. 하나를 보면 열을 안다는 말이 있다. 그들의 20여 년 인생 중 단 60분을 지켜봤을 뿐이지만 그들의 삶의 태도를 알기 위해 구태여 더 긴 시간을 지켜볼 필요성은 느끼지 못했다. 수다스러움 뒤에 감춰져 있던 자기통제력이 드러나는 순간 모든 것이 이해됐다. 뿐만 아니라 누군가의 감시로부터 자유로워지는 법을 배웠다. 그것은 바로 매 순간 일관되게 행동하는 것이었다. 합당한 감시가 불편하게 느껴지는 이유는 감시자가 사라지는 순간 다른 행동을 할 의도가 깔려 있기 때문이다. 감시하지 않아도 옳은 행동을 하면, 감시를 받으며 옳은 행동을 해야만 할 때도 자유로울 수 있다. 이를 위해서는 철두철미한 자기통제가 필요하다. 자신 스스로 가장 엄격한 감시자가 돼야 하는 것이다. 사회 구성원으로 살아가려면 불가피하게 누군가의 감시 속에 놓이기 마련이다. 나 또한 그런 상황에 직면했을 때 답답함에 시달리곤 했다. 하지만 그날의 경험을 통해 언제 어디서나 진정으로 자유로워지는 법을 알게 됐다.

밤 10시만 되면 사라지는 신데렐라

경영대 로비를 지나가다가 테이블에 앉아 있던 지연이와 인사를 나눴다.

"지연아, 안녕. 수업 들으러 온 거야?"

"응. 그런데 공강 시간이 길어서 2시간 뒤에 수업 시작이야. 그때까지 여기에서 리포트 쓰고 있으려고. 언니는 어디 가는 길이야?"

"나는 재무회계 수업 들으러 왔어. 아직 40분 정도 남아서 도서관에서 책 좀 읽다 가려고."

"그렇구나. 아참, 언니 이거 좀 마셔볼래? 해독주스인데 컨디션 회복에 도움이 된대."

지연이 옆에 놓여 있는 투명한 텀블러가 눈에 들어왔다. 그 안에는 누가 봐도 건강에 좋아 보이는 색깔의 음료가 담겨 있었다. 지연이는 해독주스 한 컵을 따라 나에게 건넸다. 맛에 대한 확신이 없던 나는 입술을 거의 다물다시피 한 상태로 조금씩 나눠 마셨다. 첫 맛은 씁쓸했지만 온몸이 건강해지는 느낌에 끝 맛은 달콤한 듯했다.

"직접 만든 거야?"

"응. 매일 아침 기숙사에서 직접 만들어. 건강한 몸에 높은 IQ가 깃든단 말이지. 언니, 체력이 공부력이야!"

20대 초반에는 건강한 생활 습관의 중요성을 절감하기 어렵다. 젊음이라는 최고의 보약을 매일같이 챙겨 먹고 있으므로 오묘한 맛의 해독주스에는 눈길이 가지 않는다. 현재의 건강이 미래의 건강을 보장해주지 않음에도 지금 당장의 몸 상태만 보게 된다. 본격적으로 신체가 노화되기 전부터 건강에 관심을 기울이라는 조언을 들어도 머나먼 나라의 이야기처럼 들린다. 소 잃기 전에 외양간을 튼튼히 해 놓는 일은 예나 지금이나 힘든 일인 듯하다. 하지만 서울대 동생들은 비교적 이른 나이부터 컨디션 관리에 능숙한 모습을 보였다. 지연이처럼 균형 잡힌 영향 섭취를 위해 해독주스를 직접 만들어 먹거나 어슴푸레한 새벽녘 운동장 트랙 위에서 조깅하는 학생들을 자주 볼 수 있었다. 하루 중 대부분의 시간을 책상 앞에서 보내기 위해 여가 시간 중 대부분을 체력 관리에 사용했다. 수영, 필라테스, 복싱, 유도 등 다양한 운동을 하며 방대한 지식을 담아도 끄떡없는 건강한 신체를 만들었다.

이와 관련해 생각나는 에피소드가 있다. 어느 날 팀플 과제 조모임 시간을 정하고 있었다. 여섯 명 중 다섯 명의 팀원이 저녁 7시에 시간이 된다고 했지만 한 명의 팀원이 명확한 이유도 대지 않고 다른 시간대를 고집했다. 하는 수 없이 조모임 시간을 재조정해보려고 했지만 의견을 조율하는 게 쉽지 않았다. 다섯 명의 시선이 자연스럽게 그 한 명의 팀원에게 향했다.

"미안하지만 크게 중요한 일이 아니면 스케줄을 조정해주면 안 될까?"

그 팀원은 난처한 표정을 지으며 답했다.

"사실은 그날 저녁 7시에 수영을 하러 가야 해. 그 시간에 수영을 해야만 다음 날 머리가 상쾌해지거든."

나머지 팀원들은 그 말은 듣고 어떤 반응을 보여야 할지 각자 고민하기 시작했다. 잠깐의 시간이 흐른 후 내가 대화를 이어받았다.

"그날만 수영 시간을 1시간 앞당기면 어떨까?"

"제 바이오리듬상 저녁 6시에 수영하러 가면 다음 날 아침부터 피곤하더라고요. 그렇게 되면 하루 일과를 소화하는 게 훨씬 더 버겁게 느껴지고요. 한번 흐트러진 바이오리듬을 되찾으려면 최소 이틀은 투자해야 해요. 하지만 이번에는 어쩔 수 없을 것 같네요."

결국 저녁 7시에 조모임을 하게 됐고, 그 팀원은 눈물을 머금고 저녁 6시에 수영하러 가기로 했다. 외견상 그 팀원이 이기적으로 보일지도 모르겠다. 하지만 그 팀원이 컨디션 관리에 임하는 자세로부터 배울 점이 있었다. 최상의 결과를 얻어내려면 최상의 두뇌가 필요하다. 최상의 두뇌를 장착하려면 최상의 컨디션을 유지해야 한다. 그 팀원에게 저녁 7시 수영은 최상의 컨디션을, 저녁 6시 수영은 차선의 컨디션을 의미했다. 그리고 차선의 컨디션으로 최상의 결과를 얻어내려면 차선의 상태가 된 두뇌를 최선의 상태로 끌어올리기 위한 추가적인 노력이 필요했다. 그러한 노력의 고달픔을 알기에 그 팀원은 1시간의 어긋남도 허용하고 싶지 않았던 것이다. 며칠 뒤 조모임 날이 되었다. 물기가 남아 있는 머리카락을 매만지며 그 팀원이 스터디룸에 도착했다. 그리고는 다음 날 피곤해질 것을 대비해 집에서 챙겨온 건강보조식품을 나머지 팀원들에게 나누어 주었다. 나는 농담 삼아 그 팀원에게 저녁 7시에 조모임 하게 돼서 미안하다고 말했다.

　하루는 수업을 함께 듣던 동생들과 저녁을 먹으러 갔다. 보글보글 끓는 김치찌개를 한가운데 두고 오손도손 이야기를 나누었다. 달변가들로 즐비한 서울대에서의 식사 자리는 언제나 즐거웠다. 꽤 오랜 시간 청자의 위치에 머물러 있어도 지루하지 않았다. 눈앞에 놓여 있는 음식도 맛있었지만 그들의 말도 맛있었다. 게다가 서울대 동생들은 수업 태도로는 둘째가라면 서러운 친구들인 만큼 상대방의 말을 경청해주었다. 똘망똘망한 눈망울로 내 이야기를 듣고 있는 걸 보면서 마음속으로 '이거 별 얘기 아닌데….'라고 읊조리기도 했다. 가끔씩은 대충 들어주길 바랐을 만큼 그들은 최선을 다해 내 이야기를 들어주었다. 말할 때도 좋았고, 들을 때도 좋았던 식사 자리는 매 순간이 좋았다. 김치찌개 냄비의 바닥이 보이기 시작하자 우리는 장소를 옮기기로 했다. 어디로 갈지 고민하다가 강남역에 있는 칵테일바로 가기로 했다. 1차 식사 자리와는 사뭇 다른 분위기의 장소를 택했다. 서울대입구역에서 택시를 잡아타고 강남역으로 향했다. 택시 안에서도 대화는 이어졌다. 동생들은 머릿속에 백과사전을 넣고 다니는지 칵테일에 대한 지식도 상당했다. 우리 중에서 가장 나이가 어렸던 시형이가 나에게 물었다.

"누나, 칵테일이 직역하면 '수탉의 꼬리(cock-tail)'이라는 뜻이잖아요? 왜 그렇게 불리게 됐는지 아세요?"

"시형아, 누나는 칵테일을 마시기만 하는 사람이란다."

"하하, 제가 알려드릴게요. 예전에 영국인 선원들이 멕시코의 캄페체라는 항구도시에 들렀대요. 그곳에 도착해 한 술집에 들어가 봤더니 한쪽 구석에서 어떤 소년이 혼합음료를 섞고 있었대요. 선원들은 그 맛이 궁금해서 음료를 마셔봤는데 너무 맛있었던 거예요. 그래서 소년한테 음료 이름을 물어봤어요. 하지만 영어를 잘 몰랐던 소년은 음료가 아니라 음료를 휘젓고 있던 막대기가 뭐냐고 물어본 줄 알았대요. 질문을 잘못 이해한 소년이 스페인어로 Cora de gallo, 영어로 하면 Tail of cock이라고 대답한 게 칵테일의 유래래요. 그런데 이것 말고도 워낙 다양한 설들이 있으니 참고만 하세요."

칵테일 명칭의 유래부터 종류까지 택시 안에서 시형이의 칵테일 특강이 시작됐다. 조금만 덜 피곤했어도 필기해두고 싶었을 정도로 시형이의 특강 내용은 알찼다. 의도치 않게 칵테일 박사가 되어가고 있을 때쯤 택시가 강남역 앞에 도착했다. 우리는 팀원 중 한 명이 자주 들른다는 칵테일바로 향했다. 저녁 8시경 칵테일바는 젊은 남녀들로 가득했다. 보랏빛 조명이 은은하게 떨어지는 테이블에 자리를 잡고 앉아 각자 취향대로 칵테일을 시켰다. 분위기가 바뀌니 대화의 주제도 달라졌다. 하나둘씩 과거 연애사를 털어놓기 시작했다. 그 자리에 있었던 모든 사람들은 지금쯤 후회하고 있으리라 생각한다. 하지만 보랏빛 조명에 그 책임을 돌리자. 여자친구에게 차여서 일주일 동안 수업도 안가고 모든 연락을 끊은 채 집에만 있었더니 친구들이 죽은 줄 알고 생사를 확인하러 집에 찾아왔다는 얘기, 일곱 살 연상 누나와 연애했던 얘기, 대형 기획사 연습생과 사귀었던 얘기, 유럽으로 교환학생 갔을 때 외국 남학생에게 프러포즈 받은 얘기 등등 청춘들의 러브스토리가 끊임없이 쏟아져 나왔다. 사랑 얘기는 언제 어디서나 흥미로운 대화거리였다. 우리의 집중력은 최고조였다. 이 태도로 수업을 듣는다면 거뜬하게 A+를 받을 수 있을 것 같았다. 컨디션 관리에 대한 이야기를 하다가 여기까지 왔다. 이제부터 그와 관련된 내용이 나온다. 우리는 과거 연애사 얘기를 끝내고, 이상형 얘기에 돌입했다. 이 대화 주제도 연애사 못지않게 할 얘기가 많았다. 각자 이상형을 주제로 리포트 하나는 쓸 수 있을 정도였다. 한창 이야기에 빠져 웃고 있던 그때 시형이가 조심스럽게 말을 꺼냈다.

"말씀 중에 죄송하지만 밤 10시라서 저는 이제 그만 집에 가봐야 할 것 같아요."

옆에 있던 재훈이가 의아한 표정으로 물었다.

"혹시 통금시간 있는 거야? 1960년대 통금시간도 자정이었던 거 알지?"

시형이가 답했다.

"그런 건 아니고요. 자정 전에 잠들어야 그다음 날 스케줄을 소화할 수 있는 체력이 유지되더라고요."

"시형아, 누가 보면 신데렐라인 줄 알겠다."

하지만 시형이는 이미 한쪽 손으로 가방끈을 잡고 있었다.

"저도 이런 자리가 너무 좋아요. 그런데 체력이 떨어질 때까지 남아 있다가 다음날 스케줄에 지장이 생기면 좋았던 기억도 후회로 바뀌더라고요. 그다음부터는 살아가면서 좋은 기억만 남기려면 제가 감당할 수 있을 정도로만 즐겨야겠다는 생각을 갖게 됐어요. 죄송하지만 이해 부탁드려요."

재훈이가 이번에는 나에게 말했다.

"누나, 시형이 말이 너무 설득력 있는데 어떡하죠?"

"뭘 어떡해. 각자 인생은 각자의 가치관에 따라 살아가는 거지."

시형이는 그 길로 칵데일바를 나섰다. 유리 구두가 아닌 유리잔을 테이블 위에 남겨놓고.

"언니, 시형이 말에 울림이 있지 않아요?"

"그러게. 어린 동생인 줄만 알았더니 아니었네. 삶에 대한 가치관이 확고하게 자리 잡기 힘든데 시형이가 그 어려운 걸 스물한 살에 해냈어."

우리는 시형이가 유리잔과 함께 두고 간 화두를 갖고 30분 정도 이야기를 나누다 자리를 정리하고 각자 집으로 향했다. 조금만 서두르면 자정 전에 잠들 수 있을지도 모르니까.

컨디션 관리는 비단 현실적인 목표 달성에만 필요한 것이 아니었다. 건강한 신체에 건강한 정신이 깃들 듯 최상의 컨디션에 최대의 행복이 깃들었다. 그렇다고 동틀 때까지 술잔을 기울이며 친구들과 인생 이야기를 나누던 그 시간들을 평가절하하고 싶지는 않다. 나름의 낭만이 있었고, 나름의 가치가 있었다. 마라톤 같은 인생을 살아가면서 마라톤 같은 술자리가 때로는 필요했다. 그리고 그 순간들이 내 머릿속에 행복한 기억으로 남아 있는 이유는 내가 진심으로 그 자리를 원했기 때문이다. 하지만 우리는 종종 소외에 대한 두려움 때문에 지친 몸을 이끌고 내 마음이 이미 떠난 자리에 머물러 있곤 한다. 신체와 정신을 낭비하면서 말이다. 다음 날 아침, 가까스로 정신을 차리고 무거운 몸을 일으켜 세우려 할 때 무거운 마음이 한 번 더 우리를 짓누른다. 우유부단한 자신을 향해 못된 말들을 쏟아내며 침대에서 어렵사리 탈출한다. 그러면서 우리의 삶은 점점 더 병들어간다. 물론, 즐거운 분위기에 찬물을 끼얹으며 살아가라는 뜻이 아니다. 인생을 즐기고 싶은 마음을 억누르며 스스로를 통제하라는 뜻은 더더욱 아니다. 단지 자신의 심신에 대해 깊이 있게 이해하고 있길 바랄

뿐이다. 체력의 한계는 어디까지인지, 정신력의 잔여량은 얼마큼인지, 마음이 동하고 있는지 등등을 살피며 살아가길 권한다. 혹시 이런 유의 삶이 피곤하게 느껴지는가? 그렇다면 당신에게 묻고 싶다. 심신의 한계 저 너머에서 즐겼던 삶이 언제까지 계속될 수 있을 것이라 생각하는가? 그리고 심장에 손을 얹고도 진정으로 즐겼다고 말할 수 있는가? 만약 각각의 질문에 '평생'과 '그렇다.'고 답했다면 나는 당신이 참 부럽다.

공부의 신은 누구의 편일까?

운칠기삼이라는 말이 있다. 어떤 일에서 성공적인 결과를 얻으려 면 실력보다는 운이 중요하다는 의미다. 뛰는 놈 위에 나는 놈 있고, 나는 놈 위에 운 좋은 놈 있다는 우스갯소리도 있지 않은가. 타인의 인생과 내 인생을 비교하기 시작하는 나이가 되면 운의 존재를 부정 할 수 없게 된다. 주변을 돌아보면 노력만으로 설명되지 않는 결과들 이 수두룩하다. 행운의 수혜자였던 시절도 있었고, 불운의 피해자였 던 시절도 있었던 사람으로서 나는 운이 화룡점정의 역할을 해줘야 목표했던 결과를 얻을 수 있다고 생각한다. 큰 부자는 하늘이 낳고, 작은 부자는 노력이 낳는다는 말을 들어본 적 있을 것이다. 작은 성 과에는 노력이 필수적이지만 큰 성과에는 운이 필수적이라는 의미로 해석할 수 있다. 결국 성공의 반열에 들어서려면 노력에 더하여 운도 따라줘야 한다. 하지만 시험 합격만큼은 운보다 실력이 차지하는 비중이 압도적으로 높다. 당락의 99%가 실력으로 결정된다. 불운하게 떨어졌다고 믿었던 시험조차 제3자 입장에서 객관적으로 분석해보면 실력 부족이 원인이었던 경우가 대다수다. 학창 시절 어쩔 수 없이 찍을 수밖에 없었던 문제들의 정답률을 계산해보면 시험에서 운의 역할이 얼마나 작은지 알 수 있을 것이다. 그러나 간절하게 붙고 싶은 시험 앞에서는 99%의 실력을 갖춰놓고도 1%의 운이 어떻게 작용할지 알 수 없는 이상, 결과가 확정될 때까지 불안감을 느끼게 된다. 인생에서 중요한 시험일수록 최선의 노력을 다한 다음에는 '진인사대천명'의 자세를 갖게 되는 것도 같은 맥락이다. 종교의 유무와 관계없이 최종 결과는 하늘의 뜻에 맡기게 된다. 공부의 신이 손을 내밀어주길 바라며 합격자 발표를 기다려본 적 있을 것이다. 높은 점수를 받아놓고도 끝까지 긴장의 끈을 놓을 수 없는 게 상대평가 시험인 것 같다. 그 누구도 결과를 장담할 수 없다. 수능 만점자가 서울대에 불합격했던 사례는 어떤 실력자도 합격을 자신할 수 없음을 단적으로 보여준다. 그래서 나는 실질적인 노력을 하고 남는 시간에 운이 따르는 사람이 되기 위한 방법을 고민해보곤 했다. 그러던 중 서울대에 들어오게 됐고 동생들을 보면서 약간의 힌트를 얻게 됐다. 처음에는 동생들의 구체적인 공부방법에 대해 알고 싶었으나 시간이 지날수록 공부에 임하는 자세를 배우게 됐다. 공부의 신이 마음을 열지 않을 수 없는 그들의 태도를 보면서 1%의 운의 향방에 조금이나마 영향을 미칠 수 있는 방법이 있을지도 모르겠다는 생각을 갖게 됐다. 추측일 뿐이지만 내가 공부의 신이었다면 동생들의 저런 모습에 힘을 실어주고 싶다는 생각을 했을 것 같았다. 그렇다면 그들이 어떻게 공부의 신의 마음을 사로잡았는지 살펴보도록 하자. 물론 객관성이 중시되는 학문의 영역에서 운을 논한다는 것 자체가 사리에 맞지 않는 일인 줄은 안다. 그러니 이성적인 노력을 한 뒤 머리를 식히고 싶을 때 흥미 삼아 읽어보길 바란다.

첫째, 서울대 동생들은 공부 앞에서 겸손했다. 스무 살 때까지의 삶만 놓고 본다면 그들은 공부 영역에서 소기의 목적을 달성했다고 볼 수 있다. 원하는 대학교에 입학했고, 공부 실력을 객관적으로 입증할 수 있게 됐다. 대학입시 성공 경험담을 듣고 싶어 하는 수험생들이 넘쳐나고, 후배들의 동경 어린 시선을 받을 수 있다. 주변에 조언을 구하려는 사람들이 생겨나기 시작하면서 대외적으로 많은 말을 할 수 있는 기회를 갖게 된다. 그러나 할 말이 많아지다 보면 겸손하던 사람도 자만심에 빠지기 쉽다. 내 말을 무조건적으로 신뢰할 준비가 되어있는 사람 앞에서 많은 말을 쏟아내다 보면 본의 아니게 나를 포장하게 되는 경우가 있기 때문이다. 멋있는 말로 포장돼 있는 내 모습을 보며 실제보다 더 대단한 존재로 착각하기도 한다. 자아 성찰 없는 착각이 반복되다 보면 자연스럽게 겸손과 거리가 멀어지게 된다. 이러한 이유로 서울대에 들어가기 전부터 동생들에 대한 약간의 선입견을 갖고 있었다. 공부에 관해서 만큼은 할 말이 많아진 상황에서 스무 살 즈음의 어린 동생들이 자만심의 유혹을 견뎌내기 어려웠을 것 같았다. 하지만 서울대 동생들은 대학입시 과정에서 숱한 유혹들을 물리치며 공부해왔기 때문인지 자만심의 유혹을 거뜬하게 넘기고 학업에 열중하고 있었다. 서울대에 다니면서 동생들의 잘난 척을 단 한 번도 들어본 적 없을 정도였다. 나중에는 내 귀가 심심해서 동생들이 잘난 척을 해줬으면 좋겠다는 생각도 했다. 화려했던 학창 시절 이야기를 듣고 싶어서 잘난 척을 유도해봐도 소용없었다. 서로가 서로를 겸손하게 만드는 곳이 서울대라 그런지 자만심이 끼어들 틈은 없는 것 같았다. 동생들은 공부를 상당히 잘해서 서울대에 합격했다는 사실을 잊어버린 사람들처럼 살아갔다. 고등학교 때까지의 성적표는 추억 속에 묻어두고 초심으로 돌아가 공부에 매진했다. 겸손한 자세로 배우는 것이 지겹지도 않냐고 물어보고 싶을 만큼 내가 만난 동생들은 공부 앞에서 끝까지 예의 발랐다. 겸손하게 공부한다는 것은 수업 시간에 조용히 하고 필기를 정성스럽게 하는 등의 외형적인 태도를 의미하는 게 아니다. 진심으로 겸손한 공부는 내가 '배우는 사람'임을 인정하는 것이라고 생각한다. 그렇다면 '배우는 사람'이 되려면 어떻게 해야 할까? 내가 학생이라고 해서 배우는 사람이 된 건 아니다. 내가 배우는 사람이 되려면 상대방이 가르치는 사람 또는 존재임을 받아들여야 한다. 상대방이 나를 가르치도록 허용할 때 비로소 내가 배우는 사람이 된다. 사람, 책, 경험 등으로부터 배우려면 가르침을 받을 준비가 되어 있어야 한다. 상대방을 선생님이라고 부르는 것과는 별개 문제다. '내가 가르침을 받고 있는 상황'이라는 것을 명확하게 인지하고 받아들여야 한다. 간혹 가르침을 받는 것에 대해 막연한 거부감을 갖는 사람이 있다. 공부가 싫다기보다는 가르침을 받는 게 싫은 것이다. 자존심과 무관한 문제임에도 누군가에게 배우는 걸 자존심 상하는 일로 간주하곤 한다. 그러면 실력의 향상은 기대할 수 없다. 게다가 공부의 신이 등을 돌리면 실력의 부족함 때문에 고개 숙여야 하는 상황이 필요 이상으로 자주 발생하게 된다. 이런 결과가 초래되지 않도록 하려면 공손하게 배울 줄 알아야 한다.

서울대 동생들이 배우는 자세를 보고 있으면 겸손을 잊고 싶어도 잊을 수 없었다. 하루는 팀플 모임을 하면서 내가 파워포인트 자료를 만들고 있었다. 나는 컴퓨터를 전공하던 때 배웠던 간단한 그래픽 기술을 적용해보고 있던 중이었다. 그런데 한 동생이 내 모니터 화면을 보고 신기했던 모양이다. 그 동생에 의해 '정원이 누나가 색다른 기술을 알고 있다.'는 소문이 스터디룸 안에 퍼졌다. 해당 기술을 전수받겠다며 팀원들이 각자 의자를 끌고 와서 내 주변에 둘러앉았다. 단순하고 쉬운 기술이라 가르쳐준다는 표현이 어울리지 않을 정도였는데 팀원들은 어느새 둥지 위 아기 새들처럼 나를 쳐다보고 있었다. "보기보다 대단한 기술은 아닌데…."라고 하면서 나는 설명을 시작했다. 내 설명은 5분도 안 돼 끝이 났다. 하지만 그 5분 동안 내가 배운 것이 생겼다. 아무리 사소한 것이라도 저렇게 배워야 한다는 사실이었다. 짧은 순간이었지만 나에게 가르침의 권한을 넘겨주고 신속하게 배우는 사람의 태도를 취하던 동생들의 행동이 인상 깊었다. 이것이 공부의 신의 마음을 사로잡을 수 있는 첫 번째 비결인 것 같았다.

둘째, 서울대 동생들은 공부와 물아일체가 되어있었다. 걸어가면서도 책을 보고, 한시라도 학문을 떠나 있으면 마음이 편치 않다는 뜻이 아니다. 하루 종일 책상 앞에 앉아 있다고 해서 공부와 물아일체가 됐다고 할 수는 없다. 일상 속에서 벌어지는 모든 일에 공부하듯이 접근할 때 비로소 공부와 하나가 된다. 내가 무엇을 하든 그 자체가 공부하는 것이 될 때 삶과 공부의 경계가 사라지면서 공부의 신을 기쁘게 할 수 있다. 경영대에서 알게 된 한 동생의 사례를 들어보자. 그 동생은 어느 날 나에게 필라테스를 시작하겠다고 선포했다. 나는 알았다고 했다. 그 이외의 할 말이 없었기 때문이다. 하지만 대수롭지 않게 생각했던 그 일에서 나는 유의미한 깨달음을 얻을 수 있었다. 그 동생을 통해 일상생활과 공부가 포개져 있는 모습을 직접 목격할 수 있었기 때문이다. 필라테스를 시작한 후부터 그 동생은 경영대생이 아닌 의대생처럼 살아갔다. 흰색 가운을 입었더라면 영락없는 의대생이었다. 필라테스를 시작한 다음 날부터 책 표지에 해골이 그려져 있는 근골격학 책을 들고 팀플 모임에 나타났다. 언뜻 보기에 스릴러 소설책인 줄 알았지만 자세히 보니 근골격학 책이었다. 해골과 처음으로 눈이 마주쳤을 때 흠칫 놀라긴 했지만, 하도 자주 보니까 나중에는 그 해골이 팀원 중 한 명 같은 생각까지 들었다. 그 동생은 팀플 모임 중간에 쉬는 시간이 있으면 곧바로 그 책을 펼쳐서 읽어보곤 했다. 인체 구조에 대해 탐독하는 모습이 흡사 전공의 같았다. 팀원들이 그 동생을 경영대 정형외과 소속이라고 불렀을 정도로 한동안 근골격학에 빠져 살았다. 운동하다가 발목이 살짝 접질리면 그 동생에게 치료를 부탁해도 될 것 같았다. 내가 환자였다면 저렇게 공부하는 정형외과 의사에게 치료를 맡기고 싶었다. 그 동생이 근골격학 책에 집중하고 있을 때면 나머지 팀원들이 회의를 다시 시작하자는 말을 꺼내기 미안할 정도였다. 의대에 가서 시험을 보더라도 근골격학 과목만큼은 A+를 받을 수 있을 것 같았다. 어떤 팀원이 왼쪽 무릎 뒤쪽에 통증이 느껴진다며 그 동생에게 상담을 청할 만큼 팀원들의 신뢰가 날로 높아져 갔다. 그 동생은 비의료인의 불법 의료행위가 아닌지 걱정된다면서도 통증의 원인을 추측해서 얘기해주곤 했다. 질문을 던진 팀원은 농담 삼아 꺼낸 얘기였는데 그 동생이 진지하게 상담해줘서 어리둥절해했다. 그런데 막상 들어보니 일리가 있어 팀원들은 가끔씩 그 동생과 비밀리에 상담을 진행했다. 그 동생을 필두로 모든 팀원들의 근골격학 지식도 함께 쌓여갔다. 어깨너머로 배운 지식만으로도 인체 구조에 대해 간략하게 설명할 수 있을 것 같았다. 필라테스가 그것을 만든 사람 이름이라는 사실도 틈새 지식으로 알게 됐다. 흔히 공부를 생활화하라고 말한다. 그런데 그 동생을 보니 생활을 공부화하라는 말이 좀 더 정확한 표현인 것 같았다. 공부화된 생활을 당연하게 여기던 그 동생은 균형 잡힌 신체와 함께 서울대 경영대 최우등 졸업의 영예를 안게 됐다. 공부의 신은 공부를 늘 곁에 두는 사람에게 손을 내민다.

셋째, 서울대 동생들은 공부를 평온하게 대했다. 서울대 입학 후 처음으로 경영대 도서관 열람실에서 공부해봤던 날이 기억난다. 나는 학생증을 발급받자마자 경영대 도서관으로 향했다. 가는 길에 열람실 풍경을 머릿속으로 그려보았다. 강렬한 눈빛으로 책을 뚫어지게 쳐다보면서 공격적으로 공부하는 학생들의 모습이 떠올랐다. 전력을 다해 공부하는 학생들 틈에 끼어있으면 답답할 것 같았다. 수학능력시험에서 만점 혹은 만점에 가까운 점수를 받은 학생들의 공부 열기를 감당할 수 있을지 걱정됐다. 하지만 열람실 분위기에 대한 나의 첫인상은 '평온함'이었다. 머리를 싸매고 책과 씨름하는 것이 아니라 마음을 열고 책과 소통하고 있는 것처럼 보였다. 그 누구도 억지스럽게 앉아서 공부하고 있는 것 같진 않았다. 최소한 이 세상에서 가장 싫은 일을 하고 있는 사람들의 표정은 아니었다. 대학입시의 관문을 통과했기 때문에 가질 수 있는 여유라기보다 몸에 밴 공부 습관인 듯했다. 열람실 분위기 파악을 끝낸 뒤 나도 책상에 앉아 공부를 시작했다. 카페의 조용한 음악보다 학생들의 평온한 눈빛이 내 마음을 안정시켜줬다. 집중력도 공기 중으로 퍼져나가는지 학생들의 집중력이 나에게 옮아온 것 같았다. 그날따라 공부에 집중도 잘되고 효율성도 높아졌다. 나도 공부에 다가갔지만 공부도 나에게 다가온 느낌이었다. 공부와 어색한 관계를 유지하며 불편해하던 때와 다르게 책 내용을 수월하게 이해할 수 있었다. 내가 공부를 편하게 대하자 공부의 신도 나에게 협조적인 태도를 취하는 듯했다. 그날 이후 나는 도서관 열람실에서 휴식을 취할 때 동생들이 공부하는 모습을 지켜보곤 했다. 몸과 마음이 지쳐갈 때 시선을 돌리면 그들이 공부하는 동안 내뿜는 차분한 에너지가 나를 재충전시켜줬기 때문이다. 밖으로 바람 쐬러 나가는 것보다 도서관 안에서 공부 에너지를 쐬는 게 컨디션 회복에 더 효과적이었다. 그리고 공부할 때마다 긴장하던 습관을 자연스럽게 고칠 수 있었다. 예전에는 공부를 시작하면 나도 모르게 심신이 긴장됐다. 펜을 쥐고 있는 손에 힘이 들어가거나 목과 어깨 주변이 딱딱하게 굳어지곤 했다. 하지만 동생들 숲에서 공부하고 있으면 의도하지 않아도 심신이 이완됐다. 닫혀 있던 몸과 마음이 열리는 느낌이었다. 눈에 보이지 않는 통로를 통해 행운과 기회가 밀려들어 올 것 같았다. 돌이켜 보면 반드시 해내야 하고 기필코 해내고 싶다고 생각했던 일들은 뜻대로 풀리지 않았다. 목표했던 바와 정반대의 결과가 도출되거나 나와 첨예한 대립각을 세우고 있던 경쟁자에게 예상치 못한 운이 따르곤 했다. 그때의 나를 떠올려보면 심신이 잔뜩 굳어 있었다. 나에게 결정적인 기회가 찾아와도 그것이 기회인지 모를 만큼 생각이 닫혀 있었다. 유연한 대응이 어려워지면서 선택의 기로에 섰을 때 현명한 선택을 하지 못했고, 불운도 내 곁을 떠나지 않았다. 내 탓과 불운 탓이 겹쳐졌을 때 도출되는 결과는 가히 장관이었다. 나를 포함한 주변의 모든 분들이 합격을 장담하던 시험에서 보기 좋게 떨어지거나 새롭게 도전하게 된 시험의 선발 인원이 갑작스럽게 5분의 1로 줄기도 했다. 이와 같은 경험을 반복하면서 행운의 통로가 닫히는 만큼 불운의 통로가 열린다는 생각을 갖게 됐다. 행운이 따라주지 않는 것까지는 참을 만했으나 행운의 빈자리를 불운이 채우기 시작하자 삶에 임하는 태도를 바꾸지 않을 수 없었다. 그리고 어떠한 태도를 지녀야 하는지는 서울대 동생들에게서 배울 수 있었다. '반드시'와 '기필코'는 집념이 아니라 잡념이었다. 뜻과 꿈이 있는 공부를 했어야 했는데 집착과 욕심으로 공부했었다. 요약하자면 공부 앞에서 평온했던 적이 없었다. 공부의 신은 마음의 순도를 높인 상태에서 평온하게 공부하는 자의 편을 들어준다는 사실을 알았더라면 좀 더 많은 시험에 합격할 수 있지 않았을까 싶다.

행운은 무관심을 좋아하는 것 같다. 내가 행운을 쳐다보고 있을 때는 나에게 눈길 한번 주지 않다가 행운에 기대지 않겠다고 다짐하는 순간 슬며시 나에게 다가온다. 극복하기 어려운 상황이 연이어 발생하면 이성을 차리고 해결 방안을 모색하기보다는 내심 행운에 기대를 걸어보고 싶은 게 사람 마음이다. 하지만 그런 마음을 알아챈 행운은 도와주기는커녕 어딘가에 꼭꼭 숨어서 모습을 드러내지 않는다. 합리적이고 냉철하게 현재 상황을 분석하여 내 힘으로 문제를 해결하고 나면 그제서야 행운이 내 앞에 나타난다. 하늘은 스스로 돕는 자를 돕는다. 공부도 마찬가지다. 요행을 바라다보면 시험장에서 본래 실력도 발휘하지 못하는 경우가 생겨난다. 요행에 대한 기대감이 문제의 본질을 가려버리기 때문이다. 그러니 공부의 신이 내리는 은 총을 받고 싶다면 행운을 소망하는 비이성적인 태도는 내려놓자. 이 세상에 행운이 존재하지 않는 것처럼 살아가는 가운데 겸손한 마음 으로 공부를 늘 곁에 두고 평온한 정신 상태를 유지한다면 공부의 신 은 뜻밖의 행운을 들고 당신을 찾아올 것이다. 행운은 잡으려 할수록 멀어지고, 일정 거리를 유지하려 할수록 가까이 오는 법이다. 마음 을 비우고 진실되게 공부하라. 단, 공부의 신이라고 해서 '합격'만 들 고 오는 것은 아니다. 불합격으로 포장한 또 다른 선물을 가져올 수 도 있음에 유의하자. 공부의 신이 고심 끝에 선택한 최고의 선물을 기쁜 마음으로 받길 바란다. 최선을 다해 당신 스스로를 도왔으면 하 늘도 당신에게 최선의 것을 돌려준다는 사실을 잊지 말자. 공부의 신 은 1%의 운의 힘으로 99%의 노력이 가장 빛날 수 있는 곳으로 당신 을 데려다줄 것이다.

4장

서울대
너머의
세상으로

인생을 책으로 배울 순 없지

　지식은 책을 통해 배울 수 있고, 인생은 삶을 통해 배울 수 있다. 이론 공부에 얽매이다 보면 유용한 전문 지식을 축적할 수 있을지언정 인생의 귀중한 가르침을 놓치기 쉽다. 이를 우려한 교수님들의 배려로 현직에 계신 기업가분들을 강의실에서 뵐 수 있었다. 그분들께서는 현장에서 몸소 터득하신 실무 노하우, 시련을 극복하는 과정에서 얻게 된 깨달음 등을 아낌없이 나누어주셨다. 많은 분들께서 바쁜 시간을 쪼개 학생들을 만나러 와주셨으나 대표적으로 두 분의 강연 내용을 소개해보겠다.

　경영학원론 교수님께서는 SK 텔레콤 M&A 담당 상무님을 초빙해 강연 자리를 마련해주셨다. 상무님의 강연 주제는 '인간관계와 진로 선택'이었다. M&A 업무 특성상 상무님께서는 전 세계를 돌아다니며 다양한 국적의 사람들을 만나보셨다고 한다. 그때마다 느끼셨던 것은 '인간이 어쩜 이렇게 다를까?'였다. 그래서 타인을 좀 더 깊이 있게 이해할 수 있는 방법을 연구해보셨다고 한다.

"먼저, 타인을 이해하기 전에 나 자신에 대한 이해가 선행되어야 합니다. 나의 사고방식과 가치관을 정확히 알아야 타인과 어떤 부분에서 어떻게 다른지 알 수 있죠. 나의 색깔이 흰색인 줄 알아야 남의 색깔이 검정인 걸 알 수 있지 않겠어요? 내 색깔을 알지 못한다면 타인의 색깔도 알지 못합니다. 나 자신에 대해 아는 것이 없는 경우에는 타인을 이해하는 것이 원천적으로 불가능하게 돼요. 다음으로, 타인의 말과 행동에 대한 배경지식을 쌓아야 합니다. 하지만 상대방에게 무조건 맞추려는 태도는 금물이에요. 타인을 이해한다는 것은 그 사람을 받아들인다는 것이지 나의 가치관을 바꾸는 게 아닙니다. 단기적으로야 타인에게 맞춰줄 수 있겠죠. 하지만 머지않아 한계에 봉착하게 됩니다. 장기적으로 지속되는 관계를 맺기 위해서는 상대방이 그렇게 생각하고 행동하는 이유를 알아야 해요. 명확한 이유도 모른 채 표면적으로 드러난 언행만 보고 맞춰주려 하다 보면 나도 힘들지만 상대방 역시 이해받았다고 느끼지 않습니다."

다음으로 한국 직원들이 주의해야 할 사항도 알려주셨다.

"언제 어디서나 한국식으로 대응하려는 태도를 버려야 합니다. 예를 들어, 외국인 상사의 승진 축하 선물을 준비했다고 합시다. 상사에게 선물을 건네며 '변변치 않은 선물이지만 받아주셨으면 좋겠습니다.'라고 말하는 한국 직원들이 생각보다 많아요. 내 외국인 친구 중 한 명이 그와 유사한 경험담을 털어놓으며 '왜 별로인 선물을 나에게 주는 거지?'라고 생각했다고 합니다. 한국인의 시각에서 모든 상황을 판단하지 말았으면 좋겠습니다. 우리나라에서는 미덕인 일이 외국에서는 결례일 수 있거든요."

뿐만 아니라 영어에 대한 중요성을 강조하셨다.

"외국인과의 의사소통 이야기가 나왔으니 영어를 주제로 잠시 말해볼게요. 외국인과 영어로 대화를 나눌 때 단어의 뉘앙스 때문에 종종 오해가 생길 수 있습니다. 결국 말을 한다는 것은 사람과 사람 사이에 단어가 오고 가는 것인데 그 단어에 대한 해석이 엇갈리면 의사소통에 문제가 생길 수밖에 없겠죠? 따라서 진부한 조언이지만 영어를 잘해야 합니다. 그것도 상당히 잘해야 합니다. 만약 영어 실력을 가늠할 수 있는 한 개의 기준을 뽑으라면 나는 '영어로 농담을 주고받을 수 있느냐.'를 뽑겠어요."

인간관계에 대한 조언도 빼놓지 않으셨다.

"현대인들의 인간관계는 너무 얕고 좁아요. 이것이 문제입니다. 서로의 삶을 풍요롭게 하고 한 차원 높은 인간으로 성장하려면 깊고 넓은 인간관계를 형성해야 합니다. 그렇다면 그 방법은 무엇일까요? 먼저, 깊이 있는 인간관계는 나도 완전히 열고 남도 완전히 열었을 때 형성됩니다. 나는 조금만 열고, 남은 완전히 열길 바라면서 얻으려고만 한다면 그 어떤 인간관계도 지속될 수 없어요. 관계가 유지되는 기간에도 진정으로 얻어지는 것은 아무것도 없고요. 다음으로, 넓은 인간관계를 위해서는 사람에 대한 분별심을 내려놓아야 합니다. 대부분의 사람들은 명문대학교 출신이면 나에게 도움이 될 거야, 돈이 많거나 유명하면 나에게 도움이 될 거야 등등 정형화된 틀에 맞춰 나에게 도움이 될만한 사람의 조건을 미리 규정해둡니다. 하지만 우리의 미래는 그 누구도 정확히 알 수 없어요. 언제, 누가, 어떤 방식으로 나를 구원해줄지는 아무도 모르는 거예요. 인간관계를 형성할 사람의 범위를 섣부르게 제한하지 마세요. 물론, 내 주변의 모든 사람들과 네트워크를 형성하라는 뜻은 아닙니다. 신념이나 가치관 측면에서 공통분모가 많은 사람이라면 현실적인 조건만으로 판단하지 말라는 의미예요. 외형적인 교집합보다 내면적인 교집합이 더 큰 사람이 결국 내 사람이 되거든요."

인간관계에 대한 조언을 마치신 후, 현실적인 관점에서 직업을 선택하는 방법도 알려주셨다.

"가장 이상적인 직업은 내가 좋아하면서도 잘하는데 여유로운 소비가 가능할 만큼의 보수를 제공해주는 일이겠죠? 그런 직업이 이 세상에 흔하다면 좋겠지만 언제나 이상적인 상황은 극소수에게만 벌어집니다. 따라서 우리는 현명하게 선택하는 수밖에 없어요. 만약 좋아하는 일과 잘하는 일이 일치하지 않는다면 잘하는 일을 선택하세요. 일을 잘해서 번 돈은 좋아하는 일에 쓰면 되겠죠? 잘하는 일이 특별하게 없다면 내가 못하는 일들이 무엇인지 분석해보세요. 그리고 그것들 중에서 심각하게 못하는 일을 제외한 일을 직업으로 삼으세요. 안타깝게도 모든 일을 동등한 정도로 못한다면 그것들 중에서 그나마 덜 싫은 일을 선택하세요. 더욱 안타깝게도 무엇을 못하는지조차 모르겠다면 주변 사람들에게 물어보세요. 특히, 희로애락을 함께한 친구들에게 조언을 구하세요. 남들은 생각보다 여러분에 대해 정확히 알고 있답니다."

상무님께서는 정형화된 길을 가기보다는 세상에 단 하나밖에 없는 존재가 되길 바란다는 말씀과 함께 강연을 마치셨다.

리더십 특강 수업에서는 Job Korea를 설립하신 김승남 회장님께서 강의실을 방문해주셨다. 회장님께서는 강연 초반부에 살아오신 인생 역정에 대한 이야기를 들려주셨다.

"나는 대학교를 졸업하자마자 곧바로 간부후보생으로 입대해 군대에서 21년간 직업 군인으로 살았어요. 1960년대에는 베트남 전쟁에도 참전했죠. 여기 앉아 있는 학생들의 부모님도 태어나지 않았던 시대일 수 있겠네요. 베트남전에서 공을 세워 무공 훈장을 수여받기도 했습니다. 하지만 하루 종일 폭격 소리를 듣다 보니 난청을 얻고 말았어요. 이 때문에 군대 생활도, 사회생활도 참 어려웠죠. 그래도 군대에서 작전교육분야를 담당하면서 냉철한 상황판단 능력을 기른 덕에 사회에서 살아남을 수 있었으니 잃은 것만 있었다고 할 순 없겠죠? 21년간의 군 생활을 마치고 사회에 나왔는데 막막하더라고요. 설상가상으로 보증 서줬던 친구의 사업 실패로 하루아침에 전 재산을 잃고 말았어요. 제 통장에 남아 있는 돈은 겨우 27만 원이었습니다. 하늘이 무너지는 줄 알았지요. 식구가 다섯 명이었는데 갈 곳이 없더라고요. 하는 수 없이 교외 지역에 있는 농촌 폐가를 찾아봤어요. 마침 주인이 있는 폐가가 있어 월세 2만 원을 내고 살기 시작했습니다."

한 가정의 가장으로서 절망감에만 빠져있을 수 없었던 그는 지인의 도움으로 충북은행에 일자리를 구하게 된다.

"충북은행 안전관리부장으로 일을 시작할 수 있었죠. 사회 경험 없는 직업 군인 출신이라는 핸디캡을 극복하기 위해서 정말 이 악물고 일했어요. 예금을 유치하러 다니다 보면 일언지하에 거절하는 사람들도 많고 문전박대당하는 경우가 부지기수예요. 그래도 몇 번이고 다시 찾아갔어요. 그 결과 전체 영업실적 1위를 차지하게 됐어요. 그러다 보니 인사고과에서 좋은 점수를 받았고 승진 기회를 잡을 수 있었어요. 그런데 은행 노조에서 엄청나게 반발하더라고요. 어떻게 비은행원 출신이 임원으로 승진할 수 있냐면서요. 내가 출근하면 '군바리는 물러가라!'는 대자보가 여기저기 붙어 있었어요. 내부 저항을 감수하면서라도 승진하고 싶진 않더라고요. 그래서 부장직에 머무르기로 결심했죠."

군대 시절에는 육군사관학교 출신이 아니라는 이유로 비주류 취급받았고, 은행 재직 당시에는 은행원 출신이 아니라는 이유로 비주류가 되었다. 하지만 그는 비주류로서 주류를 뛰어넘으려는 도전 정신이 없었으면 성과를 내기 어려웠을 것이라 말했다.

"충북은행 자회사인 충북생명이 출범하면서 이직하게 됐어요. 그때까지 보험에 대해 아는 것이 아무것도 없었어요. 신입사원처럼 전표 쓰는 것부터 차근차근 배웠어요."

당시 충북생명은 그에게 임원직을 제안했다. 하지만 보험 업무를 모르는 상사 밑에서 일하는 부하 직원들에게 피해를 끼칠까 봐 그 제안은 거절했다. 그리고 처음으로 돌아가 기초부터 배워나갔다. 땅에 깊숙이 뿌리내린 나무는 빠르게 성장해나갔다. 충북은행에서 실적을 내기 시작하자 BYC 생명으로부터 스카우트 제의가 들어왔다. 그 제안을 수락한 그는 BYC 생명 상무로 재직하며 최고 수준의 성과급을 받는 임원이 되었다.

"이제부터는 Job Korea를 어떻게 설립하게 됐는지 이야기해볼게요. 충북은행에서 안전관리부장으로 일할 때 보안시스템에 관심을 갖게 됐어요. 원래부터 컴퓨터에 관심은 많았어요. 지금이야 컴퓨터를 사용하는 게 보편적인 일이지만 그때까지만 해도 컴퓨터에 문외한인 사람들이 대다수였어요. 그런데 컴퓨터에 대해 알면 알수록 앞으로 현대 사회에서 컴퓨터를 모르면 살아남을 수 없겠다는 생각이 들더라고요. 그래서 일단 컴퓨터를 사야겠다고 생각했죠. 당시 컴퓨터 가격이 직장인 월급의 3~4배 정도 됐지만 투자라고 생각하고 구입했어요. 그리고 10대 학생들이 다니는 컴퓨터 학원에 등록해 컴퓨터를 배웠죠. 컴퓨터 명령어를 쪽지에 써서 사방에 붙여놓고 외웠어요. 치열한 노력 끝에 직접 프로그래밍할 수 있는 수준까지 도달하게 됐죠. 그러던 중 충북은행에서 서류 도난 사건이 발생했어요. 경비원들이 지키고 있었는데도 그런 일이 생긴 거예요. 문제 해결 방안을 찾다가 미국에는 IT 기술을 활용한 보안시스템이 있다는 걸 알게 됐어요. 굳이 경비원들이 지키지 않아도 보안이 가능하다는 거예요. 그래서 보험회사를 그만두고 '조은시스템'을 설립하게 됐습니다. CCTV와 연동해서 감시하는 사업 모델을 구축했죠. 그 사업은 성공적이었고 회사 규모가 점점 커졌어요. 그러다 보니 채용 인원을 늘려야 했죠. 어떻게 하면 효과적으로 구인구직을 할 수 있을까 생각하다가 인터넷을 활용한 방법을 고안해내게 됐어요. 그것이 바로 Job Korea의 시작이었습니다."

50대 중반에 창업을 감행한 그는 조은시스템을 연 매출 1,800억 원의 기업으로 성장시키며 구인구직 시스템의 시초라고 할 수 있는 Job Korea를 설립한다. 농촌의 허름한 폐가에서 사회에 첫발을 내디뎠던 그가 10년 만에 거둔 성과였다.

김승남 회장님께서는 인생에 대한 조언도 아끼지 않으셨다.

"나는 10년 단위로 미쳤어요. 바둑, 컴퓨터, 인터넷, 외국어 순서로 미쳤었죠. 인터넷에 미쳐서 사업 아이템을 구상할 때는 수백 번도 넘게 밤을 새웠어요. 그런데 그 분야와 물아일체가 되니까 피곤한 줄도 몰랐어요. 살아 있는 것 자체를 사랑하게 되더라고요. 외국어에 미쳤을 때는 언제 어디서나 이어폰을 귀에 꽂고 외국어를 듣고 다녔어요. 이 나이 될 때까지 미국에 가본 적 없는데 독학으로 영어를 공부했어요. 그리고 중국어도 독학으로 마스터했죠. 지금은 영어와 중국어로 강연도 할 수 있는 정도입니다. 최근에는 일본어 공부를 시작했어요. 70대라고 외국어 공부를 게을리할 이유가 있나요? 앞으로 나는 두 번 더 미쳐볼 예정입니다. 한 번은 인류학에 미칠 거고, 다른 한 번은 엔터테인먼트 사업에 미칠 거예요. 밝은 사회를 만들고 사람들에게 감동을 주고 싶어서요."

일흔이 넘은 나이에도 가슴 설레는 꿈을 갖고 계시다는 게 놀라웠다. 내일모레 서른이라는 이유로 도전을 회피하고 새로운 시작을 성가시게 생각하던 나였다. 누군가 나에게 현실에 안주하려는 이유를 물으면 언제나 나는 "내일모레 서른이다."라고 답했다. 김승남 회장님께서 베트남 전쟁터에 계셨던 나이였다. 말 그대로 유구무언이었다. 회장님께서는 삶 자체로 나에게 경종을 울리셨다.

"이 모든 것이 가능했던 이유는 나에게 열정이 있었기 때문이에요. 열정의 토대가 된 것은 감사하는 마음이고, 열정을 발현시킨 것은 겸손한 행동이었지요. 인간이 감사한 마음을 가지면 무적의 자신감이 생겨요. 그러면 경쟁력이 절로 키워지더라고요. 또 겸손한 행동은 모두를 즐겁고 따뜻하게 해요. 이것보다 좋은 것이 어디 있겠어요? 그리고 낮출수록 높아지더라고요. 겸손하게 행동하니깐 내 영역이 계속해서 확장됐어요. 뿐만 아니라 거만한 사람은 어떤 분야에 미칠 수 없어요. 전력을 다하지 않아도 성과를 낼 수 있을 거라고 생각하거든요. 하지만 겸손한 사람은 제대로 미치게 돼요. 내 모든 것을 던져야만 해낼 수 있다는 걸 아니까요."

강연이 끝난 후 김승남 회장님께서는 학생들에게 손수 자서전을 나눠주시면서 농담을 건네셨다.

"10년 뒤에 나랑 같이 사업합시다!"

아니, 다시 생각해보니 진담이셨던 것 같다.

생애 첫 꼴등, 우물에서 바다로

    수강 신청 프로답지 못하게 다섯 시간의 공강을 만들어 버린 금요일에는 주로 밀린 과제를 하며 시간을 보냈다. 여느 때처럼 58동 3층 로비에 있는 테이블에 앉아 워드 작업을 했다. 쉴 새 없이 리포트를 써 내려갔지만 과제는 끝날 기미가 보이지 않았다. 노트북도 더 이상 견디기 어려웠는지 손가락을 갖다 대기 어려울 정도로 뜨거워졌다. 노트북에게 휴식이 필요한 것 같았다. 그 누구보다 나에게 휴식이 필요했다. 나는 지친 마음을 달랠 겸 편의점에 가서 간식을 사 왔다. 음료수 뚜껑을 열고 한 모금 마시려는데 뒤편에서 한 남학생의 목소리가 들려왔다. 아마도 고향에 계신 어머니와 통화 중인 듯했다. 고개를 돌려보니 비상구 계단에 걸터앉아 있는 남학생의 등이 보였다. 어깨가 축 처진 채로 휴대폰을 들고 있었다. 그 학생의 표정을 볼 수 없었지만 능히 짐작할 수 있었다.

"저번 학기 학점이 기대했던 수준보다 낮게 나와서 이번 학기에는 꼭 만회해야 하는데, 다들 지치지도 않고 열심히 하니깐 따라잡기 어려워요. 제 동기 중에 서진이 알죠? 걔는 다음 학기에 예일대학교로 교환학생 간대요. 그리고 성운이는 골드만삭스 하계 인턴에 선발돼서 금융권 취업은 따놓은 당상이겠더라고요. 학점 관리하는 것도 쉽지 않은데, 경쟁력 있는 스펙까지 쌓아야 하니까 심적 부담감이 날로 심해지는 것 같아요. 엄마, 여기 있으니까 바보가 된 기분이에요."

내 시선은 노트북 모니터 화면에 고정되어 있었지만, 내 청각은 온통 그 통화내용에 집중하고 있었다. '나는 당신의 통화내용에 관심 없는 사람'이라는 걸 증명하기 위해 형식적으로 키보드를 두드리며 통화내용에 귀 기울였다.

"대학교에 들어와서 마음 편히 놀아본 적도 없는 것 같고, 저 나름대로는 뒤처지지 않으려고 정신 차리고 산 것 같은데 답답하네요. 워낙 뛰어난 애들이 많아서 최선을 다한 보람을 느끼기 어려워요. 시험 기간에 밤늦게까지 공부하더라도 다들 그렇게 하니까 결국 제자리에 머물기 위해 노력한 게 되더라고요. 열심히 살지 않는 순간 바로 뒤처지고요. 앞으로 나아가는 느낌을 받고 싶은데 계속 제자리걸음만 하는 것 같아요."

그래도 어머니께서 힘을 북돋아주신 모양이었다.

"네, 알겠어요. 조급하게 생각하지 말고 다시 차근차근해봐야죠. 밥은 잘 챙겨 먹고 있어요. 조금 있으면 수업 시작해요. 이만 끊어야 할 것 같아요."

그 학생은 전화를 끊자마자 깊은 한숨을 내쉬고는 서둘러 책가방을 챙겨 강의실로 향했다. 가방 안에 몇 권의 책이 들어있는지 몰라도 뒷모습에서 느껴지는 가방의 무게는 천근만근인 듯 보였다. 땅이 꺼질듯한 한숨 소리와 힘없는 발걸음 소리가 한동안 내 귓전에 머물렀다. 내 마음도 괜스레 무거워졌다. 아들과 통화를 마친 어머니의 심정에 비할 바는 아니겠지만 내 마음도 꽤나 무거워졌다.

대학입시에 대한 부담감을 겨우 내려놓았더니 한순간의 나태함도 용납되지 않는 곳에서 또다시 경쟁이 시작됐다. 고등학교에서 고3 시절을 마치고, 대학교에서 고3 시절을 다시 시작하는 것과 다를 바 없었다. 작은 경쟁 뒤에는 큰 경쟁이 기다리고 있었다. 언제 끝날지 알 수 없는 경쟁의 도돌이표였다. 한때는 공부의 절대지존이었던 강자들이 모인 곳에서 다시 우열을 가린다는 건 어떤 이에게는 더 큰 승리를, 또 다른 이에게는 익숙하지 않은 패배를 의미했다. 몇 사람만 거치면 수능 만점자를 만날 수 있고, 거쳐 가는 사람들조차 전교 1등 출신인 곳에서 제자리걸음이라도 하기 위해 끊임없이 노력한다는 건 결코 쉬운 일이 아니었다. 누군가의 자랑이지만, 그 누군가와 짐을 나눠 질 순 없었다. 생애 첫 꼴등도, 생애 첫 F 학점도 그들이 홀로 감내해야 할 경험이었다. 내가 있었던 곳이 우물임을 알았을 때 그들은 아파했다. 하지만 그들은 현명했다. 각자의 방식으로 우물에서 나와 더 큰 세계로 나아갔다.

프로그래머이자 기업인인 이두희 씨는 서울대학교 컴퓨터공학과를 졸업하고, 현재는 프로그래밍 교육단체인 '멋쟁이 사자처럼'을 운영 중이다. 그는 한 언론사와의 인터뷰에서 대학 입학에서부터 천재 해커가 되기까지의 과정을 허심탄회하게 털어놓았다. 그는 고등학교 시절 컴퓨터 게임을 즐기는 평범한 학생이었으나 진로에 대해 진지하게 고민해본 끝에 컴퓨터공학과에 입학하기로 결심했다. 건축, 조선, 원자력 등 다양한 공학 분야에 관심을 가져봤지만 단기간 내에 많은 시도가 가능한 컴퓨터 분야에 특히 매력을 느꼈다고 한다. 뿐만 아니라 컴퓨터 공학은 다른 학문과의 융합도 용이해 여러 측면에서 전망이 밝은 분야라는 판단이 들었다고 한다. 그래서 그는 서울대 컴퓨터공학과에 입학하게 됐다. 하지만 컴퓨터 올림피아드 출신 동기들은 그에게 넘기 힘든 벽처럼 느껴졌다. 이두희 씨는 그들을 보며 엄청난 박탈감을 느꼈다고 한다. 어릴 때부터 컴퓨터에만 몰두해온 동기들은 학점 상위권을 독차지했다. 그런 까닭에 이두희 씨는 대학교 1학년 시절 학점이 1점대였다고 한다. 천재 해커로 알려진 그가 컴퓨터 실력 부족으로 어려움을 겪었다는 게 놀라울 따름이었다. 그러던 어느 날 이두희 씨는 전산원 시스템 방어 방식이 궁금해서 해킹을 시도해보게 된다. 그 과정에서 보안상 취약점을 발견하게 됐고, 학교 측에 해당 문제를 알리기도 했다. 그 후 한 기자에게 해킹 과정을 보여주게 됐는데 이것이 그에게 '천재 해커'라는 수식어가 붙게 된 계기가 됐다. 그는 보잘것없는 실력으로 천재 소리를 듣게 됐다고 말했지만 대중의 시선에서 봤을 때는 그저 겸손한 언사로 보일 뿐이다. 그 후 이두희 씨는 게임 회사를 설립하는 등 기업인으로서의 행보도 밟았다. 그리고 현재 대표로 재직 중인 '멋쟁이 사자처럼'을 통해 지식 전달의 채널을 바꿔 세상에 선한 영향력을 미칠 수 있는 인물이 되고 싶다는 포부를 밝히며 인터뷰를 마쳤다. 참고로 그는 각고의 노력 끝에 3점대의 학점으로 서울대를 졸업했다.

이두희 씨의 인터뷰를 보니 '학점'이라는 평가 기준 역시 하나의 우물일 수 있겠다는 생각을 했다. 이와 관련해서 '우물에 갇힌 고래 이야기'를 해보려고 한다. 어느 시골 마을 우물에서 아기 고래가 태어났다. 원래는 수심 3,000m까지 잠수할 수 있었지만 5m도 안 되는 우물에 갇혀 살면서 고래는 점점 자신의 타고난 능력을 잊게 됐다. 고래는 우물 안에서 안락하게 살기 위해 잠수 실력을 갈고닦기보다 몸집을 줄이는 데 몰두했다. 하지만 끝끝내 몸집을 줄이지 못했고, 우물 생활에 적합한 몸집을 가진 개구리를 부러워하며 살아갔다. 그러던 어느 날 큰 홍수가 나는 바람에 우물 벽이 무너져버렸다. 고래는 혼비백산하며 강물로 뛰어들었고 큰 흐름에 몸을 맡긴 채 쉼 없이 헤엄쳐갔다. 몇 시간쯤 흘렀을까… 고향에 온 듯한 평온함이 느껴졌다. 마침내 드넓은 바다에 도달한 것이다. 그제서야 고래는 자신의 꿈을 펼칠 무대가 바다였다는 것을 알게 됐다. 그리고는 수심

3,000m를 향해 힘차게 헤엄치기 시작했다. 어쩌면 이 고래 이야기가 이두희 씨의 삶을 고스란히 녹여내고 있는지도 모르겠다.

보스턴 대학교 캐런 아놀드(Karen Arnold) 교수는 고등학교 학업 성적 상위권 학생들의 인생을 추적해보았다. 학점과 성공의 상관관계를 알아보기 위해서였다. 그 학생들 중 90%는 전문직 종사자가 되었고, 40%는 고소득층에 속해 있었다. 아놀드 교수의 연구 결과, 학점이 높았던 학생 대부분이 '제법' 성공했다. 여기서 연구가 마무리됐다면 굳이 이야기를 꺼낼 필요는 없었을 것이다. 아놀드 교수는 성공한 백만장자 칠백 명의 대학교 시절 학점을 조사해봤다. 그들의 GPA 평균은 2.9점이었다. 등급으로 따지자면 B 학점 수준이다. 《해리포터》를 쓴 조앤 롤링은 엑시터 대학교를 평균 C 학점으로 졸업했고, 마틴 루터 킹은 모어하우스 칼리지를 4년 동안 다니면서 딱 한 번 A 학점을 받아봤다. 애플 창업자 스티브 잡스의 고등학교 때 학점은 평균 2.65점이었다. 2011년 기준, 미국에서 서른네 번째, 전 세계에서 백십 번째로 많은 재산을 보유하고, 사회적 영향력으로 따지면 세계 1위라고 해도 손색없는 스티브 잡스의 학점이 2.9점에도 미치지 못했던 것이다. 하지만 학점이 낮은 편이라고 해서 관심 있는 분야에 대한 열정까지 낮은 건 아니었다. 가슴을 뛰게 만드는 일에 대해서는 A+의 노력을 기울였다. 안타깝게도 그들은 사회에서 제법 성공하지 못했지만 역사상 가장 크게 성공했다.

아놀드 교수는 학교 상위권과 사회 상위권의 차이는 다양한 분야를 두루두루 잘하는 것과 한 분야를 매우 사랑하고 엄청나게 잘하는 것의 차이라고 밝혔다. 세상에는 제너럴리스트와 스페셜리스트가 공존해야 한다. 세상의 큰 틀을 지켜나가는 사람과 잘못된 부분의 틀을 깨고 새로운 틀을 짜는 사람이 함께 존재해야 한다. 이 세상 모든 사람이 혁신만을 추구한다면 사회는 산산조각 나고 말 것이다. 일반적으로 학교 상위권은 제너럴리스트가 되고, 사회 상위권은 스페셜리스트가 된다. 각자가 사회에 기여하는 방식은 다르지만 모두가 사회에 기여한다. 따라서 양자 간의 우열을 가리는 건 무의미해 보인다. 단지 학교 하위권일 때는 사회 상위권을 꿈꾸며 희망을 갖고, 학교 상위권일 때는 사회 상위권의 역할을 존중해줄 필요가 있을 뿐이다.

수치화된 학점은 스티브 잡스의 성공을 예견하지 못했다. 조앤 롤링이 쓴 책《해리포터》가 5억 부 이상 팔릴 것이라고, 마틴 루터 킹이 흑인 인권 운동에 앞장설 것이라고 말해주지 못했다. 성적표에 적혀 있는 숫자는 인생의 예고편이 아니다. 한 사람에 대해 지나치게 많은 것을 얘기하려는 수다스러운 존재일 뿐이다. 그 숫자에 담겨 있는 작은 이야기의 볼륨을 높이지만 않는다면 우물에서 나와 바다를 향해 갈 수 있다. 고개를 푹 숙인 채 강의실로 향하던 그 학생의 가방 안에 들어 있던 것은 무거운 마음인 듯 보였지만 사실은 무한한 가능성이었던 이유가 여기에 있다.

관악의 밤하늘에 뜬 스타

서울대는 내가 졸업하던 해에 개교 70주년을 맞았다. 이를 기념하기 위해 관악캠퍼스 및 서울 전역에서 다양한 행사를 개최했다. 복합예술동에서는 서울대 교수 문인서화전 '학자, 붓을 잡다'가 열렸고, 미술관에서는 '서울대학교 미술대학의 70년 : 또 하나의 한국현대미술사전'이 열렸다. 그리고 문화관 대강당에서는 개교기념식의 전야제인 '아름다울 관악의 밤'이 개최됐으며 다채로운 축하 공연이 진행됐다. 예술의 전당 콘서트홀에서는 음악대학과 음대 동창회가 공동 주관하는 '개교 70주년 음악회'가 열렸고, 세계적인 지휘자 임헌정 교수님께서 참여하셨다. 모든 전시회와 음악회를 관람하고 싶었지만 시간이 허락하는 건 '아름다울 관악의 밤' 행사뿐이었다. 이

행사는 서울대 재학생이거나 졸업생이라면 누구나 관람할 수 있었지만 미리 표를 예매해야 했다. 뿐만 아니라 모두의 축제로 자리매김하기 위해 서울대를 사랑해주시는 관악구 주민분들도 초청했다. 행사명에 등장하는 '다울'이라는 표현은 순우리말로 '다 함께 우리'를 의미하는데, 그 뜻에 맞게 행사를 기획한 것이다. 시선이 향하는 곳마다 고운 빛깔의 단풍이 캠퍼스를 수놓고 있던 10월 어느 날, 개교 70주년을 축하하기 위해 많은 분들이 문화관에 모였다. 행사 시작 1시간 전에 문화관에 도착했음에도 로비는 이미 사람들로 가득했다. 중간고사 기간이 얼마 남지 않지 않은 탓에 몇몇 재학생들은 로비 한편에 놓여 있는 테이블 위에서 리포트를 작성하거나 시험공부를 하면서 시간을 보내고 있었다. 공부해야 할 양이 상당해 보였음에도 행사 관람을 포기하기보다는 공부 속도를 높이는 쪽을 선택한 듯 보였다. 이야기를 나누는 사람들로 로비는 떠들썩했지만 수업 자료를 바라보는 학생들의 눈빛에는 흔들림이 없었다. 그들 주변에 보이지 않는 방음벽이 설치돼 있는 것 같았다. 로비의 또 다른 쪽에서는 오랜만에 만난 졸업생들이 회포를 풀고 있었다. 대부분 누군가의 남편 또는 부인이 되어 부부 동반으로 문화관을 찾았다. 아이의 손을 잡고 있는 졸업생들도 보였다. 그들은 이야기 도중 아이가 손을 놓고 문화관 바깥으로 달려 나가면 다시 데려오기를 반복하면서 대화를 이어나갔다.

"현준아, 아빠 모교에서라도 아빠 말 좀 들어주면 안 될까?"

아이는 "모교가 뭐야?"라면서 또 바깥으로 뛰어나갔다. 남아 있는 사람들은 웃음을 터뜨리며 동창생이 아이를 안고 자리로 돌아올 때까지 기다려주었다. 그리고 이를 지켜보는 또 다른 졸업생 무리가 있었다. 연세가 지긋하신 분들이었는데 희끗해진 머리카락을 쓸어 넘기며 그 광경을 정감 어리게 쳐다보고 계셨다.

"우리 애도 저만할 때가 있었는데. 언제 이렇게 시간이 흘렀는지 몰라."

"그러게. 자식들 다 키워놓으니까 편하긴 한데 문득문득 저 때가 그리울 때도 많아."

노신사분들은 중후한 멋을 풍기며 연륜 있는 대화를 나누셨다. 돋보기안경을 쓰셨어도 그분들의 눈에 담겨 있는 총기는 젊은 날에 버금가는 듯 보였다. 행사 시작 시간이 다가오자 주최 측에서 입장권을 배부했다.

"경영학과 졸업생 서정원 씨 맞으시죠? 표는 여기 있습니다. 지정석 자리 확인해주시고요, 바로 입장하시면 됩니다."

일찌감치 표를 예매해서 그런지 내 지정석은 맨 앞줄 자리였다. 무대 위에 쌓여 있는 먼지까지 보일 정도로 무대와 가까운 자리였다. 예매를 서두른 보람이 있었다. 이날 행사는 개그맨 서경석 씨와 MBC 아나운서 임현주 씨의 사회로 진행되었다. 서경석 씨는 불어불문학과 91학번이고, 1993년 MBC 개그콘테스트에서 은상을 수상하며 방송계에 데뷔했다. 서경석 씨는 수능 첫해 육군사관학교에 수석으로 합격했다. 하지만 개인적인 이유로 육사를 그만두고 그다음 해 서울대에 입학했다. 데뷔 초기 이윤석 씨와 함께 만담 콤비로 활동하며 "그렇게 심한 말을! 그렇게 깊은 뜻이!"라는 유행어를 남겼다. 서경석 씨는 친근한 이미지와 재치 있는 말솜씨로 대중에게 꾸준한 인기를 얻고 있다. 임현주 씨는 산업공학과 04학번이고, 2013년 MBC 아나운서 시험에 합격하여 현재까지 아나운서로 활동 중이다. 사회 전반에 대한 소신 있는 발언으로 대중의 이목을 집중시키고 있다. 서경석 씨와 임현주 씨는 MC석에서 '아름다울 관악의 밤' 행사의 시작을 알렸다. 관객들의 우렁찬 박수와 함께 행사의 막이 올랐다. 첫 번째 순서는 박목월 시인의 추천으로 등단하게 된 유안진 명예교수님의 축시 낭송이었다. 다음으로 체육교육과 재학생들이 학무 무대를 선보였다. 학무란 학의 자태나 동작을 몸으로 표현하는 춤이며 우리나라 중요무형문화재 제4호로 지정되어 있다. 드라이아이스로 무대 위에 안개 효과가 연출되더니 흰 도포에 검정 갓을 쓴 학생들이 등장했다. 뒤이어 국악이 흘러나왔고 학의 날갯짓을 형상화한 동작으로 공연이 시작되었다. 한국 학생들이 한국 음악에 맞춰 춤을 추는데 그 모습이 생경하게 느껴졌다. 불과 백여 년 전, 힙합 춤이 아닌 전통 춤을 추며 청춘의 낭만을 즐겼을 그 시대의 젊은이들이 겹쳐 보이는 듯했다. 학생들은 모였다 흩어지기를 반복하면서 학 무리의 움직임을 감각적으로 표현하였다. 몸을 움직일 때마다 휘날리는 도포 끝자락이 멋스럽게 느껴졌다. 화려한 문양의 한복이 아니었음에도 흰 도

포는 절제된 화려함을 보여주었다. 백의민족이라고 불리는 것이 자랑스럽게 느껴지는 순간이었다. 학무 공연이 끝나고 성악과 재학생들의 중창단 공연이 이어졌다. 음악대학 앞을 지나다니면서 건물 밖으로 새어 나오는 연습 소리만 들어봤을 뿐 성악과 학생들의 정식 공연을 본 건 그날이 처음이었다. 저음에서 고음까지, 그들의 목소리를 통해 표현되는 모든 음들이 최대의 매력을 발산했다. 성악의 사전적 의미가 '사람의 음성으로 하는 음악'인 이유를 알 수 있었다. 갈고 닦아진 사람의 음성은 하나의 예술이 되었다. 성악과 재학생들의 공연이 끝나고 성악과 선배님이 바통을 이어받았다. 뮤지컬 〈오페라의 유령〉의 크리스틴 역할을 맡으며 뮤지컬계에 화려하게 데뷔한 김소현 씨의 공연이 시작되었다. 김소현 씨는 성악과 94학번이며, 〈지킬 앤 하이드〉, 〈마리 앙투아네트〉, 〈명성왕후〉, 〈모차르트〉 등 여러 뮤지컬 작품에서 여주인공 역할을 맡은 바 있다. 나 또한 스무 살 때부터 김소현 씨가 출연한 뮤지컬 작품을 종종 관람하곤 했었는데 캠퍼스에서 그분을 뵈니 감회가 새로웠다. 반주가 흘러나오자 관객석이 조용해졌고, 김소현 씨는 청아한 목소리로 노래를 시작했다. 인형 같은 외모만큼이나 목소리도 아름다웠다. 작은 얼굴에 큰 눈을 깜박이며 관객석을 향해 손을 내밀 때 여기저기서 환호성이 터져 나왔다.

다음으로는 서울대 출신 가수들의 공연이 이어졌다. 먼저 대한민국 힙합계를 대표하는 래퍼이자 조소과 07학번인 빈지노가 무대 위에 등장했다. 그는 관객석 쪽으로 성큼성큼 걸어 나오며 특유의 부드러우면서도 파워풀한 래핑을 시작했다. 관객들의 환호성으로 무대가 흔들릴 것만 같았다. 미술 전공자답게 시각적인 가사와 유려하게 흘러가는 멜로디가 인상적이었다. 일각에서 그를 최고의 리릭시스트(lyricist)라고 평가하는 이유를 알 수 있었다. 세련된 가사에 재치를 얹었고, 감각적인 멜로디에 신선함을 더했다. 그의 예술적 소양과 힙합음악이 만났을 때 독보적인 존재감이 구축됐다. 자유분방한 그의 성격을 닮은 곡들이 세상에 나올수록 대체 불가능한 빈지노만의 영역이 넓어졌다.

'아름다울 관악의 밤' 행사를 관람하기 전에는 빈지노의 이름만 들어봤을 뿐 힙합 아티스트로서의 그를 알지 못했다. 하지만 내 눈앞에서 펼쳐진 빈지노의 무대는 그가 누구인지를 설명해줬다. 다음 날 빈지노의 음원을 모두 다운받아 들어봤을 정도로 그는 단숨에 대중의 마음을 사로잡는 힘이 있었다. 빈지노의 공연으로 대강당의 분위기는 한층 더 뜨거워졌다.

서경석 씨가 목소리에 힘을 실어 소개한 다음 가수는 장기하였다. 장기하는 싱어송라이터이자 사회학과 00학번이다. 장기하는 2009년 서울대 축제에서 메인 공연을 했고, 2010년 서울대 합격자 오리엔테이션에서 축하 공연을 하기도 했다. 한국 대중음악계에 돌풍을 일으켰던 주역이지만 데뷔 후에도 캠퍼스를 찾아 서울대 학생들에게 기쁨을 선사해주는 대표적인 선배 중 한 명이다. 장기하는 2002년부터 서울대 스쿨밴드 '눈뜨고 코베인'에서 드러머로 활동했다. 장기하는 한 언론사와의 인터뷰에서 자신이 70~80년대 음악을 알게 된 건 전적으로 눈뜨고 코베인 멤버들 덕분이라고 밝힌 바 있다. 그만큼 서울대 스쿨밴드 활동은 그의 음악 인생에 중요한 역할을 했다. 밴드 리더가 우연히 70년대 그룹사운드 시대를 열었던 록밴드 '산울림'의 노래를 들려줬고, 장기하는 그 시절 음악에 빠지게 됐다. 옛것을 고쳐 완전히 새로운 것으로 만드는 그의 음악적 재능이 세상에 드러났을 때 대중은 열광했다. 2008년 결성한 '장기하와 얼굴들'의 싱글 앨범 〈싸구려 커피〉는 1만 5천 장 가까이 팔리기도 했다. 방송활동을 적극적으로 하지 않은 인디밴드가 세운 기록치고는 놀랄 만한 결과였다. 장기하는 음반에 외래어를 거의 쓰지 않는 것으로도 유명하다. 기자가 그에게 주로 한글로 가사를 쓰는 이유를 묻자 "저는 한국 사람이라서 세상의 언어들 중에 한국어를 가장 잘해요. 그러니까 한국어로 가사를 쓰는 거죠."라고 답하기도 했다. 당연한 사실이 이렇게 확고한 신념처럼 들린 것도 처음이었다. 장기하는 산울림의 〈아마 늦은 여름이었을 거야〉의 가사를 듣고 한국어의 아름다움을 느꼈다고 한다.

> "꼭 그렇지 않았지만 구름 위에 뜬 기분이었어.
> 나무 사이 그녀 눈동자 신비한 빛을 발하고 있네.
> 잎새 끝에 매달린 햇살 간지런 바람에 흩어져
> 뽀얀 우윳빛 숲속은 꿈꾸는 듯 아련했어.

아마 늦은 여름이었을 거야.

우리 둘은 호숫가에 앉았지.

나무처럼 싱그런 그날은

아마 늦은 여름이었을 거야.

-산울림의 〈아마 늦은 여름이었을 거야〉-"

장기하는 대학교 선배이자 가요계 선배인 산울림의 멤버 김창완씨를 천재라고 칭하기도 했다. 곡 장르든 가사 스타일이든 남들과 확연히 구분되는 음악스타일을 고수하며, 자신이 아니면 못하는 음악을 하고 싶다고 말하던 장기하가 개교기념식 전야제 행사에 등장했다. 마지막 축하 무대였던 터라 관객들은 모두 자리에서 일어나 노래를 따라 부르고 환호성을 지르며 그의 공연을 즐겼다.

"우리 지금 만나 (만나) 아 당장 만나 (당장 만나)"

장기하의 대표곡인 〈우리 지금 만나〉가 흘러나오자 그는 노래를 부르다가 관객석으로 마이크를 넘기며 호응을 유도했다. 관객들은 대강당이 떠나가라 추임새 부분을 따라 불렀다. MC석에 있던 두 분도 양손을 머리 위로 올리기도 하면서 그 순간을 함께했다. 가을이라 제법 선선했지만 관객들의 열기로 강당 안 기온은 여름으로 돌아간 듯했다. 공연을 지켜보던 총장님께서도 박수를 치시면서 분위기를 맞춰주셨다. 장기하의 공연을 마지막으로 '아름다울 관악의 밤' 행사는 막을 내렸다. 두 시간이 어떻게 흘러갔는지 모를 정도로 행사는 짜임새 있고 재미있게 진행되었다. 관객들은 흥분된 목소리로 저마다의 소감을 풀어내며 대강당을 빠져나갔다.

　문화관 밖으로 나오니 캠퍼스에는 어둠이 내려앉아 있었다. 조명에 비친 은행나무들 때문인지 아니면 공연의 여운 때문인지 밤하늘 아래 있는 관악캠퍼스가 운치 있게 느껴졌다. 아침부터 청명했던 날씨가 밤까지 이어져 캄캄한 하늘도 어두워 보이지 않았다. 검지만 푸르른 기운을 담고 있는 밤하늘을 올려다보자 별들이 반짝이고 있었다. 관악캠퍼스 위에 뜬 별들은 서울대를 한층 더 빛나게 해주고 있었다.

세계대학순위,
그것이 문제로다!

    국제경영학 수업이 끝나고, 함께 수업을 들었던 민영이와 커피숍에 들렀다. 음료를 주문하는 내내 심통 난 얼굴로 서 있던 민영이는 자리에 앉자마자 어제 있었던 일을 털어놓았다. 민영이가 들려준 이야기는 이렇다. 중학교 재학 당시 3년 내내 전교 1등을 놓쳐본 적 없었던 민영이와 친하게 지내던 친구가 있었는데, 그 친구가 중학교 2학년 때 미국으로 조기 유학을 떠나면서 자연스럽게 연락이 뜸해졌다고 한다. 그런데 어제 그 친구 엄마로부터 오랜만에 전화가 왔다는 것이다.

    "민영이 엄마, 잘 지내시죠?"

    "어머, 이게 얼마 만이에요. 혜진이가 미국 간 다음에 별다른 소식을 듣지 못해서 어떻게 지내시나 궁금했는데."

"사느라 바빠서 연락도 자주 못 드렸네요. 다름이 아니라, 이번에 혜진이 미국 A 대학 들어갔어요. 좋은 소식 알려드리려고 전화드렸어요."

"그래요? 잘 됐네요. 축하해요."

"민영이 엄마, A 대학이 세계 17위인 거 아시죠? 서울대학교는 몇 위였죠? 혜진이가 찾아봤는데 상위 30위도 안 된다고 하더라고요. 민영이도 SAT 준비했으면 하버드대학교도 갔을 앤데, 아깝다. 미국에서 공부시키지 그랬어요. 중학교 때 영재였으면 뭐해요? 결국엔 혜진이가 더 좋은 대학교 들어가는걸."

민영이는 컵을 테이블 위에 내려놓고 눈을 질끈 감았다.

"언니, 저에게 힘이 되는 말씀 좀 해주세요."

"그래도 대한민국 미래를 걱정하는 대학교는 A 대학이 아니라 서울대 아닐까? 국가의 미래를 생각하면 너 같은 인재가 대한민국에 남아줘서 다행이야."

"빈 말씀이라도 감사해요. 이왕 이렇게 된 거 서울대 순위 올리는 데 한 역할 해야겠어요! 언니, 저 오늘부터 엄청 열심히 살 예정이니까 말리지 말아주세요."

"하하, 말렸다가는 큰일 날 것 같은데? 내가 다 든든하다, 민영아."

원래도 노력파인 민영이가 어떻게 더 열심히 산다는 건지 알 수 없었지만 진담임은 분명해 보였다.

민영이의 경험담이 모든 서울대생들의 경험담을 대신할 순 없을 것이다. 세계대학평가순위에 관심을 두지 않는 학생들도 상당수 있었다. 하지만 종종 동생들과 이야기를 나누다 보면, 민영이와 똑같은 경험은 아니더라도 민영이의 심정을 충분히 이해할 수 있을 법한 일들을 겪고 있음을 알 수 있었다. 그런 동생들에게 세계대학평가순위는 학교 밖에서 내준 과제와 같았다. 평소에는 각자의 삶에 몰두하다가도 혜진이 엄마로부터 전화가 걸려오는 날이면 서울대의 미래에 대해 한 번쯤 고민해보곤 했다. 그런데 세계대학랭킹은 도대체 누가 어떤 기준으로 정하고 있는 걸까. 대학평가는 1980년대 중반 미국의 시사잡지 《U.S. News&World Report》가 자국 내 대학을 평가해 순위를 발표하면서 시작됐다. 이는 대중의 관심을 불러모았고 다른 신문사들이 대학평가에 뛰어드는 계기가 됐다. 최근 많이 언급되고 있는 'THE 세계대학랭킹'은 영국의 신문사 《The Times》에서 발행하는 Times Higher Education(THE)을 통해 2004년부터 집계된 것이다. 그리고 THE와 함께 출범한 대학평가 기관 Quacquarelli Symonds(QS)가 2009년부터 자체적으로 'QS 세계대학랭킹'을 매겨 발표하고 있다. 이에 더하여 중국의 상하이교통대에서 2003년부터 매년 발표하고 있는 '세계대학 학술순위'가 있으며 THE, QS와 함께 세계 3대 대학랭킹으로 불리고 있다. 그 밖에도 대학별 기관별로 세계대학랭킹이 우후죽순처럼 쏟아지고 있다. 먼저, QS 세계대학랭킹 평가 지표를 살펴보자. 평가 지표는 학문적 평판(40%), 교수진 대학생 비중(20%), 논문 피인용 수(20%), 기업들의 졸업생에 대한 평가(10%), 외국인 교원 비율(5%), 유학생 비율(5%) 여섯 개로 이루어져 있다. 이 중에서 서울대는 2021년 랭킹 기준 학문적 평판에서 97.7점, 기업들의 졸업생에 대한 평가에서 95.9점을 받았다. 하지만 외국인 교원 비율에서 18.6점, 유학생 비율에서 11.6점을 받은 탓에 최종 점수가 79점으로 낮아지면서 세계 37위에 랭크되었다. 하지만 상대적으로 낮은 점수를 받은 항목을 개선하는 게 쉬운 일이 아니다. 역량 있는 해외 석학을 서울대 교수로 초빙하려면 그 명성에 걸맞은 급여가 지급돼야 하고, 초빙 후에도 교수의 역량이 십분 발휘될 수 있도록 최상의 연구 환경을 제공해야 한다. 하지만 다른 경쟁 대학들 역시 이와 같은 사실을 알고 있다. 재정적인 부담으로 서울대가 소극적으로 대응하는 사이, 세계 유수 대학들은 천문학적인 금액을 제시하며 저명한 학자들을 교수로 임용하고 있다. 그렇다면 서울대의 상대적인 재정 규모는 어느 수준일까? 2018년 기준, 싱가포르국립대는 2조 7,245억 원, UC버클리대는 3조 4,586억 원에 달하는 반면, 서울대는 1조 5,000억 원에 불과하다. 세계에서 가장 큰 대학 기금을 보유한 미국 하버드대학교의 기금 운용액은 2018년 6월 말 기준 392억 달러(약 45조 원)에 달한다. 그리고 기금 운용을 담당하고 있는 하버드매니지먼트컴퍼니(HMC)는 한 해 동안 18억 달러(약 2조 원)를 하버드대에 운영예산으로 지급했다. 서울대의 총 재정이 하버드대의 기금 수익보다도 낮은 수준인 것이다. 물론, 총 재정 규모를 늘린다고 해서 모든 문제가 한 번에 해결되지 않을 것이고, 모든 문제가 총 재정 규모 탓만은 아닐 것이다. 하지만 빈부격차가 교육격차로 이어지고 있는 현 사회현상을 볼 때 대학의 빈부격차와 대학의 교육격차 간 상관관계는 부정할 수 없을 것 같다. 그리고 일각에서는 왜 '문제'로 바라봐야 하냐는 비판을 제기하기도 한다. 외국인 교원 비율과 유학생 비율이 낮다고 해서 대학의 학문적 교육적 역량까지 낮은 건 아니라는 것이다. 평가 기관이 제시한 여섯 개 지표에 서울대를 끼워 맞추느라 대학의 실질적인 경쟁력을 높일 수 있는 무궁무진한 방안들을 등한시하고 있진 않은지 돌아봐야 할 때이다. 21세기 들어 일곱 명의 노벨상 수상자를 배출한 이스라엘의 히브리대는 2020년 QS 평가에서 162위였다. 같은 해 이스라엘공대는 257위였지만 그 대학 출신이 지난 20년간 천육백여 개의 기업을 세워 십만 개의 일자리를 창출했다. 그리고 두 대학은 세계대학랭킹에 연연하지 않고, 묵묵히 자신만의 길을 걸어가고 있다. 노벨상 수상자 배출 횟수, 일자리 창출 규모가 평가 지표에 포함된다면 두 대학은 상위권에 랭크될 것이다. 이에 반해 기존 평가 지표를 기준으로 상위권이었던 대학교 중 일부는 더 낮은 순위로 떨어지게 된다.

꽃의 생김새만을 보고 그 꽃의 가치를 평가할 수는 없다. 은은하게 퍼지는 향기도 맡아보고, 배고픔에 지친 나비에게 기꺼이 꿀을 내어주는지도 지켜보고, 존엄하게 낙화하는지도 살펴봐야 한다. 이걸로 끝이 아니다. 들판 위에 뛰어노는 몇 명의 아이들을 웃게 했는지,

비바람이 몰아쳐도 끝끝내 꽃을 피우는지, 다른 꽃들의 영역을 침범하지 않았는지, 푸른 들판에 어울리는 색깔을 지녔는지 등등도 따져봐야 한다. 그리고 이런 평가 기준은 나만의 생각일 뿐이다. 또 다른 누군가는 비바람이 불 때 꽃을 피우지 않고 영양분을 비축해두었다가 그다음 해 개화하는 꽃을 보고 더 아름답다고 할 것이다. 기다림의 미학을 알려줬다면서 말이다. 또 다른 이는 푸른 들판과 조화롭지 못한 색깔을 지닌 꽃을 보면서 군중 속의 고독을 느끼고 있는 자신의 마음을 위로받을 수도 있다. 과연, 어떤 꽃이 이 세상에서 가장 아름다운 꽃인가. 나 자신조차 작년에는 코스모스를 좋아했고, 올해는 홍매화의 매력에 흠뻑 빠져 있다. 내년에는 또 어떤 꽃에 매료돼 있을지 알 수 없다. 누군가 나에게 어떤 꽃이 가장 아름답냐고 물어본다면 '더 살아봐야 알 것 같다.'고 대답할 것이다. 그리고 생애 마지막 날에 다시 물어본다면 아마도 '모르겠다.'고 답하지 않을까? 이렇듯 한 사람의 평가조차 시간의 흐름에 따라 바뀌는데 모든 사람의 평가를 반영해 꽃의 가치를 규정하는 것은 애초에 불가능한 일이다. 꽃은 푸르른 들판 위에 무심하게 피어 있는데 세상은 언제나 그것을 평가하느라 여념이 없다.

꽃을 내세워 세계대학랭킹의 굴레에서 벗어나려는 것은 아니다. 꽃은 그렇게 쓰여지려고 이 세상에 온 게 아님을 알기에 다시 세계대학랭킹 이야기를 해보려 한다. 서울대는 모든 분야를 합산한 결과 37위를 기록했지만 분야별로 살펴보면 더 높은 순위를 기록한 분야들도 많다. 사회정책 행정학 분야 14위, 현대 언어학 17위, 기계항공 산업공학 23위, 화학공학 25위, 치의학 29위 등 11개의 학문 분야가 20위권 내에 진입했다. 2020년부터는 'SNU 10-10 프로젝트'를 본격 가동하여 열 개 학문 분야의 세계 10위권 진입을 목표로 하고 있다. 그리고 각 학과별로도 세계대학랭킹 상위권 진입을 위해 개별 프로젝트를 추진 중이다. 지구환경과학은 프로젝트 'PLANET A'에 착수했다. 프로젝트명은 차선책을 뜻하는 Plan B에서 착안해 '지구는 대체 불가능하다.'는 뜻을 담고 있다. 국내외 지구환경 데이터를 수집 검증해 신뢰할만한 글로벌 데이터 허브를 구축하고, 미래 환경 재난에 선제적으로 대응할 수 있는 방안을 마련할 계획에 있다. 재료공학은 'Strategies for Global Top 10 Materials Sciences Program'을 통해 국내외 우수 박사 후 연구원을 유치하고, 우수 졸업생의 해외 진출을 지원해 양방향 인적 교류를 활성화해나가고 있다. 하지만 이미 세계 10위권 수준에 진입해 있기에 재료공학의 꿈은 달성된 상태다. 이 외에도 여러 세부 분야별 프로젝트가 'SNU 10-10 프로젝트'에 힘을 실어주고 있다. 서울대는 이번 프로젝트를 산재해 있던 연구역량을 결집하고 학과 학부 연구소 등 조직적 차원에서 발전 로드맵을 마련하는 계기로 삼겠다는 입장이다. 표면적으로 세계대학순위 상승을 목표로 하고 있지만, 궁극적으로는 세계적 수준의 실질적인 경쟁력 향상을 도모하겠다는 뜻으로 해석된다.

대한민국의 국민총생산은 통계가 처음 시작된 1953년에 13억 달러에 불과했다. 하지만 1972년에 100억 달러를 넘었고, 1995년에는 5천억 달러까지 넘어섰다. 그리고 2018년 1조 6천억 달러를 기록했다. 6.25 전쟁 직후 생산활동 자체가 없어 GDP 통계 자료를 작성할 수 없었던 대한민국이 세계 12위의 경제대국이 됐다. 70여 년의 세월 동안 대한민국의 인재들은 대한민국에 남아 자신의 국가를 발전시켰다. 그리고 국민 모두는 각자의 자리에서 고군분투하며 대한민국이 세계 12위로 도약하던 그날까지 묵묵히 기다려주었다. 서울대는 대한민국의 대학이다. 그래서인지 서울대는 대한민국과 참 닮아있다. 나도 그때 그 시절 국민처럼 서울대가 세계적인 대학으로 자리매김할 때까지 묵묵히 기다리려 한다. 그리고 미미한 보탬이라도 되기 위해 내 자리에서 최선을 다하려 한다. 서울대가 세계대학순위에 연연(戀戀)하기보다 이를 계기로 세계를 향해 '연연(連延, 끝없이 이어져 길게 뻗어 나가다)'하기를 바란다. 꽃은 바람의 소리에 귀 기울이지 않는다. 그저 피어날 뿐이다.

너의 꿈을 대한민국에
가두지 마라

경영학 특강 교수님께서 지난주에 예고해주신 대로 듀폰(DuPont)의 아시아태평양 前 사장이자 듀폰 코리아 前 회장이셨던 분께서 강의실을 찾아주셨다. 그분은 바로 김동수 회장님이셨다. 급변하는 경영환경 속에서도 200년 넘게 존속해온 기업인 듀폰에서 16년간 재직하시며 '동양인 최초'라는 타이틀을 내려놓은 적 없으셨던 김동수 회장님께서 강의실 문을 열고 들어오셨다. 나는 지난 주말에 회장님의 저서 《너의 꿈을 대한민국에 가두지 마라》를 읽어봤기에 주초부터 회장님에 대한 존경심이 충만한 상태였다. 지금 내 앞쪽으로 걸어오고 계신 분은 하나의 역사이자 세상임을 알고 있었다. 감명 깊게 읽은 책의 내용을 회장님께서 직접 들려주신다고 생각하니까 벌써부터 심장이 콩닥거렸다. 회장님께서는 재킷을 벗어 교탁 앞에 있는 책상 위에 올려두시고는 다시 연단에 오르셨다.

"여러분, 안녕하세요."

회장님께서 온화한 미소를 지으시며 학생들에게 인사를 건네셨다.

"내가 누군지 알아요?"

마음 같아서는 지난 주말에 읽은 책 내용을 처음부터 끝까지 말씀드리고 싶었다.

"나는 듀폰 아시아태평양 사장과 듀폰 코리아 회장을 지낸 김동수라고 합니다. 여러분에게 들려주고 싶은 이야기가 있어서 이렇게 오게 됐습니다. 1시간 동안 편안한 마음으로 들어주세요."

김동수 회장님께서는 해방 직후 폐허가 된 대한민국에서 10남매 중 막내로 태어나셨다. 고등학교를 졸업하고 열아홉 살이 되던 해에 우연한 기회로 아버지의 미국인 친구와 이야기를 나누게 됐다. 그 친구분은 열아홉 살 청년에게 '더 넓은 세상을 경험해보면 어떻겠냐.'고 제안했다. 변화를 꿈꾸고 있었던 청년은 고심 끝에 미국 유학을 결심했다. 그리고 단돈 50달러를 손에 쥐고 미국행 비행기에 몸을 실었다. 배웅 나온 가족들의 얼굴을 눈과 가슴에 담으며 작별 인사를 했다. 1965년 3월 6일, 고등학교 때까지 영어 한마디 못 하던 그가 기나긴 비행 끝에 로스앤젤레스 공항에 내렸다. 가난한 국가에서 나고 자란 청년에게 미국은 충격 그 자체였다. 꼭대기를 보기 힘든 높다란 빌딩, 휘황찬란한 조명으로 눈부신 야경, 경적을 울려대며 지나가는 자동차… 부유한 국가의 모습을 목격한 그는 마음으로 울었다. 하지만 자괴감에 빠져 있을 수만은 없었다. 그의 주머니에 들어있던 50달러가 40달러가 되고, 다시 30달러가 됐다. 일단 살아야 했다. 학비와 생활비를 벌기 위해 미국에서 구한 첫 번째 직장은 캘리포니아 사막 인근에 위치한 토마토 농장이었다. 캘리포니아 사막의 7~8월 기온은 50℃에 육박하기도 한다. 고온 기후에 익숙한 남미 출신 인부들도 견디기 힘든 더위였다. 그럼에도 그가 그곳을 선택한 이유는 급료가 높았기 때문이었다. 날계란을 바닥에 놓아두면 금세 익어버릴 만큼 뜨거운 태양 아래서 그는 하루에 10시간씩 일했다. 새벽 4시부터 정오까지 8시간 동안 일하고, 오후 1시부터 3시까지 오버타임 노동을 했다. 토마토를 몇 개 따지도 않았는데 옷이 땀으로 흠뻑 젖었다. 목이 말랐다. 하지만 허리를 펴고 물을 마시는 것도 그에게는 사치였다. 갈증이 나면 토마토를 그 자리에서 따먹고는 곧바로 다시 일을 시작했다. 그 농장에서 함께 일하던 근로자들도 혀를 내두를 만큼 그는 온몸이 부서져라 일했다. 잡념은 오히려 그에게 고통이었다. 딴생각이 들수록 버티기 힘들었다. 일에 몰두하지 않으면 금방이라도 쓰러질 것 같았다. 그때 김동수 회장님은 인간에게 한계가 없다는 사실을 깨달았다고 하셨다. 일이 끝나고 농장 관리인이 남은 토마토를 싸줘도 집으로 들고 오지 않으셨다고 한다. 제정신으로 토마토를 쳐다보면 구토가 밀려왔기 때문이다. 그만큼 힘들었던 시절이었다. 하지만 토마토 농장에서 기른 근성은 인생의 자산이 되었다. 그렇게 번 돈으로 UC버클리대학교를 졸업하게 된 그는 다우케미컬을 거쳐 1987년 듀폰에 입사하게 된다. 그리고 3년 뒤 동양인 최초로 뉴존스빌 공장장을 맡는다. 고층 빌딩 앞에서 미국과 한국의 격차를 절감하며 가슴 시려하던 그 청년이 25년 뒤 미국 사회 중심부에 자리하게 된 것이다. 20여 년 전 사람들은 그에게 아시아 변방의 후진국 출신이 미국에서 평범하게 살기도 어려울 것이라 했다. 하지만 그들의 비아냥 섞인 예측은 완전히 빗나갔다.

"그 전까진 서양인에 대한 콤플렉스가 없었다면 거짓말이죠. 하지만 수많은 백인들을 제치고 공장장이 되었을 때 비로소 동양인으로서 겪던 콤플렉스를 완전히 벗게 됐어요. 어느 날부터인가 서양인들이 저한테 업무 보고를 하고 있더라고요."

뉴존스빌 공장장에 취임한 이후 듀폰에서 그가 걸어간 모든 길은 동양인 최초였다. 공장장이 천직이라고 여기며 업무를 수행하고 있던 그에게 상사가 뜻밖의 제안을 한다. 세계 부직포 사업부 총책임자 및 본사 부사장 자리를 맡아달라는 것이다. 이는 곧 그를 듀폰 본사 경영진에 포함시키겠다는 뜻이었다. 하지만 기계를 설계하고 공장을 운영하는 것밖에 모르는 엔지니어였던 그에게 세일즈는 생소한 분야였다. 그래서 처음에는 그 자리를 거절했다고 한다. 하지만 상사의 말은 그의 마음을 바꿔놓았다. 그는 상사에게 물었다.

"당신은 내가 그 일을 잘해낼 수 있을 거라고 생각합니까?"

상사가 답했다.

"Break the box!(네가 있던 영역에서 나와!)"

김동수 회장님께서 준비해오신 강연 자료 첫 화면에 "Break the Box!"라는 표현이 등장했었는데, 이 대목에서 그 표현을 강연 주제로 삼으신 이유를 알 수 있었다. 상사의 조언대로 그는 공장장이라는 영역의 경계를 허물고 세일즈 영역에 도전하게 된다. 그것도 미국 시장보다 까다롭다고 평가받는 일본 시장에서 말이다. 처음 접하는 분야에서 가장 어려운 시장을 개척해야 했던 것이다. 나중에 알게 된 사실이지만 그를 글로벌 리더로 성장시키기 위한 듀폰 본사의 리더십 트레이닝이었다고 한다. 그는 캘리포니아 사막보다 뜨거운 열정으로 부사장직도 성공적으로 수행해낸다. 그러던 중 아시아 외환위기가 발생했다. 본사 회장은 그에게 '아시아 외환위기의 원인을 조사하라.'는 지시를 내린다. 그는 국내외 경제인 백여 명을 만나 아시아 경제 동향을 면밀히 알아보고 '60일 보고서(60day Report)'를 작성했다. 보고서의 내용은 아시아 환란은 단순한 통화위기일 뿐 대규모 경제위기는 아니므로 아시아 시장에 대한 지속적인 지원이 필요하다는 것이었다. 본사 회장은 이를 바탕으로 경영전략을 수립했고, 그늘져 있던 대한민국 경제에 모처럼 한 줄기 빛이 스며들게 됐다. 그 후 본사 회장은 그에게 듀폰 아시아태평양 사장직을 제안한다. 물론 '동양인 최초'로. 그는 또다시 기존 영역의 경계 앞에 서게 됐다. 중요한 결정을 앞두고 고민에 잠겨 있던 그에게 아내는 말했다.

"동양인에게 처음으로 주어진 기회예요. 이 기회를 당신이 거절하면, 당신을 기점으로 더 많은 동양인들에게 기회가 돌아갈 수 있는 길이 막히고 말 거예요."

아무도 가본 적 없는 길의 끝에는 영광이 기다리고 있을지 모르나 그 시작은 두려움과 부담감으로 점철돼 있다. 그럼에도 가야만 하는 길이 있다. 나의 포기가 우리의 포기가 될 경우에는 마음속 깊은 곳에 가라앉아 있는 용기와 만나 그 길로 들어서야 한다. '동양인 최초'라는 무게를 짊어지고 있었던 그 역시 새로운 영역에 도전장을 내밀 수밖에 없었다.

"요즘 젊은이들은 스스로를 작은 상자 안에 가둬두려고 해요. 이제는 그 상자를 깨고 나와 글로벌 리더가 돼야 합니다. 이유는 간단해요. 한국은 태생적으로 글로벌 시장에 뛰어들지 않고는 살아남을 수 없는 운명이기 때문이에요. 어떤 역경을 만나더라도 한국은 세계 시장으로 나가야만 합니다. 여러분, 현실에 안주하지 마세요. 대한민국을 넘어 세계로 나가세요."

김동수 회장님께서는 강의실을 한번 둘러보시더니 한 말씀 덧붙이셨다.

"왜 과거에 갇혀 있으면 안 되냐고 묻고 싶나요? 내가 답해줄게요. 좁디좁은 과거에 갇혀 있기에는 대한민국의 꿈이 너무 커져버렸어요."

나를 가두고 있던 작은 상자가 미세하게 흔들리는 것 같았다. 마치 자신의 크기를 느껴보라는 듯이 말이다. 나는 잠시 동안 고개를 떨구고 그 상자의 존재를 온몸으로 느껴보았다. 조금이라도 운신의 폭을 넓히려 할 때마다 나를 흠칫 놀라게 하던 자그마한 상자가 눈에 보이는 듯했다. 과감한 도전과 거리를 둔 채 심리적 안락감을 맛보기 위해 스스로 갇혀 있었던 그 공간의 경계가 모습을 드러냈다. 원대한 포부가 새어 나오지 못하도록 사방이 막혀 있는 그 상자 안에서 할 수 있는 거라곤 숨 쉬는 것밖에 없어 보였다. 오래전에 허물어졌어야 할 상자의 경계 위에서 나는 지나치게 많은 시간을 보냈다. 기존의 성공 방정식에서 벗어나는 걸 두려워하며 상자 밖으로 한 발자국 내딛는 것조차 두려워했다. 그래도 불행 중 다행이었다. 20대가 끝나기 전에 회장님의 강연을 듣게 됐기 때문이다. 상자의 표면이 내 피부처럼 느껴지기 전에 그 경계를 넘어야겠다는 생각이 들었다. 단한 번도 이 세상에 태어나본 적 없는 사람처럼 좁디좁은 상자 안에서 생을 마감할 수는 없었기에 이제는 변하고 싶었다.

회장님께서는 한국 인재들에 대한 안타까움을 드러내기도 하셨다.

"듀폰 본사에서 회의를 주도하는 것은 대개 중국이나 인도 출신 직원들이에요. 한국 직원들은 말을 아끼며 소극적으로 회의에 참여하더라고요. 국제 회의장이나 만찬장에 가보면 한국에서 온 인재들은 어디에 있는지 찾기도 어렵습니다. 행사장 뒤편에서 주눅 들어 있는 모습을 보면 안타까울 따름이에요. 최근에 해외 유학을 떠나는 한국 학생 수가 급격하게 늘었다고 하죠? 하지만 유학파라고 해서 글로벌 인재가 되는 것은 아닙니다. 듀폰 본사에서 근무할 당시 한국 유학생들의 행태를 보고 적지 않게 놀랐어요. 학교, 교회, 기숙사 어디든 한국 유학생들끼리만 어울려 다니더라고요. 자유분방하게 사는 건 미국식이었지만 환경에 안주하려는 생활태도는 한국식이었어요. 글로벌 인재가 되기 위해서는 글로벌 스탠다드를 익혀야 합니다. 예를 들어, 한국에서는 약속을 해놓고 나중에 취소하는 경우가 비일비재해요. 회의 날짜와 장소를 정해놓고, 추후에 생긴 일 때문에 그 회의를 취소하는 것이죠. 하지만 미국 기업에서는 선약을 지키는 것이 최우선이고, 그것을 당연하게 여깁니다. 예전에 찰스 홀리데이 듀폰 회장이 미팅 자리를 제안한 적이 있었어요. 하지만 그가 제시한 날짜가 가족들과 휴가를 보내기로 한 기간에 포함되어 있더라고요. 그래서 가족과의 선약 때문에 미팅을 미뤄야겠다고 말했죠. 그랬더니 듀폰 회장도 '가족과의 선약이 먼저다.'라면서 흔쾌히 스케줄을 조정해주더라고요. 사소해 보이지만 이러한 문화에 대한 이해가 글로벌 리더로 가는 첫 단계입니다."

이외에도 회장님께서는 세계 유명 기업인들과 교류하며 겪으신 일화들을 소개해주셨다. 사석에서 있었던 재미난 에피소드도 여럿 들려주셨는데 강의실이 마치 그 현장이 된 것 같았다. 학생들은 깔깔 웃으며 회장님의 이야기에 빠져들었다.

"내 얘기는 여기까지 합시다. 지금부터 여러분의 질문을 받아볼 게요. 어떤 질문이든지 좋으니까 어려워하지 말고 편하게 물어보세요. 서울대 학생들이 앞으로 글로벌 인재가 될 수 있을 만큼 적극적인지 어디 한번 볼까요?"

학생들이 경쟁적으로 손을 들었다. 회장님께서는 구석에 앉아 있던 학생에게 질문 기회를 주셨다.

"기업 경영인으로서 많은 우여곡절을 겪으셨는데, 회장님께도 힘든 시기에 조언을 구하는 멘토가 계셨는지 궁금합니다."

"멘토요? 당연히 있었죠. 인생을 잘 꾸려나가려면 최소한 서너 명의 멘토는 있어야 하는 것 같아요. 하지만 힘들 때마다 멘토가 나타나주면 얼마나 좋겠어요? 안타깝게도 현실은 그렇지 않죠. 나는 멘토가 내 위에 있는 사람이라고 생각하지 않아요. 열린 마음으로 귀를 기울이면 누구로부터든, 무엇으로부터든 멘토링을 받을 수 있다고 생각해요. 일본의 위대한 기업가인 마쓰시타 고노스케는 거리의 수도꼭지를 보고 경영철학을 세웠다고 하잖아요? 수도꼭지에서 물이 흘러나오듯 저렴한 상품을 누구든지 사용할 수 있도록 충분히 공급하자는 '수도 철학'은 그렇게 나오게 된 겁니다. 겸손한 마음으로 멘토를 찾아 나서세요. 세상에는 멘토 역할을 해줄 존재들이 넘쳐납니다."

회장님의 답변이 끝나자 또다시 질문 경쟁이 벌어졌다. 두 번째부터는 나도 질문 경쟁 대열에 합류했다. 열의에 찬 눈빛으로 손을 들고 있었지만 아쉽게도 뒤쪽에 앉아 있던 학생에게 질문 기회가 돌아갔다.

"저는 물질주의 시대의 젊은이로서 돈을 많이 버는 것이 제 인생 목표입니다. 주변 분들께서는 대학생이 왜 이렇게 세속적인 생각을 갖고 사느냐고 하십니다. 하지만 저는 일찍부터 돈에 관심을 갖고 돈을 좇아가는 것이 현명한 선택이라는 생각을 갖고 있습니다. 회장님께서는 젊은 나이에 돈을 추구하며 사는 것을 어떻게 생각하시는지요."

"용기 있는 학생이네요. 자신의 생각을 솔직하게 드러내는 자세를 칭찬해주고 싶군요. 최근에는 초등학생들도 부자가 되는 게 꿈이라면서요? 돈을 벌고 싶어 하는 건 전혀 문제가 아니죠. 돈은 정말 유용하니까요. 하지만 내가 봤을 땐 돈을 인생 최고의 목표로 삼는 건 위험한 일 같아요. 젊은 나이에 부자가 되는 경우는 극히 드무니까요. 그리고 큰돈을 벌게 되더라도 결국 그것을 유지하는 것이 중요한데, 내가 기업 경영을 오래 해보니까 충분한 준비 없이는 사업을 유지하기 어렵더라고요. 지속되지 않는 성공은 의미가 없었습니다. 그래서 젊을 때는 돈 벌 궁리보다 제대로 일 배울 궁리를 했으면 좋겠어요. 일을 잘하면 돈도 자연스럽게 따라오고, 벌어들인 돈도 유지할 수 있으니까요. 그렇다면 어떻게 해야 일을 잘할 수 있을까요? 두 가지로 요약해줄게요. 올바른 방법으로, 끝장을 보면 됩니다."

질문했던 학생은 회장님께 묵례를 하며 답변에 대한 감사를 표했다. 그 학생이 고개를 다 들기도 전에 나는 습관처럼 손을 들었다.

"여기 앞쪽에 앉아 있는 학생, 질문해보세요."

회장님과 눈을 마주치고 나서야 앞쪽에 앉아 있던 학생이 바로 나였음을 알게 됐다. Q&A 시간이 길어지면서 긴장의 끈을 놓고 있었던 터라 찰나 동안 마음을 다잡고 질문을 드렸다.

"강연 중에 한국 인재들에 대한 아쉬움을 전하셨는데요, 혹시 글로벌 시장에서 한국 인재들만의 강점이라고 생각하시는 부분이 있는지 여쭙고 싶습니다."

"외국계 비즈니스 리더들을 만나면 한국 인재들이 어떠냐고 물어봐요. 나도 궁금하더라고요. 그들의 평가를 종합해서 한 마디로 표현하면 '한국 직원들은 aggressive하다.'였어요. 즉, 한국인은 한번 일을 시작하면 끝을 보는 사람, 무서운 추진력을 가진 사람, 꾹 눌러 놓은 용수철마냥 언제든지 확 튀어 오를 수 있는 에너지를 응축해놓은 사람이라는 거예요. 나쁘지 않은 평가죠. 이것이 한국 직원들의 강점이라고 할 수 있겠네요. 하지만 'aggressive'는 쉽게 길들여지지 않는다는 걸 의미하기도 해요. 타인의 생각을 잘 받아들이지 않는다는 거예요. 우리나라는 산업화 시대에 정주영 회장이나 이병철 회장 같은 돌파형 인재가 대한민국 경제를 이끌었죠. 그로 인해 눈부신 성과도 있었지만 그 과정에서 소통과 원칙이 등한시되는 문제도 있었죠. 이러한 문화가 아직까지도 남아 있어요. 한국 직원들은 소통하기보다는 자꾸 혼자서 판단하고 지레짐작하려고 해요. 직접 만나서 대화해보면 정확하게 판단할 수 있는 일인데도 혼자서 고민하고 있어요. 한국 직원들이 충분한 능력을 갖고도 높은 자리에 오르지 못하는 이유 중 하나죠. 또 아쉬운 점을 말해버렸네요. 한국 인재들이 좀 더 인정받았으면 하는 마음에 계속 충고만 하게 되네요. 나도 어쩔 수 없는 한국 사람인가 봅니다."

회장님의 진심이 느껴졌다. '아쉽다.'는 말씀이 '더 잘 됐으면 좋겠다.'는 뜻으로 들렸다. 그 후로도 학생들의 질문은 계속되었다. 수업 종료 시간을 살짝 넘긴 시각까지 회장님께서는 학생들의 질문을 받아주셨다.

"시간이 벌써 이렇게 됐네요. 오랜만에 대학교 캠퍼스에 와서 강연하니까 시간 가는 줄 몰랐네요. 여러분에게 유익한 시간 되었길 바라요. 오늘은 서울대학교에서 만났지만 10년 뒤에는 글로벌 시장에서 만납시다."

학생들은 박수로 화답했다. 그 박수의 의미는 각자의 마음속에 있었다. 강의실까지 직접 찾아와주신 데 대한 감사의 의미, 반드시 글로벌 인재로 성장하겠다는 다짐의 의미, 좁은 세상에 갇혀 살았던 과거에 대한 반성의 의미, 동양인 최초라는 수식어를 한국인의 이름 앞에 달아주신 것에 대한 존경의 의미… 학생들은 모두 박수를 치고 있었지만 서로 다른 생각에 잠겨 있었다. 10년 뒤 학생들이 서 있는 곳을 통해 그 박수의 의미는 드러날 것이었다.

회장님께서는 가벼운 손인사를 건네신 뒤 강의실 밖으로 나가셨다. 어쩌면 마지막일지도 모르는 만남이었다. 아쉬운 마음에 이리저리 배회하던 나의 시선이 회장님 어깨에서 멈췄다. 아시아태평양 14개국 담당 CEO의 어깨에는 힘이 들어가 있지 않았다. 회장님께서 세계 시장을 품을 수 있었던 이유가 그 어깨를 통해 드러났다. 이 세상에서 몸집이 가장 큰 사람의 어깨도 회장님 어깨보다는 작을 것 같았다. 힘을 잔뜩 준 어깨에 담을 수 있는 것은 고작해야 손바닥만 한 뼈와 근육이다. 그러나 힘을 풀고 세상을 바라보고 있는 사람의 어깨에 담을 수 있는 것은 그의 눈에 보이는 모든 것이었다. 토마토 농장의 인부들 중에서 체구가 왜소한 편이었던 동양인 청년의 어깨는 결코 작지 않았다.

방시혁의 졸업식 축사

한국 가수 최초로 빌보드 싱글 차트 1위를 달성한 방탄소년단의
총괄 프로듀서인 방시혁 씨는 서울대 미학과 91학번이다. K-POP
의 역사를 새로 쓰고 있는 그가 2019년 2월 서울대학교 졸업식 연사
로 나섰다.

"안녕하십니까, 빅히트 엔터테인먼트 대표 방시혁입니다.
오늘은 날씨조차 여러분들의 졸업을 축하하듯 화창한 것 같습니다.
졸업을 진심으로 축하드립니다.
모교의 졸업식에서 축사를 한다는 건 무한한 영광이기에 총장님
의 축사 제안을 덜컥 수락해버렸지만 사실 이 자리에 서기까지 굉장

히 많은 고민이 있었습니다. 저는 부정할 수 없는 기성세대입니다. 그러다 보니 저도 모르게 '꼰대 같은 이야기'를 하는 건 아닐까, 또 무엇보다, 이제 대학을 졸업하고 첫걸음을 내딛는 여러분께 해드릴 유의미한 이야기가 제게 있는지 우려스러웠습니다.

하지만 생각해보면 졸업 축사란 것은 결국 연사가 졸업생에게, 혹은 선배가 후배에게, 자신이 인생에서 배운 것을 이야기하는 자리라고 생각합니다. 그러니 '꼰대'스러움에 대한 걱정은 내려놓고 오늘은 최대한 솔직한 제 이야기를 해보려고 합니다. 아마 제 자랑도 좀 하게 될 것 같고 제 삶의 여정 중 여러분과 맞닿는 부분에 대해서도 이야기해보려고 합니다.

저는 1980년대 말에 고등학교를 다녔는데 그때는 공부를 조금 한다고 하면 법대를 가는 게 당연히 여겨지던 시절이었습니다. 그러다 보니 제1지망도 법대였습니다. 법학에 대한 열망 같은 것이 있었던 것은 아닙니다. 사실 그때의 저는 어떤 열정도 꿈도 없었던 것 같습니다. 그냥 다른 사람들이 만들어놓은 목표와 성공의 요건에 별 자의식 없이 흔들렸던 것 같습니다. 하지만 학력고사는 다가오고 점수는 아슬아슬한 상황이 반복되면서 재수를 각오하고 법대를 쓰느냐, 법대를 포기하고 안전하게 서울대를 가느냐의 갈림길에 놓이게 됐습니다. 저는 후자를 선택했습니다. 조금 전 말씀드렸듯 법학에 대한 열망이 있었던 것도 아니고 재수는 하기 싫었거든요. 그런데 법대 다음으로 커트라인이 높은 과를 가려니까 뭔가 되게 없어 보이는 겁니다. 그래서 다른 과들을 뒤지다가 미학과를 발견했습니다. 법대를 기대하셨던 어른들의 반대는 심했습니다. 하지만 저는 '떨어지면 재수는 없다.'라고 반 협박조로 대응해 무사히 미학과에 진학하게 되었습니다.

놀라운 것은 미학과가 저와 너무 잘 맞았다는 것입니다. 미학이 뭘 하는 학문인지도 모르고 들어왔는데 수업들이 너무 재미있는 겁니다. 원래 예술도 좋아했었고 탁상공론을 좋아해서였는지도 모르겠지만 많은 사람들이 어렵다고 하는 미학과 수업이 너무 재미있어서 중학교 때부터 해왔던 음악은 뒷전으로 밀렸고 음악을 직업으로 하겠다는 생각은 완전히 잊게 됐습니다.

그랬던 제가 어쩌다 음악 프로듀서가 되었을까요? 사실 기억이 잘 안 납니다. 많은 분들께서 서울대생이 음악을 직업으로 삼기까지는 대단한 에피소드나 굉장한 결단이 있었을 거라고 추측하시는데, 사실 아무리 돌이켜봐도 그런 결정적인 순간은 없었습니다. 그냥 흘러가다 보니 어느새 음악을 하고 있었다는 게 가장 적절한 표현 같습니다. 정말 허무하죠?

저는 그렇게 허무하게, 뭔가에 홀린 듯 음악을 시작했습니다. 1997년부터 직업 프로듀서의 길에 들어서 박진영 씨와 함께 JYP라는 회사를 창업하고, 그 후 독립해서 지금은 빅히트 엔터테인먼트의 대표이자 프로듀서로 살고 있습니다. 우스운 게 독립한 후에도 수많은 선택지가 있었는데 왜 회사를 차리겠다고 생각했는지 선택한 이유도 잘 기억이 나지 않는다는 겁니다.

서두부터 제 얘기를 이렇게 길게 한 이유는, 제 인생에 있었던 중요한 결정들, 훗날 보면 의미심장해 보이는 순간들이 사실은 별 의미가 없었다는 것. 때론 왜 그런 선택을 했는지 이유조차 기억나지 않는다는 말씀을 드리고 싶어서였습니다.

저는 사실 큰 그림을 그리는 야망가도 아니고, 원대한 꿈을 꾸는 사람도 아닙니다. 좀더 정확히 말하면 구체적인 꿈 자체가 없습니다. 그러다 보니 매번 그때그때 하고 싶은 것에 따라 선택했던 것 같습니다.

요즘 저와 방탄소년단, 빅히트 엔터테인먼트의 행보를 보면 이런 말이 믿기지 않으실 수도 있습니다. 방탄소년단은 빌보드에서 2년 연속 톱 소셜 아티스트상을 수상했고, 4만 석 규모의 뉴욕 시티필드 공연을 순식간에 매진시켰습니다. 얼마 전에는 그래미 어워드에 시상자로 초청받으면서 또 하나의 '최초' 기록을 세웠습니다. 외신에서는 감히 'YouTube 시대의 비틀스'라는 과찬을 하기도 합니다. 또한, 현재 전 세계 주요 지역 스타디움에서 월드투어를 할 수 있는 몇 안 되는 아티스트의 반열에까지 올라가게 됐습니다. 이를 바탕으로 저는 영광스럽게도 빌보드가 뽑은 25인의 혁신가 리스트에 이름을 올렸고, 저희 회사 역시 엔터테인먼트 업계 혁신의 아이콘이자 유니콘 기업으로 평가받고 있습니다.

아마 뉴스를 통해 이런 이야기를 접하셨을 때 이런 성공 뒤에는 분명 원대한 꿈이 있었거나, 방시혁은 엄청난 야심가여서 큰 미래를 그려놓고 이를 차근차근 실현해가는 사람일 거라고 생각하셨을지도 모르겠습니다. 그런데 제가 야심은 둘째치고 꿈도 없는 사람이라고 하니 이게 무슨 말인가 싶으실 겁니다. 매번 하고 싶은 것들을 아무렇게나 하고 그렇게 선택하다 보니 어쩌다 이 자리까지 왔다? 물론 그런 말이 하고 싶은 건 아닙니다.

이야기를 잠깐 바꿔 볼게요.

여러분! 저는 꿈은 없지만 불만은 엄청 많은 사람입니다. 얼마 전에 이 표현을 찾아냈는데 이게 저를 가장 잘 설명하는 말 같습니다. 오늘의 저와 빅히트가 있기까지, 제가 걸어온 길을 되돌아보면 분명하게 떠오르는 이미지는 바로, '불만 많은 사람'이었습니다.

세상에는 타협이 너무 많습니다. 분명 더 잘할 방법이 있는데도 사람들은 튀기 싫어서, 일 만드는 게 껄끄러우니까 주변 사람들에게 폐 끼치는 게 싫어서, 혹은 원래 그렇게 했으니까, 갖가지 이유로 입을 다물고 현실에 안주하는데요. 전 태생적으로 그걸 못 하겠습니다. 제 일은 물론, 직접적으로 제 일이 아닌 경우에도 최선이 아닌 상황에 대해서 불만을 제기하게 되고 그럼에도 개선이 이루어지지 않으면 불만이 분노로까지 변하게 됩니다.

아마도 〈위대한 탄생〉이라는 방송 프로그램의 멘토로 저를 기억하는 분들도 있을 텐데요. 참가자들이 최선을 다하지 않을 때 분노를 폭발시키는 제 모습을 기억하실 겁니다. 굉장히 많이 비호감이었죠? 그때 이후 그런 형태의 분노 표출이 결코 좋은 결과를 가져올 수 없다는 걸 깨닫게 됐고, 이제는 그렇게 분노를 폭발시키는 경우는 거의 없어졌지만 그 모습이 제가 '불만 많은 사람'이라는 걸 설명하기에 좋은 예인 거 같아서 잠깐 언급했습니다.

그런 저의 성정은 제 작업과 제가 만든 회사의 일에도 똑같이 발휘됐습니다. 최고가 아닌 차선을 택하는 '무사 안일'에 분노했고, 더 완벽한 콘텐츠를 만들 수 있는데 여러 상황을 핑계로 적당한 선에서 끝내려는 관습과 관행에 화를 냈습니다. 그중에서도 저를 가장 불행하게 한 것은 음악 산업이 처한 상황이었습니다. 이 산업은 전혀 상식적이지 않고, 불공정과 불합리가 팽배한 곳이었습니다. 음악을 직업으로 삼고, 이 세계를 알아가면서 점점 저의 분노는 더 커졌습니다. 제가 세상에서 가장 사랑하는 음악이 세상으로부터 부당한 대우를 받고 이용당하고 있는 느낌을 받았습니다.

작곡가로 시작해 음악 산업에 종사한 지 21년째인데, 음악이 좋아서 이 업에 뛰어든 동료와 후배들은 여전히 현실에 좌절하고 힘들어합니다. 음악 산업이 안고 있는 악습들, 불공정 거래 관행, 그리고 사회적 저평가. 그로 인해, 업계 종사자들은 어디 가서 음악 산업에 종사한다고 이야기하길 부끄러워합니다. 많은 젊은이들이 여전히 음악 회사를 일은 많이 시키면서 보상은 적게 주는 곳으로 인식하고 있습니다.

우리 고객들의 상황도 크게 다르지 않습니다. K-POP 콘텐츠를 사랑하고, 이를 세계화하는 데 일등공신 역할을 한 팬들은 지금도

'빠순이'로 비하되는 경우가 비일비재합니다. 아이돌 음악을 좋아한다고 떳떳하게 말하지도 못합니다. 업계와 사회가 나서서 찬양하고 최고의 예우를 해도 모자랄 판인데 왜 이런 대우를 하는지, 저는 전혀 이해할 수가 없고 화가 납니다.

세계적인 명성을 누리며 전 세계 음악 팬들에게 위로와 감동을 주는 우리 아티스트들은 근거 없는 익명의 비난에 힘들어하고 상처받고 있습니다. 우리 피, 땀, 눈물의 결실인 콘텐츠 역시 부당하게 유통되거나 저평가되며 부도덕한 사람들의 주머니를 채우는 수단이 되는 경우가 아직도 너무나 많습니다.

그래서 저는 늘 분노하게 되고 이런 문제들과 싸워 왔고 아직도 현재 진행형입니다.

저는 혁명가는 아닙니다. 다만, 음악 산업의 불합리, 부조리에 대해서 저는 간과할 수 없습니다. 외면하고 안주하고 타협하는 것은, 제가 살아가는 방식이 아닙니다. 원대한 꿈이 있거나 미래에 대한 큰 그림이 있어서가 아닙니다. 그것이 지금 제 눈앞에 있고 저는 그것이 부당하다고 느끼기 때문입니다.

그리고 이제 저는, 그 분노가 제 소명이 됐다고 느낍니다. 음악 산업 종사자들이 정당한 평가를 받고 온당한 처우를 받을 수 있도록 화를 내는 것. 아티스트와 팬들에 대해 부당한 비난과 폄하에 분노하는 것. 제가 생각하는 상식이 구현되도록 싸우는 것. 그것은 평생을 사랑하고 함께 한 음악에 대한 저의 예의이기도 하고, 팬들과 아티스트들에 대한 존경과 감사이기도 하면서 마지막으로 제 스스로가 행복해지는 유일한 방법 같습니다.

저는 행복에는 두 가지가 있다고 생각합니다.

종일 학업과 업무에 시달리던 고단한 몸을 따뜻한 물로 샤워하고 뽀송뽀송한 이불 속에 들어갈 때 행복하지 않나요? 맛있는 음식을 먹을 때도 마찬가지일 겁니다. 이렇게 '감정적으로' 행복한 것들도 있지만, '이성적으로' 인식하는 행복한 상황도 있을 겁니다. 어떠한 상황에서 행복을 느끼려면 여러분 스스로가 어떨 때 행복한지 먼저 정의를 내려보고, 그러한 상황과 상태에 여러분을 놓을 수 있도록 부단히 노력하셔야 합니다

저의 경우는, 두 번째 행복의 정의에 입각해서, 저의 행복을 이렇게 말하고 싶습니다. '우리 회사가 하는 일이 사회에 좋은 영향을 끼치고, 특히 우리의 고객인 젊은 친구들이 자신만의 세계관을 형성하는 데에 긍정적인 영향을 주는 것' 더 나아가 산업적으로는, '음악 산업의 패러다임을 변화시킴으로써 음악 산업을 발전시키고 종사자들의 삶의 질을 개선하는데 기여하는 것.' 그래서 그 변화를 저와 우리 빅히트가 이뤄내는 게 저의 행복입니다.

자, 이제 돌아갑시다.

제가 앞에서, 저는 구체적이거나, 커다란 꿈이 없다고 했죠? 맞습니다. 어렸을 때나 지금이나, 저는 그런 사람이었습니다. 빅히트 엔터테인먼트가 어떤 기업이 될지, 방탄소년단의 미래가 어떤 모습

일지, 심지어는 제가 나중에 어떤 사람이 될지에 대해서도 그림 같은 건 없습니다.

그럼에도 현재 저의 모습을 외부에서 보면 커다란 꿈을 향해 끊임없이 정진하는 듯 보일 겁니다. 그렇게 개인적인 꿈을 이뤄가는 과정에서 저와 제 주변 사람들, 제가 봉사해야 하는 고객들의 행복까지 빚어낸 매우 이상적인 상황으로 보일 겁니다. 지금까지 말씀드렸듯, 이런 시선은 반은 맞고 반은 틀립니다. 저는 별다른 꿈 대신 분노가 있었습니다. 납득할 수 없는 현실, 저를 불행하게 하는 상황과 싸우고, 화를 내고, 분노하며 여기까지 왔습니다. 그것이 저를 움직이게 한 원동력이었고 제가 멈출 수 없는 이유였습니다. 그러니 많은 분들께 위로와 행복을 드릴 수 있었던 것은 제 꿈이 아니라 제 불만이 시작이었을지도 모르겠습니다.

저는 앞으로도 꿈 없이 살 겁니다. 알지 못하는 미래를 구체화하기 위해서 시간을 쓸 바에, 지금 주어진 납득할 수 없는 문제를 개선해 나가겠습니다. 빅히트 엔터테인먼트는 음악 산업이 처한 수많은 문제들을 개선하는 데 매진할 것이며, 방탄소년단은 아시아 밴드, 혹은 K-POP 밴드의 태생적 한계라고 여겨지는 벽을 넘기 위해 끊임없이 노력할 겁니다. 저 역시 이런 일을 수행하는 데 부끄럽지 않게 끊임없이 반성하고 제 자신을 갈고 닦겠습니다.

제가 여러분께 말씀드리고 싶은 것은 이것입니다. 지금 큰 꿈이 없다고 구체적인 미래의 모습을 그리지 못했다고 자괴감을 느끼실 필요가 전혀 없습니다. 자신이 정의하지 않은 남이 만들어놓은 행복을 추구하려고 정진하지 마십시오. 오히려 그 시간에 소소한 일상의 한순간 한순간들에 최선을 다하기 위해서 노력하십시오. 무엇이 진짜로 여러분을 행복하게 하는지 고민하십시오. 선택의 순간이 왔을 때 남이 정해준 여러 가지 기준들을 좇지 않고, 일관된 본인의 기준에 따라서 답을 찾을 수 있도록 미리 준비하십시오. 본인이 행복한 상황을 정의하고, 이를 방해하는 것들을 제거하고, 끊임없이 이를 추구하는 과정 속에서 행복이 찾아올 겁니다. 그렇게 하다 보면, 반복은 습관이 되고, 습관은 소명이 되어 여러분의 앞길을 끌어주리라 생각합니다.

한 가지만 덧붙이자면, 여러분의 행복이 상식에 기반하길 바랍니다. 공공의 선에 해를 끼치고 본인의 삶을 개선하지 못하는 파괴적이고 부정적인 욕망을 이루는 것이 행복이라고 생각해서는 안 됩니다. 이를 위해 여러분 바깥세상에 대해 끊임없는 관심을 유지하고, 자신과 주변에 대해 애정과 관용을 가져야 합니다. 그러한 관심 속에서 여러분의 삶에 제기되는 문제들, 여러분의 행복을 방해하는 요소들을 발견하게 될 것이며, 그것들을 해결하고 본인이 생각하는 상식을 구현하기 위해서 노력하게 될 것입니다. 이런 노력들은 궁극적으로 더 나은 세상을 만드는 데 기여하게 될 것입니다. 다시 말해, 여러분이 자신의 행복을 좇는 것은 세상의 행복을 증대시키는 일이 될 것이며, 이것이 우리 학교의 졸업생에게 주어진 의무이기도 합니다.

이쯤에서 두서없는 저의 축사를 마무리하려고 합니다.

대학이라는 일생에 매우 중요한 또 하나의 과정을 잘 마무리하신 여러분, 다시 한번 격하게 축하합니다. 그리고 이제부터 시작될 인생의 다음 단계들을 행복 속에 잘 살아내시고 10년 후, 20년 후에, '내가 제법 잘 살아왔구나.'라고 자평할 수 있는 여러분이 되기를 바랍니다.

개인적으로 저는 제 묘비에 '불만 많던 방시혁, 행복하게 살다 좋은 사람으로 축복받으며 눈감음'이라고 적히면 좋겠습니다. 상식이 통하고 음악 콘텐츠와 그 소비자가 정당한 평가를 받는 그날까지, 저 또한 하루하루를 치열하게 살아갈 겁니다. 격하게 분노하고, 소소하게 행복을 느끼면서 말입니다.

여러분만의 행복을 정의하고 잘 찾아서, 여러분다운 멋진 인생을 사시길 바랍니다.

다시 한번 졸업을 축하드립니다.

감사합니다."

방시혁 씨의 졸업식 축사가 끝나고 상당수의 언론매체는 그의 축사가 "파격적이었다."고 보도했다. 학력고사를 치르고 나서 없어 보이는 것도 싫고 재수하는 것도 싫어서 미학과를 선택했다는 사실이 파격적이었고, K-POP 역사에 길이 남을 수많은 족적을 남겼음에도 그에게 원대한 꿈이 없었다는 사실이 파격적이었고, 인생에서 절

체절명의 갈림길에 섰을 때 그냥 하고 싶은 것을 선택했다는 사실도 파격적이었다. 그가 숨김없이 털어놓은 모든 사실들이 파격적이었다. 하지만 파격적인 축사였음에도 거칠지 않았다. 틀에서 벗어났지만 유쾌하고 희망찼다. 이유가 확실한 파격은 청중의 마음을 불편하게 하지 않았다. 무엇보다 분노의 화신인 그가 행복을 추구하며 산다는 것이 의외였다. 그러나 눈앞의 몰상식과 부조리에 분노함으로써 음악인과 음악 산업이 그 가치에 상응하는 대우와 평가를 받을 수 있도록 하는 게 그의 행복이라고 밝혔을 때, 비상식적인 것에 대한 분노는 비상식적인 방법으로 얻은 행복보다 더욱 가치로움을 알게 됐다. 그리고 의외인 부분에는 언제나 귀중한 깨달음이 자리하고 있음을 다시 한번 되새기는 계기가 됐다. 방시혁 씨가 졸업식 연사로 나선다는 소식을 처음 접했을 때, 날카로운 비판과 따끔한 충고가 주를 이루지 않을까 생각했었다. 〈위대한 탄생〉의 애청자였던 사람으로서 졸업생들 중 몇 명은 눈물을 훔치며 축사를 듣는 일도 생길 것 같았다. 오디션 참가자들을 호되게 혼내던 멘토로서의 모습이 내 기억 속에 워낙 강렬하게 남아 있었기 때문이다. 하지만 학교 선배로서, 인생 선배로서 방시혁 씨가 졸업생들에게 전한 메시지는 '행복'이었다. 그는 자신의 묘비에 "불만 많던 방시혁, 행복하게 살다 좋은 사람으로 축복받으며 눈감음"이라고 적히길 바란다고 했다. 그리고 졸업생들에게도 그 글귀처럼 살아가라고 당부했다. 즉, 납득할 수 없는 문제에 대해 격하게 분노하며 더 나은 세상을 만드는데 기여할 수 있는 좋은 사람으로 행복하게 살아가라고 말했다. 구체적인 꿈을 갖고 20대부터 앞으로의 삶을 준비하며 노력하라는 조언보다 현재의 문제에 집중하고 꿈 없이 행복하라는 방시혁 씨의 조언이 불확실한 시대를 살아가는 젊은이들의 마음을 위로해주었다. 사회에 첫발을 내딛는 졸업생들을 위해 서울대를 찾아준 방시혁 씨는 축사를 마치고 수많은 취재진에 둘러싸인 채 강당 밖으로 걸음을 옮겼다. 전 세계에서 쏟아지는 찬사 속으로, 끊임없이 분노하게 만드는 사회 속으로, 위풍당당하게 걸어 들어갔다.

| 졸업하며 |

　서울대 졸업 후 문득 고등학교 시절 추억을 되새기고 싶어졌다. 다락방 창고에 가서 수험생 때 사용했던 물건들을 꺼내보았다. 구석진 곳에 놓여 있는 상자를 앞쪽으로 당기니 먼지가 푹석 일어났다. 공중으로 피어오르는 먼지들 중에는 2005년부터 이 상자 곁을 지켰던 먼지도 있을 터였다. 상자의 주인조차 잊고 지냈던 수험생 시절의 추억을 포근히 감싸줬던 먼지들에게 고마운 마음이 들었다. 먼지들이 새로운 보금자리를 찾는 사이 조심스럽게 상자 뚜껑을 열었다. 상자 뚜껑을 열자마자 층층이 쌓여 있는 문제집들이 보였다. 그 당시에는 세련됐던 표지 디자인도 오랜만에 보니 촌스럽게 느껴졌다. 눈길이 닿는 곳마다 나의 고3 시절은 까마득한 과거 일이었음을 실감케

하는 물건들이 있었다. 영어 전자사전, 이름이 기억나지 않는 캐릭터 인형, 폴더 형태로 된 휴대폰… 타임머신이 아닌 다락방을 타고 과거로 시간여행을 떠났다. 상자를 뒤적일 때마다 희미해져 가던 기억들이 조금씩 선명해졌다. 가슴 속에 한번 새겨진 추억은 빛바랠지언정 잊힐 순 없나 보다. 서른 살의 얼굴에 열아홉 살의 눈빛이 배어들었다. 그 흔한 '엊그제 같다.'는 표현이 떠올랐다. 요즘은 진부하게 들리지만 한 때는 참신했을 그 표현도 싱그러웠던 시절을 회상하고 싶을 듯했다.

과거와 현재, 그 사이 어디쯤에서 서성이던 나를 누군가 부르는 것 같은 느낌에 문제집 옆쪽으로 시선을 옮겼다. 내 눈길이 멈춘 곳에는 흘러간 시간만큼이나 낡아버린 수학 연습장이 놓여 있었다. 그리고 이내 겉표지 위에 적혀있는 글귀가 나를 불렀음을 알 수 있었다. '서울대 합격자 서정원'. 수능시험을 앞두고 새로 산 연습장 위에 컴퓨터 사인펜으로 한 글자씩 조심스럽게 적어나갔던 순간이 떠올랐다. 쓰다가 실수하면 왠지 재수해야 할 것 같아서 다른 종이 위에 연습 삼아 몇 번 써본 뒤 한 번에 써 내려갔었다. 첫 번째 글자를 쓸 때 손에 힘을 많이 줬는지 획이 시작되는 지점에 잉크가 살짝 번져 있었다. 열아홉 살 수험생의 간절함이 지금의 나에게까지 전달되는 것 같았다. 마음속으로 '스물여덟 살에 서울대 들어갈 줄 알았으면 부담 갖지 말고 마음 편히 쓸 걸 그랬다.'고 혼잣말을 내뱉었다. 나에게만 들리는 혼잣말을 듣고 오묘한 웃음이 흘러나왔다. 맛있게 쌉쌀한 커피 같은 웃음이랄까. 그래도 웃을 수 있었던 이유는 뒤늦게라도 서울대에서 공부해본 것이 후회 없는 선택이었기 때문이다.

서울대에 입학하기 전까지는 내가 경험했던 일들을 토대로 책을 쓰게 될 줄 몰랐다. 글로 남기고 싶은 사람과 추억이 생겨날 것이라는 기대가 전혀 없었기 때문이다. 고등학교 때부터 서울대에 대한 이야기를 수도 없이 들어왔기에 특별한 감흥을 자아내는 일은 벌어지지 않을 것 같았다. 전해 들은 이야기만으로도 이미 서울대에 통달한 기분이었다. 서울대라는 곳과 서울대생이라는 사람에 대해 더 이상 알아야 할 것은 없는 듯 보였다. 하지만 관악캠퍼스로 등교한 지 열흘도 되지 않았을 때 내가 미처 알지 못했던 서울대를 만나게 됐다. 공부라는 베일에 가려져 있던 또 다른 세상이 그 모습을 드러냈다. 하나의 경험을 할 때마다, 한 명의 동생과 이야기를 나눌 때마다 내 머릿속에 각인돼 있던 기존의 서울대가 무너지고 새로운 서울대가 세워졌다. 듣던 것보다 따뜻하고 보기보다 부드러운 서울대의 매력에 푹 빠져버렸다. 글 속에 담아두고 싶은 사람들과 추억들이 쏟아지면서 어느 날부터 '서울대 일기'를 쓰고 있는 나를 발견했다. 캠퍼스에서 생활하며 느낀 바를 어떤 형태로든 기록해둬야 할 것 같았다. 자기계발서를 따로 챙겨 읽을 필요가 없었다. 나에게 필요한 모든 가르침들은 내 일기장에 적혀 있었다. 교수님들의 말씀 한마디, 동생들의 행동 하나가 나를 깨닫게 했고 성장시켰다. 하루에도 몇 번씩 일기장을 꺼내 추억과 배움을 펜 끝에 담아 적어 내려갔다. 졸업을 앞둔 시점이 됐을 때는 어느덧 책 한 권 분량의 일기장이 내 앞에 놓여 있었다. 하지만 그때그때 느낀 점들을 두서없이 적어두다 보니 추억과 배움이 뒤섞여 각각의 가치가 충분히 드러나지 않게 됐다. 그래서 서울대 졸업 후 시간이 날 때마다 나의 기록과 기억을 토대로 관악캠퍼스에서의 나날들을 체계적으로 정리해놓기 시작했다. 처음에는 글로 된 앨범을 만드는 게 목적이었다. 다락방 창고에 있는 상자들처럼 과거를 회상하고 싶을 때 가끔씩 꺼내보는 앨범 같은 자료를 소장하고 싶었다. 사진에 담을 수 없는 그때 그 시절 내가 품었던 생각과 감정, 소중한 인연들이 전해준 깨달음과 삶의 아름다움을 좀 더 다듬어진 형태로 보관해두면 미래의 나에게 훌륭한 선물이 될 것 같았다. 그렇게 개인 소장용 자료를 만들 목적으로 가볍게 시작했던 작업이었지만 시간이 흐를수록 무게감이 더해졌다. 짜임새 없이 흩어져 있었던 문장들을 정리하기 시작하자 일기장의 가치가 점차 드러났다. 서울대가 내게 준 것은 졸업장뿐만이 아니었다. 서울대와 그곳에서 만난 모든 이들은 나에게 새로운 차원의 삶을 열어주었다. 나로 하여금 다시 꿈꾸게 했고, 나답게 살아갈 용기를 갖게 해줬다. 미래의 나를 위한 선물로 끝내기에는 아까울 만큼 일기장 속에서 보석들이 쏟아져 나왔다. 보석을 글로 가공한다는 게 쉬운 작업은 아니었지만 한 번쯤은 빛나게 해주고 싶었던 이야기들이 나를 책상 앞으로 이끌었다. 앞으로 한두 문장만 더 적어 내려가면 3년 가까이 동고동락했던 그 이야기들과도 작별해야 한다. 빛바랠지언정 잊히지 않을 모든 순간들에게 말하고 싶다. 서른 즈음의 나를 다시금 설레게 해줘서 고마웠다고, 20대의 마지막을 함께할 수 있어서 행복했다고.

□ 1장 중 〈진리의 빛으로 가득했던 입학식〉
  – 이상묵 · 강인식, 《0.1그램의 희망》, 랜덤하우스코리아, 2008
  – 〈화제의 축사 〈2〉 한국의 스티븐 호킹 이상묵 모교 지구환경과학부 교수〉, 《서울대총
  동창신문》, 2019. 03.
  https://www.snua.or.kr/magazine?md=v&seqidx=8852

□ 4장 중 〈생애 첫 꼴등, 우물에서 바다로〉 중 이두희 씨 인터뷰 내용
  – 이용익, 〈[Weekend Interview] '마스크 지도' 서비스로 화제된 이두희 멋쟁이사자처
  럼 대표〉, 《매일경제》, 2020. 04. 17.
  https://www.mk.co.kr/news/it/view/2020/04/405444/

□ 4장 중 〈세계대학순위, 그것이 문제로다!〉
  – 나경태, 〈신경 쓰이는 세계대학평가 순위, 문제는 재정 확보〉, 《서울대총동창신문》,
  2020. 07.
  https://www.snua.or.kr/magazine?md=v&seqidx=9585
  – 정의진 · 황정환 · 박종관, 〈기금 수익서 2兆 배당받는 美하버드…국내대학은 등록금
  만 바라봐〉, 《한국경제》, 2019. 05. 14.
  https://www.hankyung.com/society/article/2019051449311

□ 4장 중 〈너의 꿈을 대한민국에 가두지 마라〉
  – 김동수, 《너의 꿈을 대한민국에 가두지 마라》, 재인, 2008.

□ 4장 중 〈방시혁의 졸업식 축사〉 연설문 전문 인용
  – 이영민, 〈[전문]방시혁 서울대 졸업 축사…"분노가 변화 이끈다"〉, 《머니투데이》,
  2019. 02. 27.
  https://news.mt.co.kr/mtview.php?no=2019022708282935996